有爱的青春陪伴者

穆医生他怎么这样

Dr. Mu always bullies me

顾汐润 /著
GU XI RUN

花山文艺出版社
河北·石家庄

图书在版编目（CIP）数据

穆医生他怎么这样 / 顾汐润著. -- 石家庄：花山文艺出版社，2021.9
ISBN 978-7-5511-5642-4

Ⅰ．①穆… Ⅱ．①顾… Ⅲ．①长篇小说－中国－当代 Ⅳ．①I247.5

中国版本图书馆CIP数据核字（2021）第064624号

书　　名：	穆医生他怎么这样
	MUYISHENG TA ZENME ZHEYANG
著　　者：	顾汐润
出版统筹：	张采鑫
责任编辑：	于怀新
特约编辑：	迟　暮　张　磊
美术编辑：	胡彤亮
责任校对：	张凤奇
装帧设计：	小茜设计　西　楼
封面绘制：	官官an
出版发行：	花山文艺出版社（邮政编码：050061）
	（河北省石家庄市友谊北大街330号）
销售热线：	0311-88643221/29/35/26
传　　真：	0311-88643225
印　　刷：	长沙鸿发印务实业有限公司
经　　销：	新华书店
开　　本：	880×1230　1/32
印　　张：	9
字　　数：	258千字
版　　次：	2021年9月第1版
	2021年9月第1次印刷
书　　号：	ISBN 978-7-5511-5642-4
定　　价：	39.80元

（版权所有　翻印必究·印装有误　负责调换）

目 录
Contents

第 一 章 / 001　　初次相逢
第 二 章 / 020　　送我回家
第 三 章 / 038　　结下梁子
第 四 章 / 055　　樱桃发夹
第 五 章 / 072　　我跟你姓
第 六 章 / 091　　一通电话
第 七 章 / 111　　情窦初开
第 八 章 / 130　　喜欢我吗
第 九 章 / 147　　生气想念

目 录 Contents

第 十 章 / 164	你脸红了
第十一章 / 180	时光项圈
第十二章 / 197	朋友晚安
第十三章 / 216	看到永久
第十四章 / 233	温柔的星
第十五章 / 252	月色很好
尾　　声 / 269	我在想他
番　　外 / 277	我的梦想
后　　记 / 281	

第一章 初次相逢

毕业快一年，江念尔又来到了海大。

今天她来拍vlog，主题是适合学生的春天赏花搭配，想来想去正是海大杏花开得旺的时候，不如就来海大取景。

在教学楼前拍完第一段视频，江念尔坐在台阶上，检查手机里的成像。

春风拂过，把背后几个女生交谈的内容也吹到了她耳朵里。

江念尔听到几句关键对话，大概明白了她们的意思。

海大的动物医学系原本是冷门专业，却在今年打了一个漂亮的翻身仗。

第一个原因是校草周泽文考取了动物医学的研究生，还可以让大家赏心悦目三年。

第二个原因是该系去年来了一位新导师，是国内罕见的动物医学博士毕业，据说是出身于医生世家的天之骄子，帅到震撼全校，被大家赞誉为"神仙教授"。

江念尔扯了扯嘴角，按捺不住好奇，接着往下听。

其中一个女生问:"你刚才见到穆深教授了吗?"

"没,我在教室门口来回好多趟,只看到了他的背影。"另一个女生感慨道,"他的腿好长啊,光看背影我就要沦陷了。"

"比起周泽文呢?"

"好像比周泽文要高一点儿……对了,你知道吗,穆深教授就是周泽文的导师。"

女生倒抽了一口气,夸张道:"这是什么绝美组合!"

"别乱想,周师兄已经有咱们祁菲了。"

听到熟悉的名字,江念尔下意识地回头,正好与她们对视上。

几个女生吓了一跳:"江念尔?是江念尔吗?"

江念尔微微一笑:"是我。"

"你怎么会在这里?"

"我来拍点东西。"

几个女生看到她手里的自拍杆和手机,表情一哂:"你还在搞服装搭配啊……"

江念尔挑了下眉:"不然呢?"

不等几个女生回答,她就接着道:"我记得你们,祁菲的室友,对吧?我指导祁菲拍搭配的时候见过你们。"她说话的时候昂起了下巴,浑身有股骄傲的锐气。

这几个女生却没被她镇住,掩嘴发笑:"祁菲现在很红,几百万的粉丝流量,接广告接到手软,名副其实的服饰圈KOL(意见领袖)。学姐,你呢?"

她们说这话时声音很大,路过的学生纷纷侧头看过来。

江念尔很快就被认了出来,毕竟当年在海大,她也是赫赫有名的人物。

只是今非昔比,过气以后,江念尔的黑料满天飞,很多学弟学妹都以她是自己校友为耻。

面对挑衅,江念尔表现出尤为不屑的一面,反问:"说了半天,祁菲现在这么厉害,跟你们几个又有什么关系?值得你们这么护着?"

几个女生被问住了,脸色不太好看地僵在原地。

江念尔懒得再同她们啰唆,准备去下一个取景点。她往后退了一步,教学楼里这时走出来一个人,两个人速度都很快,一不小心撞在了一起。

江念尔抬起头,就看到周泽文那张熟悉又白净的脸。

周泽文看到她,眼睛里划过一瞬间的惊喜,随即镇定下来:"念念?"

江念尔立刻就想从他身边离开,可是长发缠住了他白大褂上的纽扣,一扯就痛:"疼,疼!麻烦你,我的头发……"

画面有点诡异,刚下课从教室里出来的学生们非常在意地看着这边。

周泽文抬手,正要把她的头发从纽扣上慢慢绕下来,忽然有个身影冲了过来,粗暴地将江念尔缠在纽扣上的头发直接扯开。

"啊——"江念尔吃痛,一声惊呼。

发丝被扯断了,留了一截在周泽文的纽扣上。周泽文也在状况外,责备地看着突然出现的祁菲:"你太使劲了。"

"江学姐,"祁菲没理他,反而用审视的目光看着江念尔,"你怎么还在纠缠泽文啊?"

她故意说得很大声,让周围的人都能听见。

同时见到本校前后三位风云人物,还是传闻中处于三角关系中的三位,学生们内心暗搓搓地激动,不少人拿出手机偷拍。

江念尔顺着发丝,心里窝火,顾不上其他,质问祁菲:"你哪只眼睛看到我在纠缠他?"

"还嘴硬?"祁菲余光瞄到偷拍镜头,画风忽然一变,露出可怜的神色,"你们都分手了,就不能放下他吗?还专程来学校找他?"

江念尔有些好笑:"第一,我们没分手,因为最开始就不是真情侣,公司炒CP你不会不知道吧?第二,我没专程来找他,我来拍vlog,跟你们都无关。"

祁菲看了眼江念尔手里的自拍杆,表情夸张道:"你一个人来拍

vlog？不是吧……学姐，你的团队呢？"

因为经济效益不行，江念尔的团队解散了，圈子里尽人皆知。

江念尔压着火，从容道："关你什么事？"

周泽文拉了拉祁菲的袖子，脸色不太好，低声道："走吧，别说了。"

"我还没说完。"祁菲上前一步，眯着眼看江念尔，"我最近接了一个大赞助商的选题，正好缺个女搭档，学姐有没有兴趣跟我一起啊？"

江念尔笑了："不好意思，没兴趣。"

祁菲没想到江念尔会拒绝得这么无情，完全不给她留面子。要知道，江念尔现在已经很难接到推广赞助了，在这个圈子里步履维艰，她有什么理由拒绝。

"学姐，你别逞强，我现在可以带一带你。"

"用什么带？"江念尔打断她，嘴角挂着冷淡的笑意，"接大牌的推广，抄别人的板，卖劣质衣服给粉丝，你这带血的馒头我吃不起。"

祁菲愣住了。

她被戳到了痛脚，仿佛自己的罪行被人剥开示众似的，难以遏制地怒吼："江念尔！"

她下意识地伸出手，刚想把江念尔从台阶上推下去，身后忽然传来一个低沉而富有磁性的声音："周泽文，我让你走了吗？"

这个声音太冷，冷到现场无论当事人还是围观群众都凝滞了一下。

祁菲等人诧异地回过头，看到一个穿着白衬衫、身形颀长的男人站在教室门口。

以高挺的鼻梁为界，他一半脸没入阴影里，目光极淡地望过来，在几名学生间扫了一遍，最后落在周泽文身上。

周泽文下意识地站直，毕恭毕敬地说："对不起，穆老师。"然后匆忙地跟祁菲道，"我现在走不了了，有空再一起吃饭吧。"说罢，小跑着站到男人身边，老老实实地接过男人手里的资料，乖巧得像个小跟班。

祁菲眨了眨眼，按捺住心脏的狂跳，这位就是周泽文的导师、赫赫有名的穆深啊！总算见到真人了，居然真的跟传言一样，好像比周泽文还帅……

她正这样想着，穆深的目光就移到她脸上。

祁菲深吸一口气，准备主动跟这位"神仙教授"打个招呼时，对方却率先开口了，声音里不带一点儿笑意，反而非常厌倦："这里是动物医学系的教学楼，请不要在此大声喧哗。"

他目光一转，所有被他看到的人背后一阵发凉，围观的学生立刻如鸟兽散。

祁菲的室友们拉了拉她，赶在这个年轻的教授发火前把她拽离了"犯罪"现场。

江念尔松了一口气，她早就不想在这里久留了，立刻带上设备转去下一个取景点。

教学楼前再度恢复了宁静。

穆深一抬手，把资料从周泽文手里又拿了回来，并对他说："你可以走了。"

"啊？"周泽文愣了一下，看到穆深那张不容置疑的脸，立刻点了点头，"好，那我去吃饭了，舅……穆老师记得按时吃饭。"

周泽文走了。

穆深准备回教室，转身前忽然看到地面上有一个红色的小东西，就在江念尔刚才站过的位置。

他走过去，蹲下来，仔细一看。

是一个红樱桃的发夹。

迟疑片刻，穆深伸出手，把发夹装进了口袋。

剪片子的时候，江念尔就发现自己出门前随手别在耳边的发夹不见了。

第一段视频里，她跟粉丝打招呼时发夹还戴在头上，后面在杏花树下取景时就已经没有了。

那个发夹虽然不贵,但是很可爱,她选了半天才选中的红色小樱桃,丢了有点可惜。

她的vlog发布以后,有人眼尖,留言说:"怎么感觉念念这个发夹跟穆教授桌上那个是一样的?"

顺着"传送门",江念尔戳进了穆深的微博。

认证为动物医学博士,页面很清爽,除了科普文就是转发一些动物领养的消息,跟他本人给人的感觉一样,专注而认真。

在最近的一条科普微博下,穆深配了一张桌面照片。他的本意是分享桌上的参考书籍,但大家的注意力都被右上角无意出镜的樱桃发夹吸引了。

"穆深老师居然有一颗少女心?"

"会不会是女朋友的呀……"

"我失恋了。"

"歪个楼,发夹挺可爱的,蹲个链接。"

诙谐的讨论里,有人提到了江念尔。

"指路@想你的念念,她刚发布的vlog就是在海大拍的,戴着一模一样的发夹!"

可是这条评论沉在了下面,没几个人感兴趣。

一个是学院派的天之骄子,一个是没什么内涵的过气网红,八竿子凑不到一块儿的两个人,网友们完全不觉得他们两个会有什么关系。

江念尔看到这里,默默点了退出。

不要说网友,就连她自己也这样认为。

或许是穆深无意中捡到了她的发夹,也或许那压根儿就不是她的。

关于发夹的讨论很快就结束了,江念尔这期vlog掀起了一拨意料之外的热度。

——她在海大跟祁菲争执的视频流传到了网上。

视频的拍摄角度很微妙,只能看到她的正面、祁菲的背影。祁菲说的话似乎经过特殊处理,模糊听不清,但是她的那句"关你什么事"却异常清晰。

看下来,仿佛是江念尔单方面训斥祁菲。

祁菲的粉丝大为光火,不出一个小时就屠了版,差一点儿就把"想你的念念"骂上热搜。

江念尔的活粉没剩下多少,因为这件事又取关了一批。

她看着唰唰掉的粉丝数目,头有点疼。

江念尔觉得,自己应该和公司商量一下,说点什么。

巧的是,这个念头刚冒出来,公司就主动联络了她。

江念尔签的公司叫星秀文化,包装过各个领域的网红和大V,除了她,周泽文也在这家公司。

说起来,周泽文作为海大的学霸兼校草,本来跟这个行业没有任何交集。大二的时候,他的几张生活照意外在网上走红,收获一大批颜粉。

周泽文有点自恋,喜欢被人追捧的感觉,就顺势开始了直播,课业之余将副业经营得风生水起,还考上了研究生,也是一大人才了。

他被星秀文化签下来后,公司对他一通炒作,其中最重要的一项就是和当时最红的时尚博主江念尔捆绑成情侣,两个人在同一所学校,又都是学校里的风云人物,自然而然地成为大家津津乐道的一对儿。

后来江念尔过气了,CP被拆就是后话了。

早上九点,江念尔准时出现在星秀大楼里。

曾经的工作人员现在见到她,只是尴尬地笑一下,有的干脆躲在一旁,侧目看她。

江念尔觉得气氛有些不对,但她没放在心上,径直去了经纪部的办公室。

她过去的经纪人昵称欢哥,现在已经是星秀经纪部的部长了。

两个人寒暄了几句,江念尔开始和他讨论起这次的风波。

"当时我的头发钩到了周泽文的纽扣,并不是网上传的那样,跟他纠缠不清。"江念尔抱起胳膊,幽幽道,"我也不知道视频是被哪些有心人刻意上传，祁菲说话很过分，却都被处理掉了。"

欢哥点头："我知道的，我都懂，你不是那样的人。"

江念尔"啧"了一声："不要说假情侣了，哪怕我跟周泽文是真情侣，只要分手了，我就绝对不会再看对方一眼。"

欢哥无奈："你等有男朋友了再来立flag吧。"

江念尔噎了一下，嘴角一垮："我的青春都献给这份事业了，哪有工夫找男朋友。"

"念念，你一个女孩子别那么拼，有空就休息休息，也是时候该找个对象了。"欢哥说这话的时候，偷偷瞟江念尔。

江念尔靠在椅子上，来回地晃，没注意到他的眼神，说："现在不是考虑这个的时候，我准备发个澄清说明。欢哥，你找个公关帮我润色润色吧。"

欢哥面露尴尬："什么声明？"

"就是传言不实的声明呀。"江念尔指尖在手机上随便一拨，"看看，要么说我欺负后辈，要么说我对周泽文纠缠不清试图插足，没有一条是真相，我不想再忍了！"

欢哥笑容艰涩，支吾了半天，才小心翼翼地说："念念，今天叫你过来，其实是因为公司做了一个决定……"

江念尔抬头看他。

"首先说明，这个决定不是我做的，是高层，我也是单方面接的通知……"面对当年一起从微末奋斗过来的伙伴，欢哥实在不忍心开口，他擦了擦额头上的汗，不敢看江念尔，小声道，"公司要和你解约……"

江念尔脸上的笑容凝固了。

从十八岁到二十三岁，走过五个年头，正如江念尔自己所说，她把最美好的一段时光献给了这份事业，见证星秀从一家仅有几个员工的小公司，一步步走到了业界龙头。在最风光的时候，光她一个人带来的效益就能养活全公司上下。

可是现在,她失势了,公司无情地选择抛弃她。

江念尔没有反应过来,只是没有表情地看着欢哥。

恰好这时有工作人员推门进来,张口就道:"欢哥,菲菲新一季的选题我给您放这儿了。"

欢哥头疼地揉着眉心,什么时候来不好,偏偏是现在。

江念尔的表情更加迷离了,她有点不敢相信自己的耳朵,一字一顿地问:"公司签了祁菲?"

"对。"欢哥无奈地说,"刚签的,我阻止过,公司有一个你了,不需要定位相同的女博主,但是……"

他欲言又止。

江念尔执着地问:"但是怎么了?"

"领导说……说你的粉丝号召力太差,要包装一个新的……"

江念尔怔住了。

包装一个新的,意思就是——旧的不要了,扔了吧。

这段时间总能见到关于周泽文和祁菲的消息,她还以为这两个人真的在一起了,原来还是公司的套路。

原来祁菲早就进了星秀,而且是来替代她的,所以那天说话才会这么有底气。

兜兜转转,只有她一个人被蒙在鼓里。

一个更残忍的猜测出现在她脑海中,江念尔沉默了一会儿,问:"因为那段视频,公司想保祁菲,所以才要和我解约对吧?"

欢哥轻轻地点了下头。

弃车保帅她不是不知道,只是没想到,她是那个车。

欢哥终究是不忍心,劝她:"念念,你不要太固执,咱们这个行业就得跟着市场走才有饭吃,你应该稍微改变一下了。"

顿了顿,他叹了口气,道:"领导其实还跟我说,以前给过你一次选择的机会,可是你选错了,才造就了今天的局面。"

江念尔恍惚。

他说的"选择的机会",就是在她流量刚下滑的时候,昂贵的大品牌打进国内市场，她奉行的亲民平价穿搭法则渐渐被大家厌倦。

当时江念尔面临两个选择，臣服于大品牌的资本，还是坚持自己的原则，她选择了后者。

没想到自此开始，她溃不成军。

所谓墙倒众人推，她的热度一下去，想要取代她的女博主们便迫不及待地要把她拍死在沙滩上，对家编造的关于她的黑料可能比推出的搭配还多。

江念尔回想到过去种种，想到自己熬到凌晨搭配出的一套接一套的衣服，想到大家喜欢她作品时的留言……

心里一阵绞痛，江念尔下意识地攥紧手机。

欢哥说："我今天就是先知会你一声，解约合同不着急签，我帮你申请了解约金，虽然不会很多，但是在你签到下一个公司前……"

"今天就签。"江念尔突然打断他，眼睛里已经没有了刚才的彷徨和无助，反而闪烁着坚定的光。

她嫣然一笑，平静道："正好我今天人在这儿，直接签了吧，下次再约我过来，我不一定有空。"

"念念……"

"不用多说，解约其实正合我意。"江念尔歪了歪头，笑得狡黠，"我早就厌倦星秀一成不变的推广方式了。不瞒你说，我其实也在寻找下家，正愁怎么跟公司提呢。"

欢哥沉默了半天。

他太了解江念尔的性格了，要强、自傲，她会这么说，一点儿也不奇怪。

江念尔从笔筒里抽了一支笔出来，催促道："快点儿吧，我一会儿还有事。"

欢哥不再多说什么，打印了解约合同。

江念尔只匆匆扫了一眼，便利落地在右下角签下自己的大名。

正如同五年前签约那时，一点儿也没有犹豫。

欢哥说："解约金我会让公司打到你的账户上。"

江念尔耸了耸肩:"不用了。"

她转身离开,一点留恋都没有,头也不回地走出了星秀。

江念尔其实并未走远,她坐在星秀楼下,看着面前繁忙的车来车往。

记不清过去有多少次,新一季的搭配上线后,她和她的团队成员们卸下一身疲惫,毫无形象地坐在这里看马路。

如今,却物是人非。

江念尔打电话给几家同类公司,提出想合作的意图,但都被委婉地拒绝了。

其中有一家老板跟她比较熟,说得相对直白:"念念啊,这个行业现在人太多了,天天都有年轻姑娘要当网红的,你得想办法提升一下自己的粉丝号召力啊。"

——粉丝号召力?

刚刚欢哥也说了这个词,江念尔敏感的神经被戳中了。

她不甘心。

江念尔拿起手机,发了条微博:

"出走半生,归来仍是少年",是一个美好的梦想,而梦想总是不现实的。

她捧着手机,等了十分钟,一条回复都没收到,甚至连骂她的人都没有。

江念尔越看越郁结,手指不停地滑动刷新。她有一种冲动,想发个小作文详细阐述自己有多委屈的冲动。

可是,她忍住了,并且在思考三秒后,把刚才发的那条微博也删除了。

"想你的念念"对外形象永远是精致和开朗的,她不想把负面情绪展露出去,在虚无的社交平台上,已经没有几个能跟她一起难过的人。

却多的是看笑话的。

江念尔默默收起了手机,漫无目的地游走在大街上。春景繁华的近海市，此刻在她眼里毫无生机。

不知这样走了多久，江念尔有些口渴，就近进了一家便利店，准备买盒牛奶。

货架上的牛奶几乎都卖光了，只剩下两个极端，最贵的和特价处理的。

江念尔犹豫了片刻。

在以前，她会毫不犹豫地选择贵的那款，可如今她被公司抛弃，自己也很久接不到推广，刚刚还拒绝了解约金，以前的钱都拿去买新衣服了……实在捉襟见肘……

就在她万般纠结的时候，忽然从旁边伸来一只骨节分明的手，直直朝最后一盒特价牛奶伸去。

在这一瞬间，江念尔想到了自己的命运。她不就像是这盒被标上"特价处理"标签的牛奶吗？

仿佛被戳到了痛点，江念尔迅速伸出手，在那只纤长的手指碰到牛奶前，蛮横地把这盒牛奶抢了下来。

手的主人愣了愣，伸出的胳膊硬是悬在半空没动。

江念尔的虚荣心暗暗作祟，拿完特价牛奶又拿了盒贵的，火速跑去收银台付账。

"等等……"

背后有人喊她，声音温润低沉，非常耳熟，她却无暇顾及。

江念尔只想着在被认出前赶紧离开这家便利店，她可不想明天微博热搜有一条是：昔日红人念念，落魄购买处理牛奶。

等江念尔抱着两盒牛奶跑到家时，才忽然想起一件悲伤的事——除非被人骂，否则以她现在的人气，跟热搜有半毛钱关系吗？没有！那她怕个啥？

人一冷静下来，就容易后悔。

她居然在一盒不知道有什么特别的牛奶身上多花了三十多块钱啊！

江念尔强忍住去便利店把昂贵牛奶退掉的冲动，忍痛将其塞进冰箱里，然后打开那盒抢来的处理牛奶，一口气喝掉。

当天下午,江念尔就开始肚子痛,每一个小时就要去一趟厕所。

这样持续了好几个小时,难受得快虚脱了,她终于忍无可忍,打车去了医院。

医生诊断是食物中毒。江念尔吃饭不规律,三餐全都是在外面解决,不知道自己哪顿吃坏了,为了防止病情加重,医生建议她挂水。

其间,江念尔对着扎上针头的手背拍了张照片,发到微博,并说:宝贝儿们都要照顾好自己呀。

等了许久,等来十几条问她怎么了、祝福她早日康复的回复。

江念尔心满意足地笑了,但很快她又笑不出来了。

银行发来短信,挂水买药,又花掉了几百块钱。

江念尔心惊肉跳地看着屏幕上不太长的余额数字,终于认清一个事实——需要找一份能按时发工资的工作了。

做了这个决定的当晚,江念尔对着手机镜头做作地摆了个酷妹的表情。

"是时候给自己创造一个新的开始了。宝贝们晚安哦,爱你们!"

然后她把手机放在床头,始终调亮在微博页面。

可是直到她睡着,也没收到一条回复。

江念尔开始找工作,可以用"惨淡"两个字来形容。

她大学读的计算机系,可是因为入时尚博主这行很早,专业上没学会什么东西,只是刚刚能本科毕业的水平,计算机方面的工作是不用想了。

她把目光停留在时尚行业,却持续遭遇滑铁卢。

例如面试官问她:"你一个有多年经验的时尚博主,为什么突然想来我们公司呢?"

最开始,江念尔头发一撩,嫣然笑道:"我想体验一下生活。"

面试官们面面相觑。

后来她答:"我想多了解一下这个行业的其他环节。"

终于不再是现场被拒,公司让她回家等通知。

一开始江念尔还抱有希望,可是等了好多天,什么消息都没有,她终于明白自己被"默拒"了。

又是四处碰壁的一天,看着夕阳一点点下沉,江念尔万念俱灰地走在马路上,忽然余光捕捉到"招聘"二字。

她抬起头,一家名叫"万千宠爱"的宠物诊所在玻璃门上贴着一张简单的招聘海报。

江念尔压根儿没仔细看,机械式地推开门,前台养的狗狗激动地扑了过来。

这个点诊所刚好清闲,李佳霖本来坐在前台整理资料,听到狗叫立刻站了起来:"您好,您……"

她目光低下去,来回地在地上找宠物。

江念尔语气惨淡地接话:"你们招人?"

原来是来应聘的。李佳霖点了下头,将她全身飞快地扫了一遍,略微有些惊讶。

这个女孩长得漂亮,穿得也好看,而且是那种走在人群里,一眼就能捕捉到的好看,简单却很显气质的搭配,加上清新妥帖的妆容,以前她只在时尚杂志里见过。

李佳霖有些迟疑:"您要应聘?"

"对,我来应聘。"

"有预约吗?"

江念尔摇头:"没有。是不是要先预约,我改天再来?"

李佳霖刚要说是,突然脑筋一转,反正现在诊所里没"病患",单独面试一下也没什么大不了。

"今天就可以,请跟我来。"李佳霖把她带到诊所后面,推开一间办公室的门,"穆老师,这位女士要应聘。"

夕阳从对面窗户洒进来,将整间办公室染成了金色。

突如其来的光照让江念尔不太适应,她微微偏头,眯了眯眼。

一个熟悉的身影站在书柜边,修长的手指正在翻动资料,抬起的目光堪堪落在她们身上。

江念尔愣了一下,这人好像在哪里见过?

李佳霖介绍:"这位是我们这儿的主治医生,穆深教授。你喊他穆医生就好了。"

江念尔"啊"了一下,原来是他。

"你好,我叫江念尔,这是我的简历。"

上次只是匆忙一瞥,现在可算看仔细了,这位传闻中天之骄子、青年才俊的"神仙教授"。

他确实很年轻,看上去比江念尔不过大了几岁,神情虽然寡淡,眉眼却非常端正,眸中拘着漆黑的光,望向人时非常专注。

江念尔在他的目光中,竟然有一丝局促,犹豫着该不该说一句"又见面了"。

还好,穆深很快敛起视线,好像已经不记得她似的,嗓音低沉地道:"请自我介绍一下。"

"我毕业于海大,从事时尚行业五年,有丰富的服装搭配经验和不落俗的审美,同时经营着一个颇有人气的大V账号……"江念尔心虚,她说的每一句话都跟这家宠物诊所格格不入。

李佳霖已经开始用奇异的目光看她了。

穆深却一点儿也不意外,等她说完,开始提问:"你本科学的什么专业?"

"计算机。"

"参与过动物医学方面的培训吗?"

"没有。"

"有动物救援的经验吗?"

"没有。"

办公室的气氛有点窒息。

穆深的指尖轻轻敲击着桌面,目光从简历上抬起:"最后一个问题,养过宠物吗?"

江念尔绝望地闭上眼睛:"没有。"

不过是多了一个被拒的经历罢了,没什么大不了,她这么劝慰自己。

果然,穆深已经把她的简历放到了一旁,注意力重新回到刚才翻看的资料上,仿佛已经没了耐心,直率地戳穿她:"你一点儿相关经验都没有,为什么要到宠物诊所找工作?"

江念尔咬了咬牙,自尊心不允许她说出实话。

可是面试被拒一整天,她实在是很疲惫,脑子里乱得像一团糨糊,根本没心思思考,脱口道:"可能因为我好看吧。"

"……"

屋子里的气氛更诡异了。

李佳霖和穆深齐刷刷地看着她,两双眼睛里饱含关心和爱护,仿佛下一分钟就要建议她去挂脑科。

江念尔恨不能刨个地缝钻进去,她握紧包带,随时准备逃跑。

然而,下一秒钟,穆深忽然开口了:"什么时候能来上班?"

江念尔瞪大眼睛,她听到了什么?

李佳霖也露出愕然的神色:"穆老师,她被聘用了吗?"

穆深点了下头,征询江念尔的意见:"没有相关经验,暂且从前台开始吧,工资比医生少一千,可以吗?"

"您……"江念尔不敢相信,"您是认真的吗?不要开玩笑。"

穆深动作顿了一下,眉头微蹙:"我像在开玩笑?"

江念尔心花怒放,立刻点头:"可以!我明天就来上班!"

江念尔自己也没有想到,最后会在宠物诊所找到工作。

目前除了穆深,这家宠物诊所只有三名员工,李佳霖是穆深曾经教过的学生,毕业后就在这里打工,还有一位女助理医生据说请假了,下周才来。

星秀把解约费打到江念尔的卡上时,江念尔正跟着李佳霖熟悉诊所的方方面面。

她低头看了眼短信,忍不住冷笑。

少得可怜的遣散费,连她以前收入的零头都不到,打发小狗吗?

她问李佳霖:"咱们诊所每个月都会按时发工资的吧?"

"对啊。"

"不会拖欠吧?"

"当然不会。"李佳霖鄙夷地看她一眼,"穆老师不是那种人。"

"那就行。"江念尔抬手,立刻把解约费退给了公司,并附言:就当我扶贫。

那头就再没消息了。

宠物诊所前台的工作并不复杂,江念尔很快就记住了,捋起袖子自信地说:"交给我吧。"

李佳霖提醒她:"你的工作虽然看着很简单,但做起来可不轻松,因为来我们诊所的人很多。"

江念尔不以为意:"能多到哪儿去?"

李佳霖立刻露出"你还是太年轻"的目光,幽幽地叹了口气:"我刚来时,也是这么想的。"

到了下午,江念尔逐渐明白了她的意思。

抱着猫猫狗狗来"万千宠爱"看病的人真是络绎不绝,大都是女性,基本一进门就问:"穆医生在吗?"

穆深像只陀螺,一整天都在连轴转,每次江念尔见到他,他都是戴着口罩,神情严肃地穿梭在各个诊疗室里。

江念尔在这里上班的第一天就光荣地加班了。

诊所规定是晚上九点下班,但江念尔陪着两位医生活活等到了十点半,她趴在桌子上都快睡着了,终于听到李佳霖的声音:"咦,你还没走啊?"

江念尔打了个激灵,惨兮兮地撇嘴:"我以为我不能走……"

穆深把口罩扔进垃圾桶,脱掉白大褂,细致地洗着手,说:"你可以正常下班的。"

忙碌了一整天,他眼底有几分疲色,语速却仍然利索:"明天我去学校,你们俩看着这里。"

李佳霖松了口气,冲江念尔挤眼:"那应该不会这么忙了。"

关灯,锁门,三个人在诊所门口兵分两路,江念尔和穆深同一个方向,李佳霖住在另一边。

江念尔正要到路边打车,穆深就说:"你家住哪儿?我送你。"

她觉得入职第一天就搭领导的车不太好,可是近海市出租车费很高,如果能省一笔……

江念尔咬了咬牙,不太好意思地道:"那就麻烦您了。"

穆深车开得很稳,不知道他们这些跟医学擦边的人,是不是手都很稳。

一路沉默,江念尔百爪挠心,决定主动开口。

"穆医生,我可以问个问题吗?"

"你说。"

"您聘用我的原因到底是什么?"对于这个问题,江念尔太好奇了。她跟这份工作毫不搭边,今天李佳霖也很耿直地告诉她,在所有应聘的人里,她是最不适合的,却是最快被录取的。

穆深神情缓和下来,说:"你觉得是什么,那就是什么。"

江念尔不认同地抿了下唇,小声嘀咕:"那就是因为我好看了。"

穆深滞了一下:"我们见过面。"

是的,在海大校园里,江念尔被人欺负的时候。

因为这件事,她被网友追着骂了好几天。

原来他是记得的。江念尔不太愿意回忆这件事,眸光变得有些暗淡。

可是,穆深说的话却跟她想的完全不同:"前几天,在一家便利店里,你抢走一盒牛奶——"

江念尔小声地"啊"了一声,下意识地望向他的手。

手指细长,骨节分明,是一双非常好看的手,也并不常见,上一次见到这样的手,就是在便利店跟她抢那盒特价牛奶。

江念尔半信半疑地问:"是你吗?"

穆深摸了下自己的下巴,若有所思:"我应该不是大众脸。"

"不……我不是那个意思,我当时心情不太好,压根儿没往脸上看……"江念尔忽然停下了,难以置信地望着他。

什么情况?

这人在记恨她抢走了一盒牛奶?

果不其然,穆深接下来便问:"牛奶喝了吗?味道怎样?"

江念尔倒抽一口气。

堂堂海大硕导、宠物诊所的主治医生、传说中的"神仙教授",现在在跟她算一盒牛奶的恩恩怨怨?

"挺好的,我不知道是你要买……"江念尔尿了,忽然想到一个严肃的议题,立刻板起脸来,"虽说是我抢了你的,但我拿到就归我了,你不能怪我,更不能因此扣我工资。"

说完,她偷偷瞟着穆深。

穆深的表情很是复杂,不知道在想什么。

已经到江念尔家楼下了,穆深把车停下来,似乎终于想到了应对的措辞,说:"一般我不扣员工工资。"

江念尔弯下腰,凑到车窗前,认真地看着他:"穆医生可能不知道我有个外号。"

"嗯?"

"江一般。"

穆深欲言又止,似乎憋着笑,半天后才说:"其实我没想买那盒牛奶,因为它过期了,我想拿下来提醒一下店家。"

江念尔:"……"

第二章 送我回家

在入职一周后,江念尔终于见到了第四位员工。

萧卉卉是个体格娇小的女生,模样看着清冷,但笑起来很温柔。她主动跟江念尔打招呼:"你就是新来的念念吧?以后有什么不懂的地方可以尽管来找我。"

江念尔如沐春风。

聊了几句后,萧卉卉去办公室找穆深了。

李佳霖这才靠了过来,小声提醒她:"这个萧卉卉,咱们能不得罪就不要得罪,啥事都离她远一点儿。"

"为什么?"江念尔一头雾水,"她看着人很好啊。"

"啧,她不是不好,只是有点偏执。"李佳霖老气横秋地捧着保温杯,尽职尽责地给她科普八卦,"她追穆老师很多年了。从我上大学时起,那时候穆老师还不是硕导,她就是穆老师的头号追求者了。"

江念尔感慨:"这么多年没转正还不放弃,毅力值得表扬。"

"不,话不能这么说,你得换个角度想。"李佳霖高深莫测地说,"你也知道的,穆老师一心向学,眼里只有他的专业,对其他事情都不

太关心。就算他再好,有几个女孩子可以抛弃自尊,坚持被泼冷水这么久?"

停顿了一下,李佳霖继续说:"所以吧,卉卉本质是善良的,但对于穆老师的事,有时候不太想得开。"

江念尔问:"穆医生今年多大?"

"二十八岁。"

江念尔立刻露出姨母笑,李佳霖瞪她一眼:"你笑什么?"

"萧卉卉应该只是暂时还没转正。穆老师都二十八岁了,等他发现自己应该找个女朋友时,一回头发现她还在身边……你品品,这个剧情不是很带感吗?"

李佳霖一琢磨,好像是有点道理。

她俩八卦得正欢,忽然感觉到背后一道死亡视线。

"很闲?"穆深的声音冷淡地在身后响起。

李佳霖曾经当过他的学生,现在还有点怕他,汗毛都竖了起来,忙不迭逃回自己的岗位,丢给江念尔一个"自求多福"的眼神。

江念尔轻轻地眨了下眼,看看穆深,又看看他身后眼睛像兔子一样溜圆的萧卉卉。

她来得晚,不知道穆深最讨厌八卦,不怕死地说:"穆医生,我们就是讨论了一下你的人生大事。"

李佳霖:"……"

你倒是把"们"字去掉啊!

穆深面无表情:"看来是很闲。"他抬头扫视了一圈,却跳到了另一个话题,"下周五,海大公益社团邀请我去做个分享会,讲一讲在医治动物时遇到的趣事。李佳霖,萧卉卉,你们两个是老员工,谁跟我去?"

李佳霖迅速捕捉到萧卉卉轻飘飘望过来的眼神,求生欲很强地说:"卉卉去吧。下周五好像有客人预约了疫苗,我跟念念留在这里好了。"

萧卉卉抿唇笑了一下:"那就麻烦你们了。"

穆深交代完事情,准备回办公室,路过江念尔身边时,忽然停下来,声音平稳:"上班时间编造八卦,扣钱。"

江念尔像被戳到了痛脚，立刻拉住他的手臂："不行！"

她这两个字说得气势如虹，仿佛她才是这里的老板。

穆深眉梢微扬地看着她。

江念尔眼珠一转，笑眯眯地提议："别动不动就扣钱，多伤和气。你看要不这样，我加一会儿班，把要扣的部分补一下。"

"行，那你周六来补。"

"周六？"江念尔皱了皱鼻子，"周六我有点事，来不了，周日行吗？"

穆深把胳膊抽了回来："不接受讨价还价。"说完，掉头进了办公室。

江念尔发出泄气的一声长叹，扭回头时，却发现另外两个妹子正瞪大眼睛看她。

"怎么了？"

李佳霖抢答："没事，没事。"然后小心地往萧卉卉那儿瞟了一眼。

刚才，江念尔拽住了穆老师的胳膊，这没什么，但关键是——穆深直到最后才挣脱开。

虽然不是什么亲密的接触，但发生在穆深身上，就是那么非同寻常。

萧卉卉慢慢地抬起眼，目光落在江念尔身上。

周六，江念尔要以时尚博主的身份去参加一个活动。

地点在近海市一个高档商场，某品牌开了一家快闪店，邀请时尚圈和美妆圈各路KOL前来造势。

这个活动邀请，江念尔是一个月前收到的。

天公不作美，从早上开始就一直在下雨，还有越下越大的趋势。为了上镜漂亮，所有嘉宾都穿着单薄的小礼服，迎着寒风瑟瑟发抖。

江念尔也不例外，她今天穿了一条裸色纱裙，裙摆长至小腿肚，露出一截白皙的脖颈和锁骨。虽然在外面罩了个外套，但还是抵挡不住春

雨的寒气。

顶风走到快闪店门口，江念尔出示了自己的邀请函。

工作人员看了一眼，客气地说："不好意思，您不能进去。"

江念尔愕然："为什么？"

"星秀前几天通知我们，代表公司来参加活动的嘉宾有变更，您手里这张邀请函作废了。"

江念尔像是被浇了一头凉水，浑身僵硬："您在说笑吗？我的邀请函上没有一个字代表作废。"

工作人员"哦"了一声，从兜里掏出一枚小印章，"啪"地往邀请函上一盖。

红彤彤的"作废"二字，看着还挺喜庆。

江念尔拿着邀请函的手臂僵在半空，一时不知该如何是好。

好巧不巧，这时候来了一位熟人。

祁菲穿着一条华贵的黑礼裙，指缝里夹着一张同款邀请函，递到工作人员面前："您看一下，星秀的邀请函应该是我这张。"

工作人员只看了一眼，便点头："您请进。"

江念尔不甘心，指甲仿佛要抠进肉里也不觉得疼。她尽量让自己看起来冷静："贵店长邀请的是我。可以根据合作公司的意愿随便更改参与嘉宾吗？"

祁菲听到她的话，停下脚步，友善地提议："学姐，我建议你赶紧回家吧，雨越下越大，裙子淋湿了下次怎么穿？"

江念尔目光转向她，上下打量了一下，忽然笑了，声音软糯甘甜："菲菲，你身上这件衣服可真好看。"

祁菲神采飞扬地撩了下头发："还行吧。"

"可惜是我穿过的。"

祁菲表情裂了。这件衣服是公司提供的，她并不知道之前被人穿过，还是被江念尔穿过。

她恼火地瞪了江念尔一眼，丢下一句"懒得跟你计较"就进去了。

江念尔颇有些意外，祁菲这么轻易地就放过她了？这不对劲呀。

果然，祁菲刚一进去，在门口跟人说了几句话，突然就有大批扛着相机的媒体人冲了出来。

江念尔一瞬间傻眼了。

镜头扑上来，营销号的记者们七嘴八舌地问：

"念念，听说你跟星秀解约了？"

"是因为你现在热度不如以前吗？你接下来有什么计划？"

有眼尖的记者看到她的邀请函："在参与活动的嘉宾名单里没有你，你怎么会有邀请函？"

"听说你还在纠缠周泽文，你是对他余情未了吗？"

"你在微博上说厌恶小三，为什么自己却要插足周泽文和祁菲的恋情呢？"

江念尔猛然间心慌了。曾经她能够轻松应对的镜头如今看来却像一双双邪恶的眼睛，逮住跌进悬崖的她就要一顿啃噬。

她不知道该怎么回应，明明天气很冷，手心里却不停地出汗。

最前面的记者已经要把镜头捅到她脸上了，她突然感到胳膊被人一捞，皮肤上传来温暖而干燥的触感，同时一把硕大的黑伞偏在她头上，生生将她和记者们用一层伞布隔绝开来。

江念尔抬起头，看到穆深漆黑如夜的眼眸。

他什么也没说，但在这一刻，江念尔好像听到了千言万语。

时间回到两个小时前。

穆深今天休息，正好下雨，他哪儿也不准备去，在家整理课题资料。

临近中午时，萧卉卉打来电话，说她在穆深家旁边的商场，想约他一起买东西、吃午饭。

穆深看了眼时间，提醒她："你今天上班。"

"我没有翘班哦，现在是午休时间呢。"萧卉卉撒娇道，"下周我表哥过生日，我不太会给男生买礼物呢。穆深，你就出来给我参考一下吧。"

穆深蹙眉:"你把李佳霖一个人留在诊所?"

"我不会在外面待很久,买完东西就回去。"萧卉卉不停地在电话那头请求他,"你就陪我一小会儿,我买东西很快的,不会耽误你太长时间。"

穆深烦躁地打开网页,微博立刻跳了出来。

"想你的念念"一个小时前发了条微博:今天会去××快闪店哦,宝贝们等我反馈!

定位就在旁边的商场。

穆深视线顿了一下,照片里,江念尔的裙子又轻又薄,和今天的温度不太般配。

"穆深,你在听我说话吗?大不了不吃饭了,我很快就回诊所好吗?你就陪我买个东西,我真不知道该买什么……"萧卉卉还在继续。

穆深忽然站起身来,打断她:"我一会儿就到。"

穆深到了商场,萧卉卉喜出望外地拉着他进了一家男士皮具店,在钱包和皮带间来回纠结。

半个小时后,她才买好东西,望着外面越下越大的雨,担忧地说:"这么大的雨,我怎么回诊所呀?"

穆深看着玻璃上的雨线,没说话。

萧卉卉又问:"穆深,你开车来的吗?"

"嗯。"

"那方不方便把我送到诊所呢,我怕这个天气不好打车。"

穆深抬起眼,商场门口就排着一列等乘客的空车。

萧卉卉有些尴尬,她理了理头发,换了个话题:"我去一下卫生间,你等我一会儿。"

萧卉卉离开后,穆深独自站在落地窗边,忽然看到斜对面一家新开的专卖店。

他一眼就看到了那件裸色的纱裙,江念尔冻得发抖,却还在跟工作人员理论着什么。

穆深当即抬脚，向那边走去。

时间很巧，江念尔被记者围堵了，隔着两米的距离，穆深都能听到那些尖锐的问题。

他本来还没想好，要不要去打个招呼。

可是在看到江念尔慌乱的背影那一刻，他不受控制地抬起伞，将她拢了过来。

小姑娘回过头来时，一双眼睛湿漉漉，望得他有些恍惚，甚至忘记自己该说些什么。

江念尔最快反应过来，她主动抱着穆深的胳膊，嗓音又甜又软，问："你怎么才来呀，我在这儿等你好久了。"

穆深握着伞柄的手紧了一下。

片刻后，他平静地应道："嗯，我们走吧。"

江念尔挽着他的胳膊，脚步轻快地离开了现场。

记者们以为弄错了，愣了半天也没追过来。

等脱离他们的视线，江念尔才松开穆深的胳膊，无比歉意道："对不起！当时情况紧急，我没办法了，就……"

"没事。"穆深不太在意。

江念尔低下头去，不再掩饰失落和难过的神色："谢谢你，我今天不太走运，还好有你解围。"

穆深把外套脱下来，披在江念尔身上，说："感冒请假是要扣工资的。"

他的外套上还带着体温，暖意一下子游遍全身，她不由得裹紧了一点儿。

江念尔提醒他："穆医生，下次再遇到这样的事，不要来帮我了。我顶多就是名声臭一点，你不要被拉下水。"

穆深有些意外地看她一眼。

江念尔皮肤很白，像牛奶一样，脸蛋有淡粉色的红晕，不知道是冻的还是化妆，整个人看上去像一颗清甜水润的樱桃。

"我不是帮你，"穆深不动声色地把伞往她那儿又偏了偏，"淋感

冒了要请假,诊所人手不够,忙不过来。"

江念尔会心笑了一下。

仅仅一下,她就笑不出来了,低头看着鞋尖。

她今天这一身虽然简单,却是精心搭配出来的,鞋子很贵,现在已经被溅上了各种泥泞。

跟她本人一样惨兮兮的。

江念尔垂着头,闷闷不乐地问:"穆医生,你可以送我回家吗?"

穆深沉默了一会儿,说:"好。"

车上开着暖气,江念尔冻僵的身体终于渐渐恢复。

像是溺亡的人抓住了救命的稻草,她主动跟穆深袒露心声:"我之所以出来找工作,就是因为我过气了,我得想办法维持生计,我要吃饭啊。"

穆深并不意外。

"今天这个工作,本来一个月前就定下是我,可是他们临阵反悔,也没通知我,害我白跑一趟。"江念尔撇嘴,小声嘟囔,"其实我也不稀罕来参加这种活动。"

穆深被她身上这股子莫名其妙的傲气逗笑了,勾了勾嘴角,说:"我以前听说,心情不好的时候大声发泄出来,会有用。"

"真的吗?"江念尔看了他一眼,"我可以在这里发泄?"

"可以。"

江念尔清了清嗓子,声情并茂地说:"我现在被人骂,有一大部分原因都赖周泽文,我太讨厌他了,希望他的导师这学期让他挂科。"

穆深面无表情:"他的导师就是我……"

江念尔明知故问:"噢?是吗?"

"你不如直接对我说。"

江念尔狡黠一笑:"我没有要对任何人说的意思。只是希望他的导师能无意间感知到我的祈愿……也不知道他的导师耳朵怎么样,听到了没有。"

这能不感知到吗？

她差点就拿扩音器在他耳边用rap唱出来了，以为他是聋子吗？

穆深憋了口气，忍不住问："你为什么这么讨厌他？"

分手后对前任的因爱生恨？

然而，江念尔的回答出乎他的预料："我和周泽文是假情侣，现在拆伙了，可是网友们不知道啊，追着我骂，凭什么？"

穆深有些意外："假情侣？"

"对。其实是公司的一种营销套路，坊间也称'炒CP'。周泽文现在跟祁菲也是炒出来的。"

穆深消化了一下："所以你们没谈过恋爱？"

江念尔斩钉截铁地回答："没有。网上那些合照都是专门请人拍的。"

"那为什么不公开说明一下？"

"这可不行，一方面是会让信以为真的粉丝伤心；另一方面，这属于公司保密内容，如果我公开说明了，就会显得我这个人很没有合约精神，不利于我以后的发展。"江念尔说得头头是道。

穆深今天打开了一扇崭新的大门，了解了一个他完全不懂的领域。

他若有所思道："原来如此。"

"穆医生，麻烦你在前面小超市前停一下。"江念尔忽然拍了拍他，指着前面，"我要去买点东西。"

穆深停下车，江念尔飞快地下车钻进店里。五分钟后，她提着一箱牛奶回来了。

穆深盯着熟悉的包装，心里突然有不好的预感。

江念尔甜甜一笑："穆医生，为了表达今天的谢意和那天抢走牛奶的歉意，这箱牛奶送给你了。"

穆深定了定神："其实不用的。"

"你别跟我客气，早知道你喜欢我当初就不跟你抢了。拿去喝吧。"

穆深："真的不用……"

"再推托可就见外了。怎么了，你觉得这一箱牛奶不够还你恩情？

那我再去买一箱!"

穆深:"……"

他终于不再拒绝,江念尔心里舒坦了一些。

过了一会儿,她有些肉痛,叮嘱他:"这一箱我可是正价买的,还挺贵呢,你记得要喝,千万别浪费了。"

穆深咬了咬牙,艰难地挤出两个字:"谢谢。"

另一边,萧卉卉从卫生间出来后,落地窗前怎么都找不到穆深的身影。

手机振动了两声,收到一条短信:我有事,先走了。帮你约了一辆车,车牌号××××,车费我付过了。

萧卉卉跺了跺脚,就不该上这个厕所。

她懊恼地走到商场门口时,忽然看到穆深那辆熟悉的黑车正准备离开。她刚要抬手,忽然看到副驾驶上坐着人。

——有点眼熟啊。

周一一大早,李佳霖去办公室时,震惊地看到穆深正在喝牛奶。

认识穆深的人都知道,他非常讨厌牛奶,当年学校里还有人总结追穆老师的几大秘诀,第一要义就是永远、千万不要请他喝牛奶。

相识这么多年,这还是李佳霖第一次见到穆深喝牛奶。

惊了半天,她指着那个白花花的盒子,话都说不全了:"穆老师,您……您……"

穆深抬起头来,看着牛奶盒皱了下眉,似乎在强忍某种令他不快的味道。

"是我看错了吗?穆老师居然尝试牛奶了?"李佳霖斗胆揄揶他,"味道怎么样?"

"很糟糕。"

"那还喝?"

"不能浪费,"穆深微不可察地叹了口气,有些无奈道,"还挺贵的。"

穆深看起来心情很好,但李佳霖本来就不太大的胆子用完了,不敢继续笑话他,换了个话题:"穆老师,其实我一直有个困惑。"

"你说。"

"您当初为什么聘用江念尔?"

她对那个小姑娘没有敌意,甚至可以说很喜欢,可就是非常好奇。毕竟江念尔在说完"因为我好看"以后就被录用,怎么都不像穆深的风格。

穆深倒是很坦率:"她虽然没有经验,但喜欢小动物,这点是达标的。"

李佳霖有些迟疑:"她喜欢动物?您是怎么看出来的?"

穆深没多想,脱口道:"她微博里说的。"

李佳霖愣了半天:"等等,穆老师,新的问题来了——您关注了她的微博?"

"想你的念念"可是女装搭配博主!

李佳霖嗅到了八卦的气息。

穆深手上动作顿了一下,随便找了个借口:"因为周泽文。"

李佳霖信了,刚刚冒出的粉色泡泡被这个答案戳破。穆深和周泽文关系特殊,去看看晚辈的绯闻对象,也没什么大不了。

她带着八卦没吃够的遗憾离开了办公室,走到门口时发现萧卉卉就站在一旁,冲她柔弱一笑。

不知道刚才的话萧卉卉听去了多少,李佳霖莫名有点儿担心江念尔。

事实证明,李佳霖的担心一点儿也没错。

萧卉卉和江念尔的关系突然急转直下。

起因是穆深从外面捡回来一只大型犬,到宠物诊所时,这只狗眼睛充血红肿,浑身都是癣,几乎没有一块完好的地方,后腿也跛了。

它的样子让江念尔吓了一跳。

大概是常年过着受伤的生活,它对人类充满敌意,一进诊所就躲起

来,凶狠地观察着人类。

李佳霖问:"什么情况?"

"应该是一只比赛狗。"穆深说。

"比赛狗?这么惨的比赛狗?"萧卉卉掩嘴惊呼。

"年纪大了、比赛赢不了,这些都是它被抛弃的原因。"穆深蹲下来,与这只狗对视,试图用食物把它引出来。

狗狗大概是很久没吃饱了,经不住诱惑,从柜子里一瘸一瘸地走出来,低着头开始狼吞虎咽。

穆深戴上手套,趁它吃东西时,开始检查它的身体状况。

他很专注,也很细致,阳光照在他身上,像是笼了一层温柔的光晕。

"没有大问题,但要赶紧采取措施。"穆深效率极高地和李佳霖讨论出了一套关于这只狗的治疗方案。

江念尔站在后面,迟迟不敢上前搭把手。

萧卉卉注意到她,有些不快地问:"你怎么了?"

江念尔实话实说:"有点害怕。"

萧卉卉说:"你还是入行时间太短,对猫狗也不那么喜欢,救治时间长了,你会发现这根本不算什么。"

江念尔不再说话。

李佳霖眼疾手快地圆场:"念念,这边不需要你,你就守在前面,有人来便接待一下,我们三个对付它一个就够了。"

江念尔得令,老实地回到自己的座位上。

初步的治疗到晚上才结束,江念尔没有回家,一直在前面大厅里等着大家。

准备下班时,她好奇地问另外三人:"这只狗是被谁丢弃的?它的主人会不会找它?"

李佳霖摇头:"你看它伤成那样,是有主人的样子吗?"

萧卉卉说:"这种多半是黑心狗舍丢弃的。狗狗们为狗舍比赛、挣钱,到后来没有利用价值了,就会被抛弃,任其自生自灭。"

嗯?

江念尔怔了一下，原地伫立一会儿，迟迟不动。

这怎么那么像……她和前家公司的关系呢？

两个女医生一边讨论着狗狗的病情，一边换便服，都没注意到她的反常。穆深却停下脚步，深深地望了她一眼。

"今天算你加班。"他忙了很久，嗓音有些沙哑，"之前扣掉的工资补上了。"

江念尔回过神来，忙不迭地点头："那太好了。"

萧卉卉也搭乘穆深的车回家。

江念尔先到，待她下车后，只剩下穆深和萧卉卉两个人。

萧卉卉找准时机，说："穆深，以后你再面试员工一定叫上我一起，我帮你把关。"

"怎么了？"

"咱们开的是宠物诊所，最基本的条件得是热爱小动物吧？"萧卉卉叹了口气，无奈地说，"念念这个姑娘真的还不错，可是她对动物没有很喜欢，感觉她做这份工作也不快乐，我好心疼她。"

穆深顿了一下："她不喜欢动物吗？"

萧卉卉没有回答，欲言又止一番后，只是别有深意地说了一句："你自己观察观察就知道了。"

穆深没再接话。

他想起曾经看到过的江念尔的微博："我好喜欢小动物呀，尤其是猫咪，它们都是天使！"

怎么看都不像是假的。

自那以后，穆深下意识地开始观察江念尔。

她跟动物们确实不太亲近。几位医生给诊所里收养的动物喂食，都恨不能亲手喂到嘴边，看着它们吃完。可江念尔只是把食物放在地上，然后坐到一旁，像一个事不关己的人，没什么情绪地看着。

某天中午，其他人去外面觅食，江念尔独自留在诊所里值守。

等人都走了，她飞快地编辑一条微博：给小胖子铲屎是痛并快乐

着的!

然后她点开拍照键,抱起身边一只加菲猫,凑到镜头前,摆好自己的角度,"咔嚓"一顿拍。

这只加菲有一颗放荡不羁爱自由的灵魂,不喜欢被人抱,在她怀里挣扎了一番。

好不容易有了合适的照片,江念尔就迫不及待地放开它,嫌弃地在大褂上蹭了蹭,然后跑去洗手。

就在这时候,诊所的门开了,穆深站在那里,一动不动地看着她。

江念尔忽然有些尴尬。

"你什么时候在那儿的?"

"挺久了。"

哦,那就是她所有举动都被他看到了。

江念尔心虚地吸了吸鼻子。

穆深走到那只舔毛的加菲前,温柔地摸了摸它毛茸茸的脑袋,仿佛在安慰它。

气氛有点紧张,江念尔讪讪地开口:"你怎么回来了?不是去吃饭吗?"

"手机忘记带了。"穆深挠了挠下巴,猝不及防地问,"你微博发完了?"

江念尔怔了一下,硬着头皮"嗯"了一声。

"江念尔。"穆深没头没尾地开口,"你喜欢猫吗?"

"谁?你说这只猫?不喜欢。"

"那你喜欢什么动物?"

"也就那样。"

穆深停下动作,又问:"你喜欢小动物吗?"

江念尔犹豫片刻,说:"说实话,暂时没什么感觉。"

穆深摸着猫的手忽然停了下来。他没有抬头,江念尔便看不到他的神情。

等他站起来时,已经是非常平静的一张脸,看不出丝毫情绪:"所以,那也是你的'人设'?"

"你说什么……"

"爱猫。"

江念尔手指蜷缩在一边,深吸一口气,破罐子破摔:"你觉得是就是吧。"

穆深望着她的眼睛深不见底:"最近猫咪在网上很火,这个人设帮你圈到粉了吗?"

"话别说得这么难听。"江念尔挺直胸膛,非常不快地和他对视,"我没有做什么伤害它们的事,你没必要把我当成坏人。不过都是混口饭吃,喜不喜欢动物又怎样?像你这样做兽医的就一定比我高贵吗?"

穆深没有说话,他拿到自己的手机,笑了一下,离开了。

那笑容非常冷淡,仿佛周围的温度都跟着骤降五度。

江念尔愣了许久,才缓慢地蹲下身,抱着膝盖,把头埋了进去。

完蛋,她感觉自己离失业又近了一步。

那天发生的简短冲突只有他们两个人知道。

穆深虽然没有直接开除她,但两个人一见面,气氛就有些僵硬。

除了打招呼,也没再说过其他的话,仿佛一夕之间退回到了最初的关系上。

连李佳霖和萧卉卉都察觉到了。一方面,李佳霖以为他们俩私底下产生了什么矛盾,不停地开导江念尔;另一方面,萧卉卉抓紧时机更加频繁地黏着穆深。

周五那天,萧卉卉跟着穆深去海大开分享会。

江念尔"大姨妈"来了,肚子有些不舒服,一大早就蔫耷耷地趴在桌子上。

李佳霖以为她还在为穆深带萧卉卉而不带她的事怄气,劝慰道:"因为你来得比较晚,很多救治没参与过,所以穆老师才没选你呀。等你混成了老员工,下次他肯定带你。"

江念尔勉强咧了下嘴角，气若游丝地说："他才不会带我。"

"你看你，因为这点小事置气，不值得。我们念念不是无敌美少女吗，小心生气脸上长褶子，拍照不好看了。"

江念尔差点被她逗笑："才不是因为这个事。说实话，我现在对海大有阴影，他求我去我都不爱去。"

李佳霖和江念尔认识后，专门去看过她的微博，也知道她在海大被人录视频的事，有些心疼地拍拍她："那就更没什么好气的了。不是我安慰你，我真心觉得你跟萧卉卉比，竞争力还是很大的。"

"姐姐……你要我说几次，我对穆医生没那个意思。"

"那就更要开心点了啊，中午姐姐请你吃饭。"

预约的客人来了，李佳霖冲她挤挤眼，带着客人和宠物去了后面的诊疗室。

李佳霖刚走，前台的电话就响了起来。

"您好。这里是……"

"念念，是我，萧卉卉。"电话那头的人打断她的话，着急道，"你看到桌上那沓资料了吗？"

江念尔低头瞄一眼："看到了。"

"把那个送到海大来，那是穆老师的资料，我早上走时忘记带了。"

"啊？"江念尔犹豫了，"我一走，诊所里就只剩下李佳霖一个人了，而且我现在身体……"

"不好意思啊，念念。"萧卉卉再度打断她，语气虽然温柔，却霸道强势，"我知道很麻烦你，但是穆老师一会儿就要用到这个，今天必须得辛苦你跑一趟了。"

萧卉卉匆匆报了下分享会的教室号，挂断电话。

江念尔腹部又是一阵痛。

如果不去，穆深会不会因此生气，把她开除？

刚刚说完"求我都不去"豪言壮语的江念尔，现在只能苦着脸把资料装进包里。

她跟李佳霖知会了一声，一点都不敢耽误，捂着肚子跑出去拦车。

司机看江念尔着急，把车开得飞快，一路颠簸，江念尔觉得肚子疼得更厉害了。可她却不敢让司机慢下来，因为萧卉卉一直在微信里催她。

好在半小时内赶到了海大，江念尔对这里比较熟，直奔教学楼，却发现电梯正在检修，她只能爬楼梯到顶层的阶梯教室。

每爬上一层，姨妈痛的程度就跟着上一层，还引起了头晕眼花的症状。

好不容易上了五楼，江念尔到教室后门晃了一下。

萧卉卉看到她，不急不缓地走了出来，十分抱歉地笑道："对不起啊念念，已经用不着了，穆老师不用资料直接讲了。"

江念尔："……"

已经做不出什么反应了，她只是抬起眼，越过攒动的人头，没什么情绪地看了讲台上的穆深一眼。

就在这时，穆深也向她看了过来。

几个小时前的早上，穆深没有去诊所，而是直接来到海大。

周泽文作为他的学生，今天仍旧担当助理一职。

他们提前去了教室，周泽文帮他把投影和资料全都调出来。

穆深站在一旁，突然问他："你跟江念尔当时是假情侣？"

穆深问得太突然了，周泽文吓了一跳，手里的U盘掉到了地上。

"是啊。"重新把U盘捡起来，他低头闷闷地说，"没在一起过。"

穆深深深地看他一眼，轻描淡写道："当初你不是这样说的。"

周泽文背后发毛。

确实，当时家里人问起他这段在网上广为流传的绯闻时，他没有否认，穆深当然也知道。

"工作嘛，说那么多干吗。"周泽文敷衍地应了一句。

穆深沉默良久，回道："你的工作是学习。"

周泽文立刻向他保证："穆老师，您放心，如果有一天我的副业影响了学业，我一定会毫不犹豫地舍弃副业。"

穆深淡淡地"嗯"了一声，没再继续这个话题。

分享会开始后,萧卉卉才发现她有一份资料没带,穆深说不用了,资料上的内容他早就烂熟于心,况且不是学术讲座,没必要对着资料来。

可萧卉卉觉得这是她的失职,必须要解决,于是打电话让江念尔送过来。

事实上,在讲述那部分内容时,穆深的确用不着资料。

江念尔出现在教室门口时,穆深都快讲完了。

"目前,我和我的团队已经跟本市动物保护协会达成协议,我们会在接下来的某个月份——"他在讲台上转了个身,忽然捕捉到前方苍白的面孔,话音顿了一下。

这个停顿有些久,台下满座的学生们睁大眼睛看看他,然后又顺着他的视线回头望。

可是教室后门已经没人了。

"我们会参与义务援助的活动。"穆深终于把后半句话说完了,他垂下眸,放下粉笔,"接下来,由我的同事萧医生给大家讲述一些救治过程中的心得和体会。"

他走下讲台,对周泽文低声道:"等萧卉卉讲完,你代替我去做总结。"

周泽文愣了:"您要去哪儿?"

穆深没回答,快步从教室后门离开。

走廊上空空如也,他蹙了蹙眉,直奔安全楼梯的方向。

只下了一层,他就看到了那个把头埋进膝盖里的瘦弱身影。

说不清是什么情绪忽然涌了上来,穆深发觉自己说话的声音都柔软了许多。

"江念尔。"他轻轻地叫出了这个名字。

江念尔慢慢地把头抬起来,转过脸来。

穆深看到的,就一双发红且蓄着泪的眼。

"穆深啊。"她呜咽着,小声叫他,"我疼。"

第三章 结下梁子

江念尔嘴唇发白,眼眶周围却有些发红,再加上乱糟糟的刘海,看上去像是某种毛茸茸又可怜巴巴的小动物。

也不知道是怎么回事,有那么一瞬间,穆深觉得心脏像被针浅浅地扎了一下。

他将视线从那双泫然欲泣的眼睛上挪开,说:"走吧,我送你回去。"

江念尔有气无力地问:"那你的讲座……"

"已经结束了。"

是吗?江念尔没有多疑,扶着栏杆站起来。

小腹忽然又是一阵绞痛,江念尔眼前发晕,脚下没站稳,向一旁踉跄了几步。

一只大手立刻伸出来,稳稳地扶住她。江念尔嗅到穆深身上淡淡的消毒水的味道,忽然想起前些天,他站在诊所门外,冷着一张脸看自己的模样。

凭着一丝理智,江念尔把胳膊抽了出来。

"没事。"她勉强咧开嘴,露出一个大概可以称之为笑的表情,"我可以自己走,不用你扶。"

"刚才不是还撒娇喊疼?"

江念尔尴尬了一下。确实,她也不知道怎么了,刚才一看到穆深就忍不住说自己疼。

与其解释,不如痛快地承认。她说:"对不起,我一看到你就想起了我那和蔼慈祥的爷爷,忍不住就撒起娇来。"

穆深:"你爷爷年轻的时候也这么帅?"

"那我不知道,你得去地下问问他老人家。"话刚说完,腹部阵痛袭来,江念尔暗暗"哑"了一声,没工夫再跟他斗嘴。

穆深不再说话,始终站在她的斜前方,不算太远,但又与她保持一定距离。

江念尔自己扶着栏杆,慢慢往下走。

平时两分钟就能走完的楼梯,她用了快十分钟。

万幸,穆深的车就停在附近。

当江念尔的屁股沾到车座椅时,她觉得自己仿佛打了一场胜仗,终于可以松口气,安心地休息一会儿了。

头往车窗上一靠,她呢喃着问:"你说,你是不是报复我?"

"嗯?"穆深微微一顿,疑惑地看向她,却发现她已经闭上眼睛,哼哼唧唧地打算睡觉了。

穆深沉默地靠过来。

距离越来越近,江念尔感受到两人的鼻息交汇,猛地睁开眼,提防地看着他:"你干吗,我还没睡着呢。"

穆深嘴角轻轻勾起,笑声里有些讥诮。

他一把扯下她耳旁的安全带,按进插孔里,淡淡地说:"副驾驶不系安全带,罚款二十块。"

江念尔:"……"

可以,她居然因为二十块钱自作多情了一把。

江念尔默默扭头,再也不想跟穆深对视。

穆深下班时常顺路送她回家,因此知道她家的地址,直接开了过去。这一路开得不快,车内很平稳,江念尔在阵痛的间隙打起了瞌睡。

路上,穆深接到周泽文的电话,那头向他汇报讲座后续的进展。

穆深听完只是说:"辛苦你了,麻烦你先帮我把资料都收起来,回头我来拿。"

周泽文愣了一下,问:"穆老师,您已经离开学校了?"

"对。"

"您要去哪儿?是家里有什么事吗?"

周泽文问这个话一点也不逾越,他本科时有一次母亲生病,要做个小手术,全家人怕影响他心情,都瞒着没告诉他,后来还是他自个儿突然回家察觉不对劲才发现的。

穆深虽然只比他大几岁,却是他的长辈,只要穆深一有事,他都会担心是不是家里又有什么状况了。

穆深用余光向旁边睡着的江念尔瞥了一眼,才对他说:"别担心,是我的私事。"

周泽文便不再追问,挂了电话。

穆深已经将车开进了江念尔家的小区,却不知道门牌号,只能把她摇醒:"你家在哪一栋?"

江念尔迷迷糊糊地睁开眼,报了个门牌号。

穆深把车停在楼下。江念尔自己解开安全带,走进楼里,按了电梯。

就在电梯门要关上的一刹那,穆深忽然挤了进来。

江念尔瞪了瞪眼:"你怎么跟来了?"

"怕你晕倒在电梯里。"

江念尔哂笑:"原来是担心我。"

穆深眉头微皱,双手插在裤兜里,眼睛里没什么情绪:"怕你赖成工伤。"

"……"

她就知道,这个人能关心诊所里的动物,关心路边的野猫野狗野蚂

蚁,也不可能关心她。

江念尔懒得理他,出了电梯就去开门,没想到穆深一言不发直接跟她进了家。

"领导,我好像没有邀请你来我家做客。"江念尔眯眼瞧他。

"嗯。"穆深一点儿愧色都没有,从容地问,"备用拖鞋在哪儿?我自己拿就行。"

要在以往,江念尔早就把他轰出去了,但今天她身体不舒服,浑身无力,实在没心情管他,就随他去了。

江念尔往沙发上一横,把抱枕捂在肚子上,蜷缩着腿,把今天的种种都在脑子里过了一遍。

明明一大早还没有这么疼,都是在萧卉卉那通电话后,她火急火燎地跑出门,在校园和教学楼里一阵奔波,肚子才疼得越发凶狠。

说起来萧卉卉也只是听令行事吧?要用资料的人是穆深,最后说不用了的也是穆深,所以,都怪穆深!

得出这一个结论,江念尔立刻对那个正在自家厨房里瞎晃悠的身影感到不耐烦。

自从来她家以后,穆深都没问候她一声,直接奔去厨房,现在好像还在砧板上切着什么,这是要把她家厨房拆了吗?

江念尔胡思乱想一通,越发觉得穆深可恶。

没过一会儿,穆深从厨房里出来了:"我给你……"

"行了,我知道了。"江念尔截下话头。

穆深顿了顿,没继续说话。

"我知道,我抱着你诊所的猫咪拍照,你不高兴了,但是我发誓,我绝对没有伤害它们。"江念尔换了个姿势继续蜷缩,皱眉忍着阵痛过去,止不住碎碎念,"我是很感谢你,之前大雨天替我解围,还送我回家,可我的工作摆在那里,有些时候也是迫不得已,就一个爱猫的人设而已,真的碍到你了吗?"

穆深蹙起眉头,提醒她:"江念尔,你现在的工作跟以前不一样,你别搞错了。"

江念尔"哈"了一声,喃喃道:"原来你还记恨着这个。"

"你说什么?"

"没必要这样整我,真的。敬爱的穆老师,亲爱的领导,你不觉得自己有点过分吗?"

穆深眉头皱得更深了:"我整你什么了?"

江念尔差点给他鼓掌。穆深表情越是困惑,她心里那些不满和怨恨就越被勾了出来:"穆深,你也太会装了,你怎么可以教动物医学呢?你应该是表演系硕导。"

"江念尔,"穆深有些不快,脸色沉下去,"你能不能好好说话?"

"不能!"

"那就别说话了。"

江念尔疼得身上冒冷汗,咬咬牙,闭上眼睛,真的说不出话了。

穆深看她这样,稍微缓了口气,问:"你家有没有热水袋、暖宝宝之类的?"

江念尔摇头,今天是个例外,她平时很少这么难受,家里不备那些。

穆深找不到毯子,也不方便进其他房间,干脆把自己身上的外套脱下来,盖在她身上。

"你还不走啊?"江念尔还在置气,没睁眼,下了逐客令,"你平时不是挺忙的吗?别管我了,我躺一会儿就好了。"

"我以前怎么没发现,"穆深眯起眼看了她一会儿,"原来你是个这么忘恩负义的人。"

江念尔气笑了:"你错了,我不仅是个忘恩负义的人,还身负一招绝学。"

"什么?"

"断子绝孙爪。"

穆深:"……"

彻底不想跟这个女人说话了,穆深干脆又去了一趟厨房,锅里的姜

汤已经开了,他盛出一碗放在茶几上。

"我给你熬了姜汤,爱喝不喝。"

扔下这句话,穆深毫不犹豫地离开了。

等到他关门的回音都消失了,江念尔才疲惫地睁开眼,望着茶几上那个冒着热气的碗,发了半天的呆。

江念尔的肚子没疼多久,第二天就生龙活虎地去上班了。

她前脚刚到,穆深后脚就进了诊所,他下午还有个学术讨论会要参加,所以今天穿着衬衫西装来的,身姿笔挺,与其说是个兽医,倒更像小说里那种年纪轻轻就继承了盛大家业的年轻总裁。

总而言之,江念尔背过身,小声嘀咕了一句:"衣冠禽兽。"

穆深眼神轻飘飘地扫了过来,问:"不难受了?"

江念尔说:"托您的福,我现在可以生吞一百根冰激凌。"

穆深皱了下眉,但没有回话,直接进办公室了。

李佳霖感觉自己偷听到了绝密大八卦,指了指办公室,又指了指江念尔,睁圆了眼睛问:"你们昨天在一起?"

萧卉卉的目光立刻看了过来。

江念尔迟疑几秒,撒了个谎:"怎么可能,他胡扯。"

李佳霖"哦"了一声,不再追问。

今天他们三位医生很忙,要对前不久捡回来的那只狗进行新一轮的救治。

那只狗对人类非常警惕,抗拒治疗。昨天只剩下李佳霖一个人值守时,它带着未愈合的疮口偷偷跑了出去,等李佳霖好不容易把它找回来时,它的疮口撕裂,变成了新的伤,还有加剧感染的征兆。

一整个早上,他们三人都在后面的诊疗室里和这只狗搏斗,前厅只剩下江念尔。

偏巧今天也没人来做咨询,江念尔悄悄摸鱼,上网看起了时装秀。

她戴着耳机,看得入迷,完全没注意到穆深出现在了背后。

"江念尔。"

在第三遍叫到她名字时，江念尔才匆忙摘下耳机，关掉视频，有些尴尬地看着他。

穆深穿着白大褂，把衬衫遮在了里面，手上戴着一副手套，上面沾满了血。

他看着有些疲惫，眉头一直紧锁着，但没有斥责江念尔上班摸鱼的事，只是说："你过来一下。"

江念尔跟他一起去了诊疗室。

那只狗躺在那里，亮着两颗尖锐的獠牙，目露凶光。

江念尔有一点儿害怕，就听到穆深说："过来，帮我们按住它。"

"我？按住它？"江念尔真是迷茫了，看这只"老哥"的样子，不一蹄子把她踹飞就很给面子了。

"别磨蹭了，快过来。"穆深催她。

江念尔悻悻地走过去，戴上手套，按在霸道狗总的身上。

她能清楚感觉到狗狗释放出那种欲要挣脱束缚的力量，它呼吸粗重，喉咙里发出呜呜的声音。

江念尔有点慌，可穆深、萧卉卉他们正在高度专注地处理它的伤口，她只能硬着头皮，轻轻抚摸这只狗的后背。

"不怕不怕，我们是为了你的健康着想，等你好了就可以开开心心地出去玩耍了，听话一点儿，好不好？"

霸道狗总扑腾了一下，眼珠转向她开始进行死亡凝视。

江念尔更加犯怵，手下的动作下意识地变得更温柔："你别瞪着我呀，我也没办法。我要是生病了，也得去打针做手术什么的，你看你现在多幸运，我们领导不收你医药费和住院费，省下一大笔钱了。换成我就肯定不行……"

什么乱七八糟的。

穆深无奈地瞥她一眼。

然而出乎意料的是，霸道狗总在听完她这番话以后，似乎觉得很有道理，逐渐放弃了挣扎，也不再使劲，任由他们处置。

活像一个丧失了斗志的战士。

它一消停,穆深、萧卉卉他们那边的工作就进行得很顺利,给它伤口消炎、缝合,再打了止痛针,终于赶在中午前全部结束。

萧卉卉摘掉手套,长舒一口气,冲穆深笑着说:"辛苦了。"

穆深点了下头:"大家都辛苦了。"

萧卉卉立刻转向江念尔,道:"念念今天出了大力。来诊所至今还从没这么辛苦过吧?"

江念尔正要出去的脚步停了下来,怎么觉得她这话说得别有深意呢?

江念尔笑了笑,心平气和地答:"我的职位与你们不同,工资也不同,所以工作内容上是有点不一样。"

萧卉卉细细地冲着手,提议道:"既然这只狗这么听念念的话,不如以后就由念念来负责照看它吧?"

别,不要。

江念尔刚要拒绝,穆深就应了:"好啊。"

江念尔立刻瞪向他,眼里发射出"你闭嘴你别说话"的光波。

穆深完全将她的眼神屏蔽在外,慢条斯理地说:"我觉得这个提议可行,就这么定了。"

报复,这绝对是报复。

江念尔深吸一口气,走到霸道狗总身边,摸了摸它的头:"狗哥,我先给你取个名字吧,以后咱们就互相关照了。"

狗狗转了转眼珠,看着她。

江念尔笑眯眯道:"从今天开始,你就叫'深深'了。"

李佳霖顿时大惊,赶忙去看穆深。

但是,穆老师不仅没有黑脸,反而轻笑了一下,问:"江念尔,你骂我?"

"没有啊。"江念尔搓了搓狗头,"你看它威武霸气,气场两米八,叫这个名字不是挺可爱的吗?"

诊疗室里的温度好像低了两度,李佳霖直哆嗦。

穆深慢慢脱下白大褂,挂在墙上,对另外两位女医生说:"你们先去忙吧,我有点事要问一下江念尔。"

萧卉卉的视线在他和江念尔两人间来回转动,迟迟未动。李佳霖是一点儿也不想卷入这个战场,推着她赶紧离开了。

两人一走,诊疗室里立刻安静下来,"深深"也不再发出动静,睁着一双大眼仿佛在看戏。

穆深松了松袖扣,一步步逼近,语气很随意,但又好像藏着暗流:"就这么讨厌我?"

江念尔莫名有点紧张。

其实昨天她肚子不疼以后,反思过自己是不是话说得太重了些。有时候她难受得厉害了,心里就有一股怨气想发泄出来,昨天赶巧穆深在,就变成了她攻击的对象。

江念尔自以为他们之前的关系还算不错,她对这个人的印象分也很高,但自从她的"人设"被拆穿后,两人的关系就急转直下。

她甚至已经不害怕被解雇了,反正她有手有脚,总能找到工作。

江念尔思考时,一直没说话,穆深就以为她默认了。

他脸上一瞬间浮出冷笑,低低道:"江念尔,昨天是谁送你回家、又是谁给你煮的姜汤,你全忘了吗?"

"所以,你是想让我跟你道谢吧?"江念尔觉得自己懂了,立刻道,"真是谢谢老板您了,百忙之中抽空照顾我,但是您也别忘了一件事。"

江念尔抬起下巴,一字一顿地说:"昨天如果不是你,我也不至于难受成那样。"

穆深大半张脸逆隐在阴影里,似乎在垂眸看她,若有所思,不再说话。

江念尔调休这天,准备回趟老家临湖市。

临湖市是个小城,就在近海市旁边,离得很近,她爸妈住在那里。

出发赶车的时候,江念尔看到萧卉卉在工作群里发了个动物援助募捐的链接,并附言:这是我们诊所穆深博士联合海大动物医学系、动物

保护协会、近海市动物救助站一同发起的捐助活动,募集来的钱款将用于后续的公益救助行动,公正透明。请大家奉献一点爱心,量力而行。

江念尔刚想点开链接仔细阅读一下,后面的人流就簇拥着她上车,她只好先把手机收起来,等一会儿有空的时候再看。

到了临湖车站,只有魏海燕一个人来接她。

江念尔有些奇怪,问:"我爸呢?"

魏海燕支吾了半天,说:"他在家给你做饭呢。"

江念尔看着她的神情觉得有些奇怪,警觉地问:"爸是不是身体又不好了?"

魏海燕没有否认,安慰她道:"其实也没啥事,老毛病了。"

江来在本地当了一辈子公务文员,每天都勤勤恳恳地阅读大量材料至深夜,以至于中年后眼睛就不大好,视线越发模糊。

江念尔有不太好的预感,虽说这个病跟了父亲很多年,但还从来没有影响过他出行。

今天得严重成什么样。

很快到了家,江念尔看到父亲坐在正对着门的椅子上,似乎一直在等开门的动静。

听到有人进来,他高兴地站了起来,眼神试图在前方聚焦:"念念吗?念念回来啦。"

他伸出手想抓住女儿的手腕,但扑空了几下,才顺着胳膊握住。

江念尔不敢相信眼前的事实,她扔下包,用力地回握住父亲粗粝的手,问:"爸,你……你看不到我吗?"

江来用局促的笑容掩饰尴尬:"我看到你了啊。"

"我衣服上有颗扣子跟其他的不一样,爸,你指给我看一下。"

"念念!"魏海燕在一旁冲她摇头,示意她不要这样。

江来僵在原地,片刻后自嘲地叹了口气,说:"我就知道瞒不住她吧。"

江念尔心急如焚:"到底什么情况,你们别再兜圈子了!"

"放心吧,闺女,爸没瞎。"江来径自慢吞吞地坐回椅子上,以证明自己还是能看到东西的,"就是这段时间,视线变得很模糊,看不清东西,只能看到一点轮廓和大概,可能是休息不好的缘故吧。"

他说得很轻松,仿佛只是得了一场小感冒似的。

江念尔眉头紧锁:"医生怎么说的?"

"我这是老毛病了,哪需要麻烦医生啊?久病成医,抓点药每天按时吃就行了。"

"怎么能不看医生呢?"江念尔霍然站起,面容紧绷,"万一这次情况跟以前不一样怎么办?万一以前的药没用了怎么办?"

客厅里的氛围陡然有些剑拔弩张。

魏海燕悄悄拽了拽她的袖子,让她不要激动。

江来似乎不太愿意多聊自己的病情,稍微搪塞了几句,很快便转移话题。

"念念最近工作还顺利吗?"

江念尔没有心思闲聊,但父母问起又不能不说。

"还行吧,就那样。"

"你不要太辛苦了,要注意休息,多运动。"

"放心吧,我现在没以前那么忙了。"

"那你跟你那个男朋友怎么回事?"

江念尔困惑了一秒:"什么男朋友?"

"就是那个比你小,还没毕业的男孩子。前几天你妈妈上网看到了,你们之间好像有感情纠葛?还涉及了另一个女孩子。"

江念尔非常无奈:"首先,说了一万零一次,那不是我男朋友;其次,网上看到的东西不要信,我跟他们不熟,也不存在什么三角恋关系。"

她爸妈互相对望了一眼,将信将疑。

江念尔挽着魏海燕的胳膊:"妈,你还能不相信我吗?我要是真的找对象了,也不会找他那种长得比女孩还清秀的。"

魏海燕忍不住笑了,问她:"那你想找什么样的?"

"嗯……"江念尔思考了一下,脱口道,"长得帅的。"

江来立刻板起脸:"念念,看人不能只看外表,长得太帅有什么用?"

江念尔赶紧补充道:"等等啊爸,我还没说完,长得帅只是其中一点,还要具备其他优良品质,比如上进心、责任感。哦,对了,最好还要温柔有耐心。"

这些特质叠加在一起,在江念尔脑海中浮现出一个模糊的轮廓。

江来哼了一声,挖苦道:"你想得倒是挺美,有本事带一个这样的回来让我见见。"

江念尔吐了吐舌头。

趁这个机会,魏海燕适时地提道:"对了,念念,这次回来要不要去见见我朋友的儿……"

江念尔立刻起身:"我去看看有什么食材!"然后逃跑似的躲进了厨房。

她洗了个大番茄,直接啃着吃,吃到一半,魏海燕就进来了。

江念尔提防地看着亲妈:"先说好,我不相亲。"

"不相拉倒,我没想跟你说这个。"魏海燕坐到她旁边,开始择菜,"你爸这些年一直在为你攒钱。"

江念尔问:"攒什么钱?"

"他知道你的脾气,去了大城市肯定就不会再回来了,他想帮你在近海市买一套房子,省得你一直在外头奔波。"

江念尔怔了半天:"这就是我爸不肯去看医生的理由?"

"我猜是这样吧。"

"看医生能花几个钱?况且我自己有钱啊,我要买房我自己买,不需要你们帮我。"

"你小声点!"魏海燕瞪了她一眼,小心地看丈夫是否听到,还好电视声开得大。

"妈,你好好劝劝我爸,别想着给我攒钱了,你们不知道这年头网红很挣钱的吗?赶紧带他去正规医生那里看看,不然我可要生气了。"

江念尔觉得番茄食之无味,干脆蹲下来帮着一起择菜。

魏海燕叹了口气，就当应下了。

江念尔这次回家就留一天，睡一觉就走。

当天晚上，全家人一起看电视，江来想给她削个苹果，结果一不小心划破了自己的手指。

血珠沾到苹果肉上，刺痛了江念尔的眼睛。

江来赶紧拿纸巾擦擦伤口，笑了笑说："顾着看电视呢，没留神。"

江念尔沉默地垂下眸，没有说话。

第二天一大早，她悄悄去ATM机上取钱。

她留了点生活费给自己，预计能撑到下个月发工资，其他全部取了出来，藏在枕头下面。

魏海燕很勤快，她一走就会换床单，到时候就能发现她的这点苍白心意。

江念尔回到近海市已经是周日傍晚了。

地铁站里人很多，江念尔好不容易挤上地铁，就跟别人撞了一下。

她礼貌地道歉："不好意思，我没看到……咦？"

对面的人显然也愣了一下："江念尔？"

"程伟？好久不见！"

程伟是她高中同学，两人坐过前后排，关系还算可以，自从上大学以后就很少见面了，每次只能在同学聚会上匆忙打个招呼。

这次能在近海市的地铁上碰到，实在很意外。

江念尔问："我记得群里说你出国了，怎么在这里呀？"

"跟我导师回来参加个会议，过几天就走。"程伟上上下下打量她，"江念尔，你好像长开了，比高中时好看多了。"

"谢谢。"江念尔经常被人夸好看，时间久了几乎不再觉得难为情，反倒大大方方地应下。

"你现在还在从事时装搭配工作吗？"程伟好奇地问。

江念尔犹豫了一下，说："我最近在休息，做点其他事情，搭配出

得比较慢。"

程伟点点头,他本来也就是随便聊聊。

有来便有回,江念尔也礼貌地问他:"我记得你好像是学医的,主治什么方面啊?"

"眼科。"

江念尔愣了一下,下意识地反问:"眼科?"

"对啊,但我还没毕业,谈不上主治,就是跟导师研究课题,偶尔实习。"程伟看出她跃跃欲试的神情,笑着问,"你是不是有问题要咨询?"

江念尔咋舌:"你怎么知道?"

"我每次回国都会被亲戚朋友缠着问问题。"

"不好意思。"江念尔收起自己的表情,"你要是不方便就算了。"

"没事。"

毕业多年,能在异乡碰见也是种缘分,程伟提出晚上请江念尔吃个饭,顺便可以帮她做解答。

江念尔本来有些不好意思,是她有求于人,还要人家请客,于情于理都说不通。但程伟执意不让她破费,这事就这么定下了。

正好快到晚饭点,他们直接在中途下车,直奔近海市一家很有名的饭店。

刚一落座,江念尔发现手机上有一条四十分钟前的未读消息,刚才在地铁里信号弱,她没收到。

是穆深发来的,问她晚上有没有空,说想请她吃个饭。

江念尔撇了撇嘴,今天怎么回事,一个两个都要请她吃饭。

服务生已经拿了菜单过来,江念尔便飞快地给穆深回复:"今晚不行,我有点事。"

回完,她把手机屏幕那一面扣在了桌子上。

吃饭间,江念尔跟程伟详细描述了一下父亲的病情。

程伟有了几种推断,但江来究竟是哪种情况,不借助科学仪器检测,他也说不准,只能给江念尔科普每一种病因可能导致的后果和治疗难度。

江念尔虽然听得有些费解,但花了一个多小时,大致弄明白了一些。

总而言之,江来现在这种情况光靠吃药和休息是不够的,还是得去医院检查才行。

最重要的是,程伟提到的病况绝大部分都有拖久了会致盲的风险。

程伟看到她忧心忡忡的样子,安慰道:"我虽然过几天就回学校了,但是你有什么问题可以在微信上问我,不碍事的。江叔叔的情况应该没那么糟。"

江念尔疲惫地笑了下:"谢谢你,程伟。"

"不用客气,都是老同学,应该的。"

碗里还有半碗饭没吃,江念尔也不太吃得下了,低着头拨了拨米粒。

就在这时,程伟望着窗外,忽然好奇地说:"那辆车好像停那儿很久了。"

江念尔抬起头,顺着他的目光望过去。

一辆黑色的汽车停靠在饭店外面,刚好对着他们桌子的这扇窗。

江念尔觉得这车子和车牌号都非常眼熟。

当她缓缓地把目光挪到车窗上时,刚好看到了穆深冷淡地望过来的一双眼。

他的脸隐匿在黑暗中,眸中无光,漆黑幽深,仿佛触不到底的深渊。

江念尔"啊"了一声,刚想伸手挥一下,穆深就把车窗摇了上去。

车子发动,径直离开,使江念尔莫名有种心虚的感觉。

她抓起手机,果然,穆深在那之后连续发了好几条消息过来:

"有什么事?很要紧吗?"

"我也有事要跟你说。"

"江念尔,看到消息回复一下。"

江念尔有些头大,礼貌地给他回了一条:"不好意思,刚刚在吃饭,没看见。你要跟我说什么?可以直接微信上说的。"

穆深没有回。

转周去上班,诊所里的氛围有些不对劲。

李佳霖一向来得比较早,她今天没有在上班前刷微博和追星信息,而是老老实实地待在自己的岗位上,正襟危坐。

这太反常了。

江念尔到她面前绕了一圈,凑上前问:"你怎么了?"

李佳霖赶紧竖起食指,在嘴边"嘘"了一下,小声说:"别这么大声,小心被穆老师听到。"

江念尔不解:"听到又怎样,这还没到上班时间呢。"

李佳霖连忙摆手:"穆老师今天心情很差,刚才把我叫去办公室,拿着我一个月前写的报告疯狂挑错。"

"这么变态?"

江念尔刚说完,李佳霖就求生欲很强地捂住她的嘴。

偏偏,穆深就是在这时候打开了办公室的门。

他目光凉凉地扫过来,在看到江念尔时又暗沉了几分。

就这一瞬间,江念尔猛然想到,难道是因为她没去赴约,穆深才生气的吗?

但紧接着,她就把这个念头从脑海中挥去了。

怎么可能?穆深是那种缺人陪吃饭的人吗?就他那张脸,随手招一招,排队的姑娘估计可以凑个年夜饭抽奖活动。

穆深的视线很快就从江念尔身上挪开,平静地开口:"来开会。"

李佳霖松了口气,拽着江念尔赶紧进办公室。

萧卉卉已经在里面等着了,今天这个会议由她来主持。

"先说第一件事。"萧卉卉放下手里的资料,目光似有若无地落在江念尔身上,"前几天我在群里发的公益募捐活动,我们诊所里有三位员工参与了。"

也就是说——还有一位没有捐款。

就是江念尔。

完全把这件事忘到九霄云外的江念尔浑身一震，抬头看向萧卉卉。

"捐款这种事，全凭自愿，量力而为，但我还是想要重申一下这次活动面临的巨大困难。"萧卉卉脸上挂着柔和的笑容，"这次公益援助行动的主要发起人是我们诊所穆深博士，近海市动物救助站是协助方。我们诊所是半公益性质，几乎没有收益，海大动物医学系也给不了多少资金支持。众所周知，动物援助行动中要准备大量的药物、设备，还有其他人力、物力，如果碰上狗贩子、虐猫人士，还要做好长期搏斗的准备，做这些准备的钱哪儿来？只能靠大家捐助一点爱心，促成这次行动。"

顿了顿，萧卉卉接着道："这次捐款公开、透明，每一分钱的去向后期都会由我详细地出示一份报告。捐款人根本不用担心自己的钱会被挪用，因为捐来的钱可能根本就不够撑一周的。"

这些话都是说给江念尔听的，她完全明白。

萧卉卉双手抱在胸前，最后才将目光重新落到江念尔身上，温柔地问："念念，你不帮个忙吗？"

"萧卉卉。"穆深突然出声，好像在警告她。

萧卉卉摊了摊手，一脸无辜地说："我刚才已经说过了，捐款是量力而为，不会强求。只是我觉得诊所各位是自己人，更应该同心协力，共同渡过难关……"

"全凭自愿？量力而为？"江念尔打断她，重复这两个词。

"对。"

"好。"江念尔点点头，干脆地说，"那我不捐。"

第四章 樱桃发夹

一下子，另外两双眼睛齐刷刷地看了过来，仿佛不相信她会这么直接地拒绝。

江念尔笑了："你们看我干吗？不是说全凭自愿吗？我一说不捐你们就跟要吃了我似的。"

穆深最快淡定下来，颔首道："捐不捐确实是你的自由。"

萧卉卉的笑容逐渐淡下去，眼神有点冷："我可不可以问一下不捐的理由？"

江念尔爽快地答："可以。因为我最近没钱，经济拮据。"

萧卉卉彻底笑不出来，他们这些人，尤其是穆深，这么长时间的努力在江念尔眼里好像连浮云都不是。

穆深宣布散会，萧卉卉却不依不饶，质问江念尔："你以前不是挺有名气的吗？你的代言费推广费呢？别告诉我一分钱都不剩。"

"剩不剩跟你有什么关系？"

"是跟我没关系，可穆深呢？他又是自己出力，又是自己投钱，援助的时候连觉都不能好好睡，你连一丁点想帮他的心都没有吗？你就忍心看他那样吗?"

穆深已经有点不耐烦,不想再听萧卉卉说这件事了,刚准备把两个女人全都"请"出办公室,忽然对上了江念尔转过来的视线。

他鬼使神差地安静下来,很想听听江念尔的答案。

可江念尔只是看了他一下,很快便毫无情绪地移开目光,哂笑一声,慢慢地说:"忍心啊。"

躲在门旁悄悄围观八卦现场的李佳霖心里"咯噔"一下,看到穆深的脸以肉眼可见的速度阴沉下去,办公室里的气压也猛然间低了许多。

前一晚拒绝他的邀约,转脸就跟别的男人出现在饭店里,今天就爬到他脑袋顶上拔他的胡须。

穆深觉得自己忍耐力见长,但也到此为止了。

"很闲是吧?"他冷淡地开口,从抽屉里拿出一个厚重的大本子,扔到江念尔面前,"这是你今天的工作,打电话逐一做回访。"

江念尔纳闷了,继续不怕死地顶撞他:"又不是销售产品,有什么好回访的?"

李佳霖听不下去,赶紧冲进来拉着她的胳膊,一面将她拖走,一面跟穆深讨好地笑:"放心吧,穆老师,我会监督她好好完成的。"

等出了办公室,李佳霖抬手摸了摸她的头。

江念尔问:"你干吗?"

"看看你的头到底有多铁。"李佳霖心有余悸地瞪她一眼,"你看不出来刚刚穆老师已经生气了吗?"

"我也生气了,你怎么不去摸摸他的头?"

"大姐,你再借我一百个胆子我也不敢啊。"李佳霖撇了撇嘴,"穆老师以前在学校里就很严厉,一生气下面的学生都要遭殃。"

"我们要推翻的,就是他这种暴君独裁统治。"江念尔昂首挺胸。

"行了吧。"李佳霖把大本子拍在她桌上,"你今天同时得罪了穆老师和萧医生两个人,我劝你老老实实工作,该干吗干吗,努力降低自己的存在感,别再往枪口上撞了。"

江念尔无可奈何,只能开始漫长又无聊的电话回访之路。

晚上临下班前，江念尔去了趟卫生间，刚从隔间里出来就看到了镜子前正在补妆的萧卉卉。

她没吭声，默默站到旁边洗手。

萧卉卉从镜子里看着她，忽然开口道："念念，你真的不适合这里。"

江念尔抬起头："什么意思？"

"你不具备任何动物医学的知识，没有救治经验，对小动物也没那么喜欢，跟我们不是一类人。"

"所以呢？你想说什么？"

"人工作不是为了混日子，总要有个长远的规划，知道自己想要什么。而你——"萧卉卉转过身来，已经敛起了早上的咄咄逼人，恢复成温柔的样子，"你做着一份自己不喜欢的工作，每天都在煎熬，这样有什么意义呢？"

江念尔关上水龙头，手轻轻地抖了两下，让水滴顺着指尖流下来。

"你的意思是，"她不急不缓地问，"建议我辞职滚蛋？"

萧卉卉笑了一下，没有否认："我只是觉得，你应该为自己考虑考虑。"

江念尔对她的厌烦突然达到了新高度。这种披着伪善的外表，处处都是"为你考虑"的人，比祁菲那种直白的坏心眼还惹人嫌。

如果不是这两天萧卉卉暴露得太明显，江念尔可能真以为她在苦口婆心地给自己提建议。

江念尔盯着她，反问："萧医生，你怎么知道我在这里工作是煎熬？恰恰相反，我每天都很开心，开心得不得了，不劳烦你记挂。"

不等萧卉卉回答，江念尔就走出卫生间。

穆深已经脱掉白大褂，露出里面的白色衬衫，做好了下班的准备。他转头看到江念尔和萧卉卉一前一后地走出来，就说："上车吧。"

他照例要顺路送这两位女同事回家。

江念尔却后退了一步："我今天有点事，不走那条路，你们回吧。"

穆深看着她,问:"你去哪儿?"

"我要去买点东西,不顺路。"

穆深"嗯"了一声,没多问,带着萧卉卉上了车。

江念尔等他们都走了,才最后一个离开诊所。

今天发生这么多事,就算她心再大也不可能若无其事地跟那两人共乘一车。

况且,她是真的要买东西,小超市距离不太远,步行过去就可以了。

江念尔买了袋面条和拌面调料,盘算着到下次发工资前,得谨慎合理地使用手上的钱。

买完东西,她准备继续步行回家。刚到小区门口,忽然又看到了那辆熟悉的黑色汽车。

真是阴魂不散。

穆深站在车边,身形几乎融进黑夜里,只有指间一点猩红,发出灼烫的火光。

江念尔微微错愕,第一次知道他抽烟。

她想假装没看到,假装路人经过,可偏偏这时候,穆深侧了侧头,也看到了她。

穆深明显怔了一下,手指悬在半空,任由烟头自己烧着。

躲也躲不过,江念尔只好去打个招呼:"你们怎么在这儿?"

穆深挑了挑眉,纠正道:"没有'们'。"

"哦。"江念尔并不感兴趣,"我改口,你怎么在这儿?"

"路过。"

江念尔有点无语,路过能路到她家小区来,这可真是让人拍手叫绝的缘分。

——"绝你老命"的绝。

穆深其实也很无奈。他真的是路过,最近这几天他始终觉得胸口闷着一股气发不出来,把萧卉卉送到家以后,他不想回家,干脆开车在这一带闲逛。

也不知怎么就开到了江念尔住的地方,开到这里时他突然想下车抽根烟。

穆深低头看了眼她手里提着的袋子,看到里面的龙须面,有点没话找话地问:"东西买完了?"

"嗯。"江念尔提醒他,"你的烟燃完了。"

穆深把烟头摁灭在垃圾箱上。

"白天萧卉卉的话你不要放在心上。"千回百转后,他终于开口提了这件事,"捐款情况不太理想,她有点着急,口不择言,请你原谅她。"

江念尔觉得有点好笑:"你让我原谅她,那她会原谅我吗?"

"我刚刚跟她谈了这件事,已经警告过她了。"

"警告有什么用,人家一心想着开除我。"

穆深皱了皱眉:"谁说的?"

"下班前,她自己说的。"

缄默片刻,穆深用一种不容质疑的语气说:"不要听她胡言乱语,她没资格开除你,只有我有权决定你的去留。"

江念尔上前一步,近距离与他对视:"其实我也没那么闲,只要她不来招惹我,我也不会去招惹她。"

她笑了笑,平静地补充:"你同理。"

穆深静静地回望着她,看不出是什么情绪。

"行了,我回家了,你也别乱逛了,早点回吧。"江念尔转身进小区。

刚走到门口,她忽然停下脚步,在原地站了一会儿,才转过身来:"那个……谢谢你的姜汤。"

穆深的表情总算缓和了一些:"不用谢。"

"我还有个问题,"江念尔挠了挠额角,似乎纠结了很久,才问出来,"捐款什么时候截止?"

"下个月。"穆深答道,"不想捐就不用捐,不要勉强自己。"

江念尔摆了摆手:"我就是随便问问。"

到家以后，江念尔坐在卧室里，看着堆积成山的衣服。

因为工作需要，她平时最大的花销就在购物上，这么些年下来，也积攒了很多不再穿到的衣服，以前她都捐给了贫困地区，现在她自己就是个贫困人士。

江念尔费劲地整理了一包出来，摆好后拍完照，发到二手物品交易网站上，才安心地洗漱睡觉。

"深深"的照看工作真的交到了江念尔手上了。每天她都要抽出不太忙的一段时间，拉着它出去遛弯和排泄。

这天中午，江念尔正在路边和"深深"培养主仆之情，忽然收到一条微信。

发消息的人叫陈可，曾经是她的助理，现在也已经从星秀离开了。

"念念姐，二手网站上那个挂衣服卖的人真的是你吗？"

对方发来一张截图，里面是她的主页信息和账号名。

江念尔回复："咦？这么巧，被你看到啦。"

陈可："不是被我看到！是被粉丝看到了！你以前在微博里发过自己的账号名，忘了吗？现在大家都说你是真的过气了，穷到变卖自己的衣服……"

江念尔立刻打开微博，果然看到了相关的讨论：

一个专攻服装搭配的时尚博主，现如今把自己吃饭的家伙拿出来卖，可见她混得有多惨。

江念尔浏览了几条，看得有些头疼，于是找了一条言辞犀利的评论回了句"我衣服太多，懒得穿，全卖掉了还有好多，嫉妒吗"，然后就关了微博，不再看后续的讨论。

陈可继续跟她发消息："念念姐，你现在在做什么？我看你微博里出片的速度变慢了。"

江念尔拍了张"深深"的照片发给她，说："专职狗保姆。"

陈可："？"

陈可："狗还有专职的保姆？天哪，狗主人是霸道总裁吗？"

江念尔想了一下穆深的形象,说:"不是总裁,但也很霸道。"

"深深"已经潇洒完了,江念尔把手机揣进兜里,牵着它回诊所。

萧卉卉看到她,笑了一下,和气地说:"回来得正好,到午饭时间了。"

江念尔已经快要习惯她这种绵里藏刀的挖苦,懒得回她,直接对李佳霖道:"你们去吃吧。"

江念尔从抽屉里拿出一桶泡面,准备煮开水。

李佳霖有点担心:"又吃泡面,对身体不好的。"

江念尔笑了笑:"最近嘴馋,就想吃泡面。"

萧卉卉对她吃什么不感兴趣,拉着李佳霖要走:"我们先去占位置,穆老师一会儿就来。"

她俩走后,江念尔舒舒服服地往椅子上一坐,开始准备自己的午餐。

她的面刚泡好,穆深就从办公室里出来,嗅到味儿,微微皱了下眉,看着她。

江念尔主动说:"我吃完会开窗透气的。"

"你昨天也吃的泡面。"穆深说。

"今天换了新口味。"

"你午饭和晚饭都吃面?"

"不啊。"江念尔随口道,"有时候买两个馒头。"

穆深目光一顿:"别吃这个了,一会儿我带饭给你。"

"不用。你快去吧,她俩等着你呢。"江念尔打开视频,戴上耳机,开始吃泡面。

穆深在原地站了一会儿,才离开诊所。

或许是名气效应,江念尔挂在二手交易网站上的衣服卖得很快,拿到钱后,她立刻去给穆深的项目捐了点款。

倒不是害怕萧卉卉说什么,只是她扪心自问,这也算是一件好事。穆深这家伙虽然脾气坏了点,但好歹帮过她,若真弃他于不顾,她自觉做不到。

她刚把捐款奉上，诊所的四人群里就弹出消息。

萧卉卉专门艾特了她，说："这样不就没那么多事了？也不枉费我当时劝说你的一番心血。"

江念尔翻了个白眼，这跟你有啥关系。

出于礼貌，她回复了一个微笑表情。

隔了一天，下班时，穆深执意要将江念尔捎上。

萧卉卉还是主动坐进了副驾驶位，江念尔一个人坐后面。

穆深没有按照平时的线路走，反而从立交桥上绕了一大圈。萧卉卉忍不住问："今天怎么改道了？"

穆深漫不经心地答："下面堵。"

萧卉卉尴尬了一瞬间，没有说话。

以前每天都是这个点从下面的路走，从来没有堵过，怎么今天他就觉得会堵呢？

江念尔无心参与他们的对话，只一言不发地望着车窗外的霓虹。

改变路线后，第一个到的就不是江念尔家，而是萧卉卉家了。

萧卉卉下了车，不忘跟他们打招呼："我先走了。穆深你记得好好把念念送到哦，不许偷懒。"

穆深只点了点头，没有回答。

她走以后，穆深掉回头，去往江念尔家的方向。

穆深从后视镜里看她一眼，开口闲聊："晚上准备吃什么？"

江念尔还没回答，就接到了家里打来的电话。魏海燕又来跟她叨叨那笔钱的事，无非就是要她把卡号发过去，把钱重新转回来之类的。

江念尔耐着性子听完。

她瞟了眼穆深，捂着嘴压低嗓音道："行了，妈，别说了，我现在忙呢，留给你们就用。记得我跟你说的吗，快点去医院。"

她挂了电话，才转向穆深道："你刚刚说什么，我没听清。"

穆深停顿片刻，说："我是问你，要不要跟我去吃饭？"

江念尔愣了一下，怎么突然想带她一起吃饭呢？

穆深捕捉到她的困惑,却没有解释,只催了一下:"去不去?我请客。"

"行啊。"江念尔大方地应下,既然老板请客,当然要去蹭一顿,正好她吃面条也吃腻了。

穆深带她去了一家汤膳馆。

江念尔听说过这里,专门做各种养生汤,别看是汤汤水水,价格却并不便宜。

江念尔看了看菜单,又瞅了眼穆深,嘀咕道:"没想到,你还挺养生。"

"我也是第一次来。"穆深说,"早就听说这家汤做得不错,终于有机会来尝尝了。"

江念尔对喝汤实在不擅长,看了半天菜单也没头绪,干脆扔给穆深:"你帮我挑一个吧。"

穆深直接招来服务员:"你好,一个乌鸡汤,一个鱼汤。"

江念尔眼珠转了转,问他:"领导,你喝鱼汤?"

"怎么了?"

"你们男人不是应该喝这个吗?"江念尔手指一点,落在菜单上的甲鱼汤上。

看到穆深愕然的神色,江念尔继续调笑:"是不是看我在,你不好意思点啊?"

"以前李佳霖总是说我太严肃,让同事和学生感到害怕。"穆深眸光变得深邃,慢悠悠道,"但我现在觉得,我对你还是很宽容的,甚至有点过于宽容。"

江念尔眨了下眼,没吭声。

"我如果真的点了那个汤,你觉得你——"穆深欲言又止,没把话说下去。

但江念尔立刻明白了他的意思——你觉得你今晚能顺利回家?

他们之间不是能开这种玩笑的关系,穆深打住得很及时。

江念尔挠了挠耳背,假装刚才没有发生过那番对话,目光四处游离。

过了一会儿，她实在难以忍受这种微妙的沉默，主动挑起新话题："你之前说有事要跟我说，是什么事？"

穆深把头转过来，凝视着天花板上暖黄色的灯光，莫名有些温柔："你身体不舒服那天，我没有非要让你送资料过来。"

"什么呀。"江念尔嘀咕，"就为这事？"

"这不重要吗？"穆深提醒她，"为了这件事，你那天可没少给我甩脸色、发脾气。"

江念尔有些心虚，为自己辩解："我那时候太疼了，就想发泄发泄，事情过去以后我也觉得有点过分了，其实犯不着。"

"犯得着。"穆深看着她，说，"疼很了就该发泄，也不算过分吧。"

江念尔有些意外，没想到他能说出这么妇女之友的言论。

愣了半响她才反应过来，皱了皱鼻子："等等，不是你让我送的？那就是别人的意思？"

"萧卉卉怎么跟你说的？"

"她说很急，必须要立刻送来。"

穆深沉默了，神色晦暗不明，恰好这时候服务员把他们点的汤端了上来，江念尔的注意力立刻转移，没再纠结这件事。

反正经过这些天，只要不瞎都能看出萧卉卉对她的敌意，那么送资料这件事算到萧卉卉头上也没什么奇怪的。

江念尔低头喝汤，这家汤膳果然名不虚传，家家都能自己煲的乌鸡汤被他们做出了别样的风味，仔细品品，大概就是"贵"的味道。

穆深看着江念尔喝汤，半天才垂下眼睑。

他其实还有问题想问，问问她为什么突然又捐款了，问问她那天一起吃饭的男人是谁。

但穆博士非常冷静，在他问出这些问题前，必须先搞清楚另一个问题——自己为什么想知道这些答案？

灯光在他眼下投出一片荫翳，遮盖住星星点点的困惑。

近海市动物救助站把救援行动第一阶段的策划书发来了，萧卉卉浏览了一遍，打印出来拿去给穆深看。

这次行动穆深是骨干，他负责提供救援技术，不出意外，萧卉卉会担任他的左右手，因此救助站这边都是跟她进行对接的。

萧卉卉敲了敲办公室的门，穆深在里面说了一声"进"。

她推开门时，看到穆深正皱着眉喝牛奶。

"这是援助中心那边发来的策划书。"萧卉卉把文件放在他桌上，"我检查过了，没什么问题。"

"好的。"穆深头都没抬，"辛苦你了。"

他把牛奶放到一边，开始翻阅策划书。

"不喜欢喝牛奶就不要强迫自己喝啊。"萧卉卉忽然走到桌旁，一边拿起还剩半盒的牛奶直接扔进了垃圾桶，一边笑着说，"你看你，不爱喝牛奶可还是长了这么高，现在就没有喝的必要了。"

穆深这才抬起头来，问："谁让你扔的？"

萧卉卉怔了一下，看到他目光里透露出非常淡漠的不快。

"不想喝就不喝，我帮你做断舍离。"她解释道。

已经进了垃圾桶的食物不可能再拿出来了，穆深又看了眼牛奶盒子，目光才重新聚焦到文件上。

萧卉卉以为没什么事了，正准备要走，忽然听到穆深的声音在背后漠然响起："萧医生，希望你以后把心思都用在工作上。"

萧卉卉愣了半天。

她跟李佳霖不一样，她不是穆深教过的学生，两人更像是前后辈的关系，相处这么多年，两人一直是以名字称呼对方，除了公开的严肃场合，她很久没听到穆深私下里叫她"萧医生"了。

字里行间透露出疏离。

她僵硬地转过头，挤出笑容："我怎么了？"

穆深淡淡地看了她一眼，没有回答。

当天下午，穆深看完策划书觉得有几个问题需要跟援助中心的人面对面讨论一下,于是提前离开了诊所,临走前他让今天的值日生萧卉卉打扫一下办公室。

他走以后,萧卉卉思考了很久,自己到底是哪儿惹得穆深不开心了?

想来想去,只能联系到江念尔身上,因为昨天她到家以后,江念尔和穆深有一段独处的时间,保不准是江念尔说了什么。

萧卉卉越想越来气,径直走到前台,皮笑肉不笑地对江念尔吩咐:"念念,我还有点要紧事要忙,可以麻烦你帮我做下卫生吗?"

江念尔问了下:"打扫哪个房间?"

萧卉卉柔和地笑道:"全部房间都要做。"

江念尔无可奈何,萧卉卉是医生,对方说有事要忙,那她这个前台真是一点反驳的余地都没有。

她开始打扫诊所的卫生,虽然不情愿,但为了能让诊所里捡回来的猫猫狗狗有个良好的生活环境,她还是尽力把每个角落都打扫干净。

最后一个房间是穆深的办公室,他这个人本身就很爱干净,办公室维持得一尘不染,江念尔只是帮他擦了擦桌子,规整一下文件,觉得就差不多了。

换垃圾袋时,江念尔看到里面熟悉的牛奶盒子,她鬼使神差地拿出来,在手里晃了晃,还剩下不少。

她突然就有点心情不好,都说了正价买挺贵的,还这样浪费。

江念尔撇了撇嘴,没好气地给他换了个新垃圾袋。

一直到下班前,穆深都没有回来。

他不在,萧卉卉肯定不会跟江念尔一起回家,所以一到下班点就自己约了辆车。

在门口等车的空隙,萧卉卉主动跟江念尔搭话:"你昨天后来几点到家的?"

江念尔随口道:"不记得了。"

"念念,"萧卉卉转头看她,"我们之间是不是有误会?你是不是不太喜欢我?"

江念尔差点笑出来,这位姐姐,到底谁不喜欢谁啊。

她平复了一下情绪,学萧卉卉平淡悠远的样子,说:"我觉得我们之间没有误会,但萧医生这么问了,大概是你单方面有误会。"

萧卉卉叹气,摇摇头:"我之前对你说的话比较直,但都是为了你好。你要是有不愉快,直接告诉我便是,何必咄咄逼人,又在穆深面前乱说……"

"等等。"江念尔打断她,"我在穆深面前说什么了?"

萧卉卉深深地看江念尔一眼:"你自己最清楚。"

江念尔正要怼回去,萧卉卉约的车就来了,她轻飘飘地出了诊所,光看背影真像个清欲寡欢的气质美人。

江念尔有点不耐烦,但也懒得跟她计较,拿上手机准备走,忽然看到穆深在五分钟前给她发来了消息:"等我一会儿,我马上到诊所。"

江念尔才不打算等他,收拾好东西,迅速离开诊所,并且给他反馈了萧卉卉的动态:"你回来得太晚了,你的女人刚刚已经生着气离开了。"

在不远的地方,已经快到诊所的穆深看到这条消息,立刻踩了刹车。

他拿起手机,反复读着这条消息,脸上逐渐露出复杂的表情。

明明知道她应该另有一层意思,但乍一看到,他仍旧控制不住地勾起了嘴角。

江念尔到家后,收到了穆深回复的消息。隔着屏幕,她仿佛看见了这人微弯眼角,漫不经心地说出这句话的样子。

"可以请教一下你,怎样才能让她消气呢?"

江念尔发了个微笑表情过去,说:"我跟她不熟,改天你自己问。"

风平浪静地过了两天。

这天萧卉卉调休,诊所里人手不够,偏偏下班前又来了一位不速之客。一只猫误食了不该吃的东西,生命垂危,主人下班后才发现,已经急疯了,哭求穆深救救她的"崽"。

穆深和李佳霖赶紧给猫做了抢救工作,暂时让它脱离危险,但晚上还需要观察它的情况。

也就是说,今晚诊所必须有人值班。

李佳霖不能留,她早早就跟穆深打过招呼了,今天她妈妈生日,她得准时回家,突然加班了一小时已经很仁至义尽了。

江念尔倒是没什么事,但她不是医生,万一猫咪半夜出问题,她无法及时施以援手。

最后就决定穆深和江念尔一同留下值班,江念尔负责给他打下手。

猫咪主人也一直留到半夜,她哭了好久好久,断断续续地向江念尔讲述这只猫和自己的故事。

女主人是从其他地方漂到近海市的,独自一个人在这里打拼,过着"996"的上班族生活,没有男朋友,也一直没交到好朋友。

她很孤独,还好这只猫一直陪在她身边,每天不管上班多累,只要回到家看到猫咪睁着又大又圆的眼睛看着她,所有的疲惫都会洗刷一空。

她说,在这个陌生的城市里,只有这只猫和她相依为命。

江念尔拍拍她的背,不停地安慰她,给她做疏导工作。

女主人第二天还要上班,在江念尔的劝说下,她终于答应先回家休息,明天一早再看猫咪的情况。

她走以后,穆深要进行新一轮的换药,江念尔上前帮忙。

猫咪又吐了一阵,江念尔没来得及抽手,全吐到了她手上。

穆深动作停了下来,问:"你要不要去洗手?"

"先换药吧。"江念尔没有嫌弃,反而用另一只干净的手轻轻摸着猫咪的后背,安抚它的情绪。

药换完,猫咪稍微稳定了些,睁着水汪汪的眼睛看着他们。

江念尔忍不住笑了一下,用手指挠了挠它的头,喃喃地问:"你怎么这么可爱呀?"

这一幕落入穆深眼中。

"你看上去并不讨厌猫。"他说。

江念尔去洗手,懒洋洋地回答:"我之前不是跟你说过很多遍了吗,我确实不讨厌它们啊。"

"那为什么你有时候对动物展现出抗拒的一面?"

江念尔正用洗手液搓着手,微微顿了一下,低下头去:"不为什么。"

好像有故事,但是她不想说的故事。

穆深没有追问,往旁边一坐:"其实我以前不是学这个的。"

江念尔愣了一下:"你是改行当兽医的?"

穆深无声地笑了一下,说兽医可一点也没错。

"对,二十岁那年我选择换专业,换成了动物医学。"

江念尔很诧异:"为什么?"

穆深翘起嘴角,学她刚才的语气说:"不为什么。"

江念尔撇嘴,小声嘀咕:"学人精。"

既然已经提到了这个话题,江念尔犹豫了一下,继续问他:"其实我一直很不理解,你这个诊所是半公益性质,一年到头应该挣不到什么钱,为什么还要继续?你投入了那么多时间和精力,这样值吗?"

穆深垂下眸,看着病床上的猫,慢慢道:"为了它们,很值。"

"不,我不这样觉得。"江念尔蹲下来,摸了摸安静地趴在一旁的"深深"的头,"大家都说狗狗是人类最忠诚的朋友,可明明它们也会抛弃人类,付出的感情越多,就越容易受到伤害,这个道理对人对动物都一样。"

穆深有些奇怪:"你怎么会这样想?"

江念尔抓了一把吃的放在"深深"跟前,淡淡道:"随便说说。"

穆深安静地看着她,这小姑娘现在的表情他从未见过,好像跟平时不大一样,隔着一团雾气似的,看不真切。

时间一点一滴地流逝,已经到了后半夜,江念尔眼皮打架,强忍着睡意。

穆深怕她熬不住,于是继续找话题跟她闲聊:"我听李佳霖说,前几天的卫生是你一个人做的？"

"对啊。"江念尔打了个哈欠，"她俩都忙，只有我一个大闲人，只好自己做了。"

"很厉害。"穆深由衷地夸奖，"我觉得诊所史无前例的干净，比以前我们三个人一起做卫生时还要干净。"

江念尔笑了笑："放心，不是为你，我就是希望那帮毛孩子趴得舒坦点。"

穆深低头看了看她的手。

江念尔的手又细又白，手指修长，指甲干净整齐，一看就是精心保养过。

但她就是用这双手，让诊所变得一尘不染，还毫无怨言地承受着"病患"的秽物。

虽然专业跨度大，可自从她入职以来，从没因为工作抱怨过半点，该加班加班，该做苦力做苦力，她全盘接受。

其实这个姑娘，比她外表看上去更能吃苦。

穆深回过神来时，发现江念尔已经睡着了，头就靠在窗台上，一点也不挑环境。

他脱下白大褂，轻手轻脚地给她披在了身上。

做这一系列动作的时候，穆深忽然想起，他好像有一件外套还落在江念尔家，下次一定找机会要让她还回来。

经过一个晚上的观察和抢救，猫咪的情况总算是彻底稳定了。一大早，猫主人就跑过来看望它，并对穆深和江念尔感恩戴德，连连道谢。

因为他们两个值了一夜班，白天诊所就由李佳霖和萧卉卉值守。

迎着朝阳，穆深硬拉着江念尔在外头吃了点儿早饭，再把她送回家。

路上，穆深提醒她："我的外套你帮我收好，改天还我。"

江念尔一拍腿，差点忘了这事，说："别改天了，明天我就给你带到诊所来。"

"你确定吗?"穆深这么问。

江念尔立刻想到,如果让萧卉卉看到她带着穆深的外套来上班,还不知道会闹成啥样呢。于是她立马改口:"你说得对,还是改天吧。"

穆深进了小区,直接把江念尔送到楼下,停车时忽然说:"晚上加班辛苦了,我会批双倍加班费。"

江念尔困倦的脸上立刻神采飞扬:"真的?你可不许反悔!"

"不反悔。"穆深微微笑着,忽然问,"这样能消气吗?"

江念尔没明白什么意思,怎么突然就提到"消气"了呢?熬了一宿思维有点迟缓,但她还是礼貌地点了点头。

等她进了家门,突然反应过来,脸一下子有点发烫。

"有病吧,你的女人又不是我。"她暗自呢喃着,准备去卫生间洗把脸补觉。

到了镜子跟前,她忽然怔住。

她的鬓发边多了个樱桃发夹,就是当初她在海大弄丢的那个。

第五章 我跟你姓

补觉到中午,江念尔就醒了。

她靠在床上,发了条微博:

今天难得休息,想想接下来做什么主题的企划比较好呢?小可爱们想看什么,可以给我留言哦。

配图是随手拍的床头柜上的小夜灯照片。当然,加滤镜用了十分钟,才调出她想要的清新日系的感觉。

然后她退出自己的页面,开始刷别人的动态。

她看到了穆深刚刚发的微博,就一张照片,出镜的是他养在家里的两只猫,正趴在飘窗上虎视眈眈地望着镜头。

还挺有故事感的,江念尔便随手点了个赞。

没有想到,半个小时之后,她又被人议论了。

起因是她睡觉前摘下了那个樱桃发夹,随手就放在了床头柜上,刚才不小心被她拍了进去。

网友的记忆力很好,面对这种事宛如私家侦探,精准地认出这就是她曾在vlog里戴过、消失后出现在穆深博士的书桌上的那个发夹。

更微妙的是,穆深刚刚发了微博,江念尔就点了赞。

网友们嗅到了八卦的气息,开始在两人的微博下讨论了起来。

江念尔觉得情况不对,万一这个绯闻闹大了,被萧卉卉看到了怎么办,她可不想再跟那位姐姐有摩擦了。

于是她果断又点进穆深的微博,机智地取消了那个赞。

穆深其实很困。

昨晚为了能让江念尔心无旁骛地打盹,他一直强撑着没有合眼。

临近中午,他还在睡梦中,自家两只小崽子却毫不怜惜地蹦到床上,在他身上来来回回地踩。

他醒了。

一睁开眼,看到他家的猫大王"三三"正端庄地站在他胸口上,以极其瞧不起人类的目光睥睨着他。

穆深摸到旁边的手机,对着小崽子们"咔嚓"了一张,顺手上传微博。

紧接着,他去浏览了一篇新闻,也就半分钟不到的工夫,退出来时就看到消息提示里有几个红圈圈。

他戳进去扫了一眼,在消息列表里看到"想你的念念赞了这条微博"。

穆深心情大好,起身给小崽子们开了几个罐头,一边看着它们吃,一边思考今天要找什么理由把江念尔叫出来。

过了一会儿,他又拿起手机,查看自己刚刚发的那条微博。

点赞人数越来越多,穆深一直往下翻,却发现找不到江念尔了。

戳进她的主页里,三十分钟前赞过的提示也没了。

穆深的神情立刻僵化,点开微信给江念尔发消息:"赞就赞了,为什么取消?"

江念尔:"手滑。"

穆深:"再滑回来。"

江念尔:"我是说那个赞,是手滑点的。"

穆深："……"

穆深憋着一口气，一眼瞥到家庭群里的讨论，忽然灵光一闪，继续跟江念尔说："你中午方便出来吃饭吗，有件事想找你帮忙。"

江念尔其实没睡够，不太想出门，便说："什么事？可以微信说。"

穆深："三言两语说不清楚，必须要当面沟通。"

江念尔看着"必须"两个字，有些头疼。

江念尔："到底什么事啊？我不想出门。"

穆深："不出门你吃什么？"

江念尔："在家里随便弄点吃的。"

这之后，大约又过了半个小时，就在江念尔以为他放弃了的时候，他发来新的消息："我现在在你家楼下。"

江念尔跑到窗边看了一眼，果然，那辆黑色汽车稳稳地停在下面。

穆深："我看到你了，十分钟内不下来，奖金扣光。"

"……"

江念尔妥协了。

万万没想到，仅仅过了六个小时，又要和他碰面。江念尔觉得这段时间和穆深私下见面的频率高得出奇。

到饭店里，江念尔把"不情愿"挂满整张脸，照着菜单一顿猛点，什么贵点什么。

穆深也不阻止，就看着她点。

这家店口味不错，江念尔本来全程冷着脸不理他，直到吃上了菜，气氛才稍微缓和一些。

"叫你出来主要是有件事想请教。"穆深见她脸色温和了一些，才说，"我有一个小外甥，马上大学毕业了，你说毕业典礼上，他穿什么合适？"

江念尔脱口便道："学士服。"

"除了这个呢？他好像在学院里有喜欢的女孩，想让对方能长久地记住他。"

江念尔笑了一下,停下筷子说:"那简单,直接不穿。"

穆深:"……"

他揉了揉额角,尽量让自己平静:"学士服下面到底穿什么适合拍照?"

江念尔也不打算再跟他开玩笑了:"我没见过你外甥的样子,不好直接下定论,但不建议穿得太随意,可以准备一身正装。"

穆深从朋友圈里翻出外甥的照片递过去。

"咦?"江念尔看着照片,思索起来,"你外甥怎么长得这么像周泽文?"

但又有一点不一样,眉眼间没有周泽文那么秀气。

穆深刚想说,他有两个外甥,一个叫周泽文,一个叫周泽武,但江念尔压根儿没准备纠结这个事,直接说道:"鉴于毕业典礼是在夏天,不适合穿得太厚,让你外甥准备衬衫西裤就可以了,通过领带、袖扣和领尖装饰扣这些小物件来搭配出不同寻常的风格。"

"嗯。"穆深把准备解释的话咽了回去,"还有呢?"

"还有就是,西裤要他自己去试,合身与否会造成巨大的效果落差,如果不合身,大长腿会缩成小短腿;合身的就能凸显出腿部优势,就像——"

江念尔忽然停住,看着穆深。

穆深顺着她的话问:"就像什么?"

就像你。

江念尔没把这话说出来,也就是到了这一刻,她才发现自己潜意识里居然很欣赏穆深穿衣服的品位,他的两条腿总被衬得又长又直。

此时,穆深并未察觉到她的意思,直直地看着她,等待后续。

那目光有些灼烫。

"像那边那位男士。"江念尔随手指了个饭店里品位还可以的男人,转移他的视线。

穆深望过去,看了几眼,问:"确定吗?"

"嗯?"

"你的要求倒是不高。"穆深目光里带笑。

江念尔没懂:"什么意思?"

"没什么。"穆深敛起笑容,正色道,"谢谢你给的建议,我会转告他的。"

饭后,江念尔说不着急回家,非要拉着他在街上走一走。

穆深本没有这个闲情逸致,但难得江念尔主动,他便欣然同行。

沿着人行道走了一会儿,江念尔终于开口了:"其实有一件事,必须要你明白。"

"你说。"

"我在微信里跟你说的'你的女人',跟我半毛钱关系都没有。"

穆深停下脚步,也不意外,就这么望着她。

"是萧卉卉。"江念尔道,"她喜欢你,你应该知道。而她现在已经把我当成了假想敌,认为是我在你面前搬弄是非。"

"然后呢?"

"我希望你可以稍微约束一下,她或者你自己,都可以。"

穆深问:"约束她我懂,约束我自己是什么意思?"

"就是……"江念尔咬了咬下唇,直白地说,"麻烦你……不要跟我走得太近。"

穆深眉梢一挑,嘴角忽然浮出一抹笑:"你觉得我们走得很近?"

江念尔皮笑肉不笑:"我也不想的,无奈领导就这个德行,我有什么办法。"

穆深问:"我什么德行?"

"没有霸道总裁的命,却有霸道总裁的病,你考不考虑先给自己诊断一下?"

穆深不仅没生气,反而轻笑了一声,说:"江念尔,我与萧卉卉只是同事关系,她不是我的女人,现在不是,以后也不是。"

江念尔啧了啧:"萧医生听到该伤心了。"

"再跟你说一件事。"穆深忽然靠过来,身上淡淡的消毒水的味道兜头就把江念尔吞没,她下意识地低头,听到他又低又哑的嗓音说,

"我现在没有女人,你想试试吗?"

江念尔进家做的第一件事就是用凉水洗了把脸。

刚才,她一"爪子"按在穆深脸上,大力地把他推开,恶狠狠地吐出三个字"你做梦",然后大步流星地走了。

回想起来,应该还算潇洒帅气。

但其实,她已经不记得自己这一路是抱着怎样的心情走回来的。

她现在唯一能明确感知到的,就是自己这颗心正在以不正常的速度狂跳。

最要命的是,穆深那张轮廓分明的脸和身上的气息好像还缠绕在面前,挥之不去。

江念尔坐到地毯上,开始深思熟虑。

她知道,单身男女之间,很容易会产生荷尔蒙的吸引,可是,穆深是那种普通的单身男性吗?据李佳霖所说,他在学校里专注认真,还非常严肃,只要眼一抬,学生就大气不敢出一下。除了自己的本职专业,他好像没什么感兴趣的事物。

这样一个冷面阎罗,为什么刚刚会对她说出那样调情的话啊!

江念尔不由自主地把头发抓乱,联系起穆深这段时间不停地找自己一起吃饭的举动,一个念头慢慢浮出水面。

穆深……难道是喜欢她?

江念尔被这个念头吓了一大跳,喃喃自语道:"我疯了吗?还是他疯了?"

片刻后,她非常肯定地点了点头,又呢喃了一句:"是他疯了。"

一个学院派前途大好的天之骄子,喜欢上前景堪忧还时不时顶撞自己的过气网红,这说明什么?

说明穆深是个肤浅的颜狗?

江念尔揉了揉脸,对这一系列猜测感到恍惚。

那个时候她没有想到,很快,她就会将"穆深或许喜欢我"这个想法彻底推翻。

事情发生在一周之后。

穆深通知她们几个,会有新的实习员工来诊所参与工作,但江念尔没有想到,那个实习生居然是周泽文。

明知道她跟周泽文不对付,还专门安排他进诊所里,江念尔顿悟,穆深这是喜欢她吗?不,分明是变着法子捉弄她。

周泽文来诊所报到的第一天,就被穆深抓进诊疗室,忙活了大半天才出来。

路过前台时,他看到江念尔专注地看着一本《动物医学入门》的书,跟拍摄时不一样,她脸上几乎没化什么妆,清清淡淡,却显得眼睛越发明亮。

江念尔的长相放在时尚博主里都是出挑的,她是那种天然的好看,看多了人造脸,周泽文越发觉得,她的颜值是这个行业内不可多得的天赋。

脚步下意识地减慢,他走到江念尔身边,低声问:"新的搭配企划你想好了吗?"

江念尔抬头,想起来这是她发在微博上的话题。

"怎么了?"

周泽文踌躇片刻,才说:"有没有需要我帮忙的地方?"

江念尔以为自己听错了:"帮我?公司允许你这么做吗?"

"帮忙有很多种形式,不是都要露脸。"

"那你想怎么帮我?把你的男装借给我穿一期?"江念尔懒散地调侃他。

周泽文轻咳一声,耳后根明明已经有淡淡的红晕,却仍旧一脸正经地说:"我可以戴上口罩和帽子,帮你拍一期夏季情侣主题穿搭。"

江念尔以为自己听错了,瞪着眼望向他:"你说什么?最后几个字,再说一遍。"

"夏季情侣主题⋯⋯"

周泽文还没重复完,穆深突然出现在门口,目光锐利地扫视过来,声音里透露出不快:"周泽文,你没事可做了?"

周泽文立即噤声,听话地站到穆深面前,汇报自己已经做完的工作。

穆深一直听着,没什么反应,等他说完才微微颔首,平稳地道:"一会儿我们几个去吃午饭,你留下来值班,我会给你带饭回来。"

"哎?可是……"周泽文瞥了眼事不关己高高挂起的江念尔,刚要争取一起吃午饭的机会,就被穆深一个凉凉的眼风憋了回去。

后来,周泽文终于等到了能跟江念尔一起去吃午饭的机会。

在餐馆里,他主动问江念尔:"你想吃什么?我帮你买。"

江念尔一阵尴尬,瞟瞟他,又看看穆深。

穆深果然又板起了脸,问周泽文:"你生活费很多吗?"

"也不是……"

"我晚上打电话给你妈,让她再削减一点。"

周泽文:"……"

等到买单的时候,周泽文发现穆深一并将江念尔的那份也买了,他忽然有种不甘心的感觉,回到饭桌上,问江念尔:"为什么穆老师可以请你吃饭,我不可以?"

江念尔觉得他的问题很可笑,便说:"我帮穆老师的外甥搭配了毕业典礼用的服装,出于回报,他这几天非要请我吃饭。"

周泽文完全愣住:"外……外甥?"

穆深在桌子下面踢了周泽文一脚,脸色淡然,眼神却仿佛能杀人一般,说:"吃你的饭。"

周泽文捕捉到了他威胁的信号,带着满腔疑惑,默默低下头扒饭。

要毕业的外甥,那不就是周泽武嘛,可穆深一向不过问小辈的事,这次居然专门帮他咨询了服装搭配,这合理吗?

更何况,周泽武有这方面的问题都是直接来问他的,怎么会拐了个山路十八弯问到穆深这里?

周泽文突然觉得自己根本看不透穆深。

但这不妨碍他想要修复跟江念尔之间的关系。这个念头早在他心中发作,在每一次想江念尔的瞬间都迸发得更加强烈。

周泽文挑了一个时机,周五,他跟江念尔都调休。

周四下班前,周泽文就来找她,并向她发出邀请:"明天下午我要拍一个单人企划,你方便过来吗?"

江念尔越发不懂他的逻辑了:"你拍企划为什么要我去?你们星秀连助理都不给你配吗?"

"是一个外派企划,星秀的人不去,我想或许你可以跟其他公司的人认识认识。"

江念尔眯起眼看周泽文。

他这是在拉自己回时尚行业?

说真的,她心动了。

"祁菲去吗?"

周泽文立刻答:"我没告诉她。"

江念尔想了一会儿,刚准备答应,李佳霖忽然从穆深的办公室里探头出来,对她说:"念念,穆老师让你明天去海大听他的课。"

江念尔愕然:"我为什么要去听课?"

穆深这时候从里面走出来,衣襟间自带一股风,一把将她面前的《动物医学入门》抽走,翻到第一页,问了她几个问题。

江念尔睁着浑圆的眼睛,没答上来。

穆深把书扔回她面前,说:"看了这么久书什么都记不住,你不如回课堂学学?"

明明是疑问句,却偏偏被他说出了命令的语气。

江念尔不情愿地撇嘴:"我又不是学生,干吗还要回去上课……"

"你不是以学生的身份回去,是以一个从业者的身份。"穆深的神情不容置疑,"而且,是你的领导我,要求你这么做。"

江念尔瞪他一眼。

"不来扣绩效。"

"穆深……我要告你剥削!"

"尽管去。"穆深淡淡笑着,一点儿愧疚和害怕都没有。

江念尔气到不想说话,眼珠飞快一转,从抽屉里翻出一根骨头,扔

到"深深"面前:"深深呀,你知不知道,身为狗狗就该乖乖吃骨头,不要那么霸道,不要作妖。"

穆深冷笑一声,好像完全不把她这些小把戏放在眼里。

周泽文已经看呆了。

从刚才,江念尔反问穆深开始,他以为她要告别这个美丽的世界。

长大以后,他就没见过有人对穆深那样说话。

到后面赤裸裸的指桑骂槐,已经完全超出了他的想象。

最可怕的是,穆深不仅没骂江念尔,甚至连一个教育的字眼都没说,这还是穆深吗?

周泽文看了看江念尔,又看了看穆深。

怀疑人生。

周五下午,江念尔根本不打算去海大。

她化好了妆,穿上挑选好的衣服,准备去商业街闲逛,顺便拍点日常的vlog,维系一下时尚博主的人设。

但很不幸的是,她刚下楼,就看到了穆深的车子。

他就站在车外,单手解开衬衫上的第一颗纽扣,另一只手正拿着手机。

江念尔看着穆深领口下露出的一截锁骨,出神地愣在原地,直到口袋里的手机响起铃声,急促得像是她的心跳。

穆深闻声抬起头来,一眼便瞧见了她,微微挑起眉梢,似乎将她打量了一遍,才按掉电话。

"巧了。"穆深把手机收起来,"我正好打电话给你。"

江念尔这才慢吞吞地走过去:"你怎么在这里?"

"海大离你家不近,我来接你过去。"

江念尔差点昏厥:"我才不要去听课!"

她抗拒的不是听课这件事本身,她只是不想回海大,自从过气之后,每每回母校总有人对她指指点点。

但她没把这个顾虑告诉穆深。

穆深抬眼问:"这个时间点出门,难道不是为了去听我的课?"

"当然不是。"

"你是不是不好意思承认?"

江念尔:"……"

这人搞学术的时间太久把脑子搞坏了吗?

江念尔翻了个白眼,作势要抬手拍他,试图把他脑瓜拍醒。可他轻轻一闪,让她的手半道落空,顺道就握住了:"就算是这样,我也很高兴。"

江念尔顿觉手腕上灼烫,迅速抽了回来,藏回袖子里,嘟囔道:"你有什么好高兴的?"

江念尔话音没落,就被穆深推进了副驾驶座。

穆深上车以后,她还是没想明白,又问了一遍:"你到底在高兴什么?"

"你应该也没打算去周泽文那里吧?"他忽然问道。

江念尔狐疑地看了他一眼。

确实,之前她虽然想去,但深思熟虑过后觉得还是不要接受周泽文的帮助比较好,他们两个人的合作已经结束,她不想再欠对方人情。

但这与穆深又有什么关联呢?

穆深只是抿唇一笑,不再说话。

江念尔盯着他的侧脸,嘀咕道:"莫名其妙。"

他们在开课前半个小时就到了海大,万万没想到,穆深的课上座率极高,已经有不少学生到了。

江念尔就是在他们的注视之下,和穆深一起进了教室。

江念尔四处看看,想假装不认识穆深,可穆深把教学资料往讲台一搁,便主动来跟她说话。

"这节课总共三个小时,中间会有两次十五分钟的休息时间。"穆深拍了拍讲台下的一张桌子,"你就坐这儿。"

江念尔看着明晃晃的第一排座,虽然抗拒但没说。

"有什么听不明白的地方也不用着急,下课后可以慢慢问我。"

穆深这句话说完,周围坐得近的学生都诧异地扭过头来。

众所周知,穆深是海大第一难蹲到的老师,他从来不对课堂上已经讲明白的知识点进行赘述,课后找他提问必须得是经过思考的、有价值的问题。

江念尔被他们看得脸皮越来越薄,赶紧挥了挥手,说:"行了,别管我了,我知道怎么做。"

正好这时候门口有其他老师叫穆深出去,江念尔趁这个间隙抓着包果断跑去了最后一排。

等穆深回到教室里,一打眼没看到江念尔的身影,先是愣了愣,随即扫视整个教室,直到在最后一排看到她,才一副放心的样子。

远远地,他点了点头,好似在冲她打个无声的招呼,意思是:我看到你了。

来上课的人越来越多,他们都忍不住顺着穆深的视线回头望。

终于有学生发现了江念尔,窃窃私语起来:

"最后一排那个漂亮的小姐姐是不是江念尔?"

"她怎么会出现在这里?"

"蹭课?"

江念尔一只手撑着额头,尽可能地想把这些杂音隔绝出去。

好在穆深很快就开始上课,学生们不敢在他的课堂上造次,立刻闭了嘴。

这一节课,让江念尔对穆深产生了一点点改观。

跟她想象的掉书袋式大学者不一样,穆深讲课通俗易懂,再加上是给低年级上的入门课程,哪怕是她这种门外汉都能听得懂。

他语速不快,也不激昂,却像在讲故事那样,用低沉的嗓音娓娓道来,引人入胜。

江念尔居然毫无睡意,下意识地就跟着他的步调走。

直到旁边的女生戳了戳她的胳膊。

"同学,"女生没有认出她,嘻嘻笑着,递来一部手机,"你能不能帮我录一小段视频,穆老师的。"

"啊？"江念尔愣了一下，"什么意思？"

"你离中间过道比较近，视野更好，我想麻烦你把手机举在那边，帮我录一小段，拜托你了。"

女生眼巴巴地看着江念尔，让江念尔招架不住，她为难地接过手机，用胳膊肘挡住，悄悄地点下红色按钮。

穆深板书到一半，回头给学生抛问题，余光落到最后一排，他忽然轻轻抿了下唇。

他放下粉笔，转过身，走到过道前方，站在这里讲课，教室里的灯光打在他脸上，在鼻梁一侧切出轮廓锐利的阴影。

有那么一瞬间，江念尔觉得他在看手机镜头。

大概是坐进教室里就有学生的本能在作祟，江念尔心头一惊，赶紧把手机拿回来，从桌子下面还给旁边的女生。

女生还不满足："这就拍完了？"

江念尔皱着眉，小声地说："这样不好。"

后来，江念尔并不知道，因为她出现在穆深课堂上的关系，学校论坛里突然涌现出一大拨猜测她和穆深关系的帖子。

学生们在下面众说纷纭，有的说她和穆深是同事关系，来听一节课也不代表什么，有的却联系上之前的发夹一事，大胆猜测这是女朋友来陪上课，只不过对象不是学生，是老师。

穆深是海大人气最高的男老师，无论真假与否，论坛里都避免不了一阵接一阵的哭号。

江念尔没看到，周泽文却看到了。

他紧紧咬着唇，几乎把下唇都快咬破了，拿着手机不停地往下滑。

微信不断地提示祁菲发来消息，他都没有看。

过了好一会儿，他室友按捺不住了，摘下耳机说："周泽文，你看一下消息行不行，提示音一直响我都听不到我女朋友说话了。"

周泽文这才打开微信。

祁菲发了好多消息，他粗略地扫了一眼，最后一条是问他周日要不

要一起去校门口新开的餐厅吃饭。

周泽文冷淡地回了三个字:"不想去。"

周日这天,家里老人过生日,周泽文回了趟家。

不出他所料,穆深今天终于在家里出现了。

自从穆深大二那年执意转系去动物医学,算是和家里闹掰了,除了春节在家待几天,平时很少回来。他今天能出现在这里,也只是为了给老一辈子面子,不让他们担心。

穆深刚一进门,就撞见了父亲穆霆。穆霆脸色立刻沉下去,呵斥道:"你还知道回来?"

穆深收了收下颌,恭谦地说:"我来给大舅庆生。"

"没看出来,你居然还知道这里是你家。"

穆深任由他冷嘲热讽,没说话。

穆深的大舅陈老爷子在一旁看不下去了,推着轮椅过来,主动招呼穆深:"来,深深到大舅这儿来,让大舅看看。"

穆深也是个见好就收的,听话地走了过去:"大舅身体还好吗?"

"好着呢,除了腿上这个老毛病,其他都特别棒。"陈老爷子刚说完,就把外孙周泽文也叫了过来,故意当着他俩的面问,"深深,小文当你的学生听不听话?他要是不听话你就揍他,大舅给你放权!"

周泽文那么大人了,还要在家庭聚会上顺便"被家访",无奈地道:"外公,不是说好今天不提学校的事吗?"

穆深笑着点点头:"他很聪明,也很听话,能凭自己的能力考上我的研究生,大舅您就放心吧。"

陈老爷子拍了拍他的手背,交代道:"深深,你们俩在外头一定要互相照顾。"

穆深应道:"会的。"

见周泽文迟迟未应,陈老爷子瞪了他一眼:"你怎么不说话?"

周泽文两手插在裤兜里,淡漠的目光落在穆深的脸上,看了半天,才从嗓子眼里"嗯"了一声出来。

穆深觉得有些奇怪。他站起身来，平静地对上周泽文有些敌意的视线。

周泽文心里藏着事，却什么都没说，缄默着离开了。

饭席间，穆霆喝得有点多，横竖看儿子都不顺眼，又把穆深拖出来数落。

"我们一家都是学医的，穆深你可好啊，放着好端端的专业不学，非要跑去当兽医。现在好了，连小文都被你带偏了，你让我这张脸往哪儿搁？"

亲戚们在旁边拉他。

周泽文的妈妈陈星反倒无所谓地说："没事，周泽文爱学啥学啥，跟着穆深我也放心。来，穆深，喝一杯。"

穆深跟她碰了下杯，小声说："谢谢表姐帮我说话。"

陈星大大咧咧地拍他："你爸当了这么多年院长，就这个脾气，你别把他的话放心上。"

穆深点了点头。

他不胜酒力，喝了几杯就有点不舒服，默默退去楼道里透气，却意外看到了坐在楼梯上发呆的周泽文。

周泽文听到动静，转头看到是穆深，愣了一下。

穆深开门见山地问："你今天是不是有话要跟我说？"

周泽文低下头来。过了不知多久，他才开口："小舅舅，你看海大的论坛吗？"

"不怎么看。"

"那我告诉你，最近上面都在传你和江念尔的绯闻。"

"哦。"穆深平静地应道。

周泽文霍然站起身来，盯着他问："你这是什么反应？"

穆深微微提了下嘴角，反问："我应该有什么反应？"

"你不要解释一下吗？你和江念尔……"

"有什么好解释的。"穆深淡淡地打断他，"你天天都在诊所，自己看不到吗？"

周泽文的指甲差点掐进肉里，挣扎了许久，说："在外头我叫你穆老师，在家里叫你小舅舅，我们是关系最亲的亲人。小舅舅，我现在就想问你一件事。"

穆深抬起眸子："你问。"

"你和江念尔在一起了吗？"

楼道里安静得令人窒息。

穆深的眸光由淡转浓，片刻后，他平静地回答："没有。"

周泽文像是松了一口气，重新跌坐到台阶上。

穆深将他这劫后余生般的表情尽数看在眼里。

走了几阶楼梯，穆深突然停住，低头叫他："周泽文。"

周泽文抬头望着穆深。

"你有没有什么话想跟我说？"穆深问。

周泽文说："没有啊。"

"如果没有，那换我问你。"穆深眯起眼，身上流露出极其严肃和危险的气息，"你喜欢江念尔吗？"

周泽文瞬间错愕。愣怔许久后，他只是勉强笑了一下，仿佛听到了什么非常有趣的笑话，摇着头说："怎么可能，我和她只是前同事的关系。"

"嗯。"穆深点了下头，收回视线，淡淡道，"知道了。"

与此同时，在近海市另一个地方，江念尔也正在忙碌着。

她被一个宠物用品品牌方看中，约出来吃饭，顺便沟通一下后续合作的意向。

这是她自从过气以来，完全凭借自己的本事接到的活儿。

品牌方负责人看到她微博里跟小动物们的有爱合影，又得知她现在在"万千宠爱"诊所上班，对她更加青睐。

如果连业界闻名的宠物诊所都在使用他们的产品，对品牌来说是个强有力的宣传点。

这顿饭吃得很愉快，负责人王经理当即就拍板决定用江念尔。只不过,到最后王经理才透露出一点遗憾。

原来,王经理最想请的人其实是穆深,因为穆深时常在微博上发科普,顺带晒一下家里宠物的照片,虽然不是网红,但他的人气在宠物圈内却是极高。

可他们跟穆深联系了几次,连面都没碰上,就被婉拒了。

王经理也不意外,穆深从来不接商业推广,也是意料之中的结果。

因此,王经理想找江念尔再帮个忙,看推广过程中能不能让穆深出镜,哪怕只有一次。

江念尔答应试一试。

江念尔准备好了一番措辞,在工作日这天,敲响了穆深办公室的门。

进去以后,穆深才抬起头,看到是她,稍微有些意外。

江念尔很少主动到办公室找他。

"我……有件事跟你商量。"江念尔说得含糊。

周泽文站在旁边,假装在看窗外的风景。

穆深侧头,直接对他道:"你去找一下李医生,让她把报告尽快给我。"

周泽文就这样不情不愿地被支开了。

屋里只剩下他们两人,江念尔反倒自在了一些,坦白地说:"是这样的,我接了爱优家宠物用品品牌的推广。"

"哦。"穆深没太大反应,"这么说你要从时尚博主转型成宠物博主了?"

"不是……跟他们只是一个短期的合作。"

"不影响本职工作就好。"穆深没有反对。

江念尔稍微松了一口气:"我听他们品牌的负责人说,之前也跟你联系过。"

穆深手中的笔尖顿了一下,想了一会儿,说:"不记得了,邀请我做推广的商家挺多的。"

真是旱的旱死，涝的涝死。

"我其实是想问你，在我拍推广照片的时候，可以邀请你出镜一次吗？"

穆深终于停下手里的活儿，抬起头来，饶有趣味地看着她，嘴角挂着浅浅的笑。

就在江念尔以为他心情不错，要答应的时候，他却用温和的语气说出两个字："不行。"

江念尔有点无语："为什么不行？"

"我不喜欢。"

简单四个字让江念尔挑不出毛病，穆深不喜欢做的事，谁能逼他？

"你要不要再考虑考虑，不着急答复。"

"很抱歉，这件事我不会答应你。"穆深耐心地说，"但是我可以批准你以诊所的动物为模特，去拍它们。"

这是他极大的让步了。

江念尔撇了下嘴，小声说："小气鬼。"

穆深听到了，不气反笑，问她："怎么，上次没让你拍够？"

江念尔愣了一下："什么上次？"

"去海大听我课那次，你不是在台下偷拍我了吗？"

江念尔本来还准备了一大段劝说的台词，在他说出这句话来后全部抛到了九霄云外，内心只剩下难以名状的羞耻感。

他果然都看到了。

"那不是我要拍的，是我旁边的女生，手机也是她的，跟我没关系！"江念尔奋力地解释。

可她越是激动，在穆深看来就越像是欲盖弥彰。

穆深下巴抵在弯曲的指节上，另一只手转起了笔，嘴角笑意一直延伸到了眼底："我当时还专门站到你的镜头面前，不知道拍出来的画面你还满意吗？"

"穆深！你听听人话好吗？都说了不是我！"

"行，不是你。那你跟我描述一下那个女生的长相，下次我得叫她出来,好好强调一下课堂纪律。"

江念尔语塞。且不说从良心上讲,她不想出卖人家姑娘,最关键的是,她压根儿不记得对方长什么样。

她说不上来,穆深笑意更深:"所以,还说不是你?"

江念尔:"……"

她干脆掏出手机,放在他面前:"烦请穆老板睁大你那24K钛合金眼仔细看看,我手机里要是有半张图跟你有关,我立刻跟你姓。"

穆深目光扫了扫,还真没有。

那怎么办呢?

穆深压根儿不慌,淡定地拿起手机,对着自己"咔嚓"了一张,然后慢悠悠地还给她。

"现在有了。"

江念尔傻掉了。

穆深这是……在撩她吗?

最可怕的是,她居然又被撩到了。

刚才想要辱骂他的一腔热血仿佛瞬间降温,只剩下耳边躁动不安的心跳声。

江念尔睁着圆圆的眼睛,大脑完全宕机。照理说,她现在应该已经问候到他祖上十八代了,可是,办公室内的空气好像有点滞流,闷得她毫无斗志。

第六章 一通电话

天气越来越热,近海市已经有不少年轻人脱掉了长袖长裤,准备迎接即将到来的夏天。

江念尔独自坐在"万千宠爱"诊所的前台,无聊地打着瞌睡。

平时李佳霖会在清闲时陪她唠嗑聊八卦,可李佳霖今天感冒,请了病假,没有来上班,周泽文回学校有点事,萧卉卉没事就躲在自己办公室里不出来,导致前台就只剩下她一个人。

打破午后这阵安逸的,是一位不速之客。

那人戴着帽子,江念尔没看清脸,刚起身要招呼他,他就径直冲向后面的办公室,说:"小舅舅,帮我看看这只猫!"

宛如一阵风从江念尔面前吹过。

穆深亲自出来接待他,江念尔觉得没自己什么事了,又坐回椅子里。

打了几个哈欠的工夫,萧卉卉急匆匆地从里面走了出来。

"念念,你手机借我用一下,我的手机今早进水了,现在打不出电话,我有点事要跟救助站的人联络。"

萧卉卉戳了几下自个儿的手机，确实在闪屏。

虽然跟萧卉卉不对付，但毕竟是同事，也不至于把关系搞得太僵，江念尔把手机借了出去。

萧卉卉找她解了锁，打着电话回了自己办公室。

没过几分钟，萧卉卉就把手机还回来了，但表情变得有些复杂和阴沉。

江念尔以为是工作上的事没谈拢，便没有问。

等过了一会儿，她忽然想起什么，飞快地点开相册，赫然看到穆深那张脸——他用她手机自拍的那张照片还安静地躺在那里。

江念尔一时间有些无语，动了动手指，果断把那张照片删除。

萧卉卉应该不会看到这个吧？她只是打个电话而已……

江念尔还没想明白，穆深就从诊疗室里走出来叫她："过来帮忙。"

刚刚还闲着没事做，现在一个两个都来找她。

江念尔一进诊疗室，就看到刚才叫穆深"小舅舅"的男孩站在一边，她偷偷打量几眼，对方果然跟照片上一样，模样跟周泽文有几分像。

男孩也同样打量着她，笑嘻嘻地说："小姐姐好漂亮，是不是在哪儿见过？"

江念尔还没来得及接话，穆深飞快地扫他一眼，凉凉地问："你还想不想救你的猫了？"

"不是我的猫，是宿舍楼下的流浪猫……"

穆深又一个眼刀甩过去，男孩立刻悻悻地闭上嘴。

江念尔走了过去，问："我现在应该做什么？"

穆深说："站那儿，看着。"

江念尔翻了个白眼，拔腿就要走。

"回来。"穆深叫住她，解释道，"你已经掌握一些理论知识了，接下来就要学习实践经验，先从看开始。"

"李佳霖正让我给她找资料呢。"

"她没手没眼吗,为什么不自己去找?你站过来一点儿,看仔细了,敢离开我就扣你工资。"

江念尔默默在心里将这人千刀万剐。

为了工资,为了生活费,她再一次出卖自己的灵魂,听话地站了过来。

周泽武在一旁诧异地看着他俩,一副若有所思的表情。

这只流浪猫应该是误吃了一点儿不该吃的东西,好在吃下去的分量不多,没什么大问题,穆深给它做了一点儿简单的处理。

虽然是一个很快就结束的治疗过程,但穆深仍然细致地把每一处细节都对江念尔解释了一下。

周泽武被熊熊燃烧的八卦之魂支配,全然忘记了刚才穆深的眼神,忍不住说:"小舅舅,你今天好有耐心啊,我感觉你平时对我哥都没这么有耐心,你跟这位漂亮的小姐姐是什么关系?"

穆深没理他。

江念尔赶紧解释:"就是上下级的关系,我跟穆老师其实不是很熟。"

穆深这才抬起头来,语气加重地反问:"不熟?"

周泽武的眼睛倏地亮了,穆深这个反应绝对有猫腻。

江念尔恨不能把他的头按进马桶里,瞎说什么话啊!

"就是不熟。"江念尔坚定道。

周泽武一脸坏笑:"行了行了,小舅舅平时对我哥那么凶,对你却这么好,我也是个成年人,都懂的!"

"你懂个——"千回百转,江念尔把脏话吞了回去,试图转移他的注意力,"说了这么半天,你哥是谁啊?"

"我哥就是周泽文啊,他最近在你们诊所实习。"

江念尔愣了:"等等,你是周泽文的弟弟?"

"对,我叫周泽武。"

乱了乱了。

"你是穆深的外甥,周泽文的弟弟,那么也就是说……"

周泽文也是穆深的外甥？

江念尔瞪圆了眼睛，难以置信地看着穆深。

周泽武在一旁热情地解释："是不是很难理解？小舅舅虽然只比我们兄弟俩大了几岁，但在家里辈分比较高。我妈妈是他大表姐，我外公是他大舅，我和周泽文小时候因为喊他哥哥还被家里揍了一顿呢……"

越说越乱，江念尔干脆放弃了思考，艰难地消化这层复杂的家庭关系。

就在这时，周泽文到诊所了，听到诊疗室热闹非凡的动静，就过来看一眼，没想到弟弟在这儿。

他诧异地问："你怎么来了？"

周泽武指了指趴在那边的狸花猫："我们楼下的流浪猫不舒服，带来让小舅舅看一下。"

"不碍事吧？"

"没啥事，小舅舅已经处理好了。"

周泽文点了下头，忽然感受到一旁江念尔直勾勾的目光。

她的视线不停地在兄弟两人身上转——越看越像，只不过周泽文比较白，周泽武皮肤晒成了健康的小麦色。

周泽文以为她还不知道，于是对她说："介绍一下，这是我弟弟周泽武。"

周泽武嫌弃地打断他："行了啊哥，我已经给咱未来舅妈介绍过了。"

周泽文仿佛晴天霹雳，浑身一颤："什么舅妈？"

"他乱说的。"江念尔怕误会越来越大，头疼地道，"你弟弟对我有很深的误会，多半是脑子里沟太深，联想能力过于丰富。"

说着，她恶狠狠地瞪了穆深一眼。

从刚才起，这个男人就一直不说话，好似在专注地干自己手边的活儿，实则放任小外甥一通乱猜。

看到江念尔怨恨的眼神，穆深也不过轻轻笑了一下，耸了耸肩，那神情仿佛是在说：都怪晚辈，与我无关。

太不要脸了。

周泽武是个话痨,很快就跟哥哥聊开了,不知道怎么又扯到了谈恋爱的话题。他问周泽文:"哥,你是不是换女朋友了?我看你微博上发的合照,姑娘变了。"

周泽文神情一顿,有些不自然地瞟了江念尔一眼,说:"那不是女朋友,只是合作关系,公司让我们对外假装成情侣。"

"还能这样?"周泽武很诧异,"那你不早点解释,爸妈好像都当真了。"

"是吗?"周泽文的余光又向江念尔那儿飞去,"我晚上就打电话回家解释一下。"

周泽武仍然困惑:"那之前的呢?虽然我不太记人脸,但我依稀记得之前那个小姐姐更好看,漂亮得跟小仙女似的,叫什么……想你的念念那个。"

另外三人同时抬起眼,诊疗室陷入一阵令人窒息的沉默。

周泽武挠了挠头,思考自己到底说错了哪句话,随即灵光一闪,一拳捶在自己掌心,说:"我知道了!其实那个是真的,对吧?"

周泽文晦暗不明地垂下眸。

见哥哥不辩解,周泽武又大开脑洞,迅速编出一部言情剧:"其实你和那个小姐姐是一对,但是因为公司的关系,你不得不和别的女人假装成一对,然后那个小仙女姐姐就生气离开你了,你苦苦地求复合也无济于事……"

"那个也不是真的。"穆深的声音突然响起。这是他在晚辈开始聊天后,第一次开口。他的视线和嗓音都非常淡漠,让周泽武在二十多度的天气里平白打了个激灵。

"咳咳,原来如此,原来如此……"

江念尔在这时默默起身,准备毫无存在感地离开这个是非之地。

周泽武像抓住了救命稻草,假装什么也没发生过,赶紧跑到她身边说:"小姐姐,能加个微信吗?"

江念尔犹豫了一会儿,拿出手机让他扫。

加完微信,周泽武又问:"对了,可以再求个微博互关吗?你昵称是什么,我搜你。"

"……"

那阵令人窒息的沉默再度袭来,周泽武觉得每个人看他的眼神都淬着凉凉的杀气。

他又做错了什么吗?

江念尔尴尬地站在原地,沉默了不知多久,轻声吐出五个字:"想你的念念。"

周泽武:"……"

后来,江念尔在朋友圈看到周泽武发了一条动态:这个世界真魔幻……

穆深一副置身事外的样子,明晃晃地给他点了个赞,那颗蓝色的爱心仿佛在说:你今天看到的一切都是真的。

江念尔又想骂人了,她去质问穆深,得到的回应却是:"我给我小外甥点赞,你心慌什么?"

行吧,说来说去总是他有理,江念尔闭嘴了。

"深深"身上的伤渐渐愈合,逐步展现出了霸道狗总的气质,迅速成了诊所收养的一众流浪动物里的老大。但它还是不亲近人,除了江念尔,对其他人一概不理不睬,有几次差点吓到客人,还好江念尔及时拉住。

这天中午,江念尔照例给它喂狗粮,喊了声:"'深深',来吃饭了。"

"深深"撒欢地跑了过来。

江念尔叹了口气,小声说:"要不你改个名吧,别叫'深深'了,这个名字只适合那些霸道蛮横的生物……"

"你在说什么?"穆深此时经过她身后,随口问了一句。

他无声无息地出现,吓得江念尔差点把狗粮丢出去。

"你能不能别这么神出鬼没,走路出点声儿好吗?打扰我们父子俩

唠嗑。"

穆深疑惑："父子？"

"对。"江念尔摸摸狗头，一脸慈祥，"我是'深深'爸爸。"

穆深："……"

他不怒反笑，意味深长地说："我倒是没想到，你野心还挺大。"

穆深一蹲下来，诊所里其他小动物都陆陆续续靠了过来，又是蹭他的手，又是求他摸。

他非常有耐心，动作轻柔地抚慰它们的情绪。

江念尔"啧"了一声，说："我有时候真的觉得，你对动物好像比对人更好。"

"是吗？"

"是啊，我都怀疑你是不是对人类不感兴趣？"

穆深闻言抬起头，漆黑幽深的眼眸里倒映着江念尔的侧脸，顿了半天后才懒洋洋地答："我最近发现自己对人类其实还挺有兴趣的。"

"那还真是令人意外。"

江念尔抬头看了眼时间，发现应该遛"深深"了，于是给它装上牵引绳准备出门。

此时的她并不知道，就在距离诊所不远的地方，有个以她为导火索的小规模争吵正在如火如荼地进行。

祁菲心情糟透了。

中午她在学校食堂吃饭时，刚好身后坐着周泽武和他的室友们。

他们虽然不认识对方，但祁菲能凭借那张跟周泽文差不多的脸认出他来。

她正犹豫要不要上前去做个自我介绍，就听到周泽武跟朋友聊起了周泽文的事。

几个朋友问起他哥哥和学校里那个网红女生的恋情，周泽武大手一挥，连连摇头，说："我昨天刚知道，那都是假的！我哥跟那个女的并没有谈恋爱，他们好像只是合作关系，互相提高人气。"

"哇,真的假的?谁告诉你的?"

"这还能有假?当然是我哥亲口说的。"

"太可惜了,那个学妹挺漂亮的,算是现在的校花了。"

另一人也加入对话:"啥校花啊,你们见过江念尔学姐没?据说她真人比照片上还好看!"

周泽武叹了口气:"可不是嘛。"

室友忙问:"怎么,你见过?"

"周某有幸,刚见过。"

周泽武平时不太爱刷网红的照片,昨天江念尔又没化妆,他就没把人家给认出来。等发现她就是那个赫赫有名的念念学姐后,周泽武得出了一个结论:仙女无论化妆还是素颜都是仙女,只是仙的风格不一样。

周泽武哼了一声,慢悠悠道:"说出来你们别嫉妒,她未来可能会成为我的家人……"

祁菲听到这里,重重地将筷子扔进盘子里,端着就走。

她几个朋友问:"祁菲,你不吃了吗?"

祁菲踢了踢桌脚,脸色铁青,发泄道:"难吃死了,喂猪还差不多。"

下午还有一节公修课,但祁菲不准备上了,直接打车去"万千宠爱"诊所,到附近把周泽文叫了出来。

周泽文本来正在午休,出来时脸上有些不耐烦,第一句话就问:"今天没有拍摄任务吧?"

祁菲提着的那口气憋在胸口,更加尖锐了:"没有拍摄任务我们就不能见面?"

"我不是这个意思。"周泽文烦躁地抿唇,"我今天还有工作,你来找我是有事吗?"

"周泽文,我问你,你昨天是不是跟别人说我们只是合作关系了?"

周泽文奇怪:"我跟谁说了?"

"周泽武!"

"那不是'别人',他是我弟弟。"

"你弟弟就可以告诉他这些吗?"祁菲拔高音量,冲他喊,"你知不知道他会在学校里乱说,到时候我们还怎么合作?"

周泽文脸色也难看起来:"首先,我弟不是那种人;其次,被同学知道了又怎样,我们本来就只是合作关系!"

祁菲瞪大了眼睛,仿佛不敢相信他真的会把这件事拎得这么清楚。

"周泽文,你知道有多少合作情侣最后变成真情侣的吗?你就从来没想过?"

"想什么?我现在满脑子都是我的课题,不好好做穆老师能徒手撕碎我。"周泽文刻意避开了她的话题。

"你别把我当成傻子!"祁菲彻底爆发了。

她在意的点根本不是周泽文脑子里在想着什么,而是她为什么会被区别对待。

"你跟江念尔合作的时候为什么从来不跟人澄清这些?为什么偏偏这么对我?"祁菲声音越来越大,因为情绪激动眼睛都开始发红。

周泽文越发不耐烦:"祁菲,你脑子里能装点正事吗?天天就盘算这些你不累吗?我想什么时候说是我的自由,我昨天就是想说了,不行吗?"

祁菲根本不信,她眼中沁出的不甘心仿佛带着狠毒的意味:"行,当然行,周泽文你好样的,别以为我看不出你心里那点破事……"

话还没说完,祁菲忽然看到不远处一个熟悉的身影。

江念尔身上穿着白大褂,手里牵着一只狗,正悠闲地走在路上。

她皮肤很白,现在笼在阳光下,有种晶莹的清澈感。

祁菲猛然想起周泽武和那帮同学对江念尔的评价,心里的不甘更加如浪涛翻涌。

她推开周泽文,径直向江念尔走去。

"学姐。"祁菲露出假意的笑容,"好久不见。"

江念尔有些意外地看着祁菲,然后点了点头。

祁菲仿佛不在意她的态度似的,反而仔细看着她的脸,故作惊讶道:"学姐,你今天怎么化妆了?你以前不是跟我说,不到拍摄的时候就尽量不化妆,保护皮肤吗?"

江念尔摸了摸脸,随口道:"今早起得早,随手化了一个。"

她说的是实话。她化妆很随性,除了以前拍摄时必须要化,平时根本无所谓。今天早上她看时间充裕,干脆就化了一个。

很明显,祁菲不信,她抱着胳膊,盛气凌人地说:"哦,是吗?学姐化妆难道不是为了取悦什么人?周泽文最近就在你们诊所实习吧?"

"祁菲!"周泽文忍受不了,拉住她呵斥,"你说够了没?"

祁菲狠狠地甩开他:"这是我跟学姐的谈话,有你什么事?学姐,你倒是说话啊,你到底想取悦谁?"

江念尔从刚才开始就震惊了,仿佛听到了天大笑话。她毫不犹豫地反击:"祁菲,我劝你别把你那点龌龊思想强加到别人头上,除了暴露自己的无知弱智,还能干点啥?"

祁菲笑不出来了,脸色又黑又沉:"江念尔,你别给脸不要脸。"

"是谁不要脸?当街拦着别人就开始撒泼?你是谁?我认识你吗?"江念尔懒得理她,拽着"深深"准备走,突然又想起什么,提醒她一句,"你姐姐我,化妆打扮是为了取悦自己,让自己开心,男人算老几?别来蹭老娘热度。"

祁菲内心的戾气还没发够,伸手拽江念尔。

旁边的"深深"突然发作,凶狠地冲她叫唤,像个侍卫一样死死地把江念尔护在后方。

祁菲吓了一跳,生生后退了一步。

听到不正常的狗吠声,穆深快步从诊所里出来,只扫了一眼就立刻明白情形。他大步走上来,将江念尔挡在身后。

"你找我们诊所的同事,有什么事吗?"穆深脸上没有表情,嗓音冷漠,一瞬间就令这片战场降温。

祁菲刚要说话,一抬头看到他眼睛里浓浓的不耐烦,惊得又退后一步。

他这个人好像冰凉刺骨。

"没……没什么事……"祁菲语无伦次,"我是来找周泽文的,不是找江念尔。"

"是吗?"穆深垂下眸,看了眼仍旧蓄势待发的"深深","那你就是欺负我们诊所的狗了?"

江念尔:"……"

她怎么觉得自己被骂了?

祁菲强颜欢笑:"我就是没见过这种狗,想摸一下,没想到它这么凶……"

"凶?"穆深皱了下眉,点点头,"是挺凶的。"

江念尔悄悄翻了个白眼,到底在骂谁。

祁菲感觉再这样下去她都快不能呼吸了,赶紧找个理由逃离了。

等她走了以后,穆深神色才缓和,蹲下来摸摸"深深"的头,对它说:"你做得很好。"

看到"深深"冲他摇尾巴,江念尔不甘示弱地说:"乖,一会儿给你吃零食。"

"深深"高兴地围着他们转了几圈。

江念尔继续遛狗,穆深注视她的身影远去,才对周泽文道:"回去吧。"

周泽文捏紧了拳头,又松开,沉默地"嗯"了一声。

在祁菲胡闹的时候,他除了无力地制止,什么也做不了。

他绝望地发现,哪怕在这件事上,自己仍然无法超过这个永远跑在前面的小舅舅。

甚至……还不如一只狗。

穆深和周泽文回到诊所,发现萧卉卉就在玻璃门旁边,正急匆匆地要回办公室。

穆深随口问:"你看到了?"

萧卉卉尴尬地笑笑,说:"没有,我刚出来。"

穆深点点头,没放在心上。

过了一段安稳的日子，江念尔已经逐渐适应了这样的生活。

她休息的时候自己拍摄搭配，虽然没有以前的百万精修和顶尖团队，但直接举着相机对镜自拍也形成了一种独特风格。

另一方面，在诊所上班时，她陆陆续续拍好了爱优家的品牌推广照片，传给那边的负责人审核了。

周六这天正好是江念尔调休，她本来打算在家里睡到中午再起，可是手机不停地振动。

振了好几轮后，江念尔终于忍无可忍，拿起手机接通电话："谁啊？"

她有点起床气，语气算不上太好。对面的人迟疑了一下，才回道："念念姐，是我，陈可。"

江念尔打了个哈欠，又缩进被窝里，懒洋洋地问："什么事能等会儿说吗，我昨晚修图到四点多……"

"念念姐，你要不等等再睡，先上网看看？"

"怎么了吗，我爱豆公布恋情了？"

"不是……"陈可犹豫着道，"但你还是去看看吧……"

陈可年纪比江念尔还小，以前在团队里也是跟江念尔最亲近的人，江念尔知道她不会坑自己，只好挂了电话睡眼惺忪地打开社交媒体。

很快，她就睡意全无。

网上在疯传一段监控录像，里面是江念尔和诊所里的猫，因为像素和角度的关系，那只猫瑟瑟发抖地缩在角落里，而站在它面前的江念尔，一只手捏着小刀，犹如冷漠的刽子手。

随着视频同时散播的信息是，根据多名知情人士揭发，"想你的念念"爱猫人设是装出来的。

爆料者说得言之凿凿，其中还涉及江念尔一些隐秘的信息，导致网友们觉得可信度极高。

在大家的声讨下，以几个动物保护大V为首，开启了手撕江念尔、质问"万千宠爱"宠物诊所的舆论大战。

更可怕的是，有人挖出爱优家宠物品牌与江念尔联合做推广的事，

导致爱优家官博下也被"慰问"和质疑。

江念尔的微博被评论和转发了无数次,还有几百条未读私信,她当年人气最旺的时候好像也没有这么受人瞩目。

继"插足祁菲和周泽文恋情""对周泽文死心不息"后,网友们更不能接受那种伪装出来的善意,铺天盖地的漫骂席卷而来,几乎要将江念尔淹没窒息。

明明天气在转热,她却觉得手脚发凉,迅速开始措辞,发了一条微博,澄清手里的小刀只是水果刀,当时在削苹果皮,同时也没有欺负过诊所里的动物。

但在想把她推翻的人眼里看来,这只不过是一堆徒劳无力的解释。

手机里的未接电话,除了陈可的,还有李佳霖及爱优家宠物品牌负责人王经理的。

李佳霖见电话打不通,怕她心理崩溃,已经改成发微信,不断地安抚她。

而王经理那边,江念尔产生了很强烈的不好的预感。

她赶紧给对方回了通电话,那边不太愿意听她的解释,一改之前的态度,一口咬定因为她这件事,使他们品牌陷入水深火热之中。

按照当时签订的协议,除了与江念尔解约,还需要由她来赔偿品牌的损失。

江念尔错愕了半天,合同上确实有这条规定,但她从来没有想到,有一天会用在自己身上。

五十万,不是现在的她能拿得出来的。

江念尔还试图争辩一下,王经理那边截下话头:"江小姐,这是公司的决定,再怎么说也不会更改了。"

江念尔急了:"那你们做决定之前都不查证真相吗?"

"真相就是,我们公司现在因为这件事遭到质疑,订单出现大量退款。其他的,我们并不关心。"

王经理说完就挂了电话。

没过一会儿,爱优家官博发布了与博主"想你的念念"合作终止的说明。

江念尔捧着手机缓缓蹲下去，脑子里一片空白。如果她不赔偿这五十万，爱优家或许会拿着合同把她告上法庭……

可事情明明不是那样的！

到底是谁在背后操纵了这一切？她已经过气了，为什么还要死死咬着她不放？

穆深忙了一整天。

早晨在诊所上班，下午去跟近海市动物救助站谈事情，晚上还有一场同学聚会。

热热闹闹地吃完了饭，穆深打算回家休息，老同学们偏不让，非要拉着他去KTV唱歌，还说会有他认识的人来捧场。

穆深无奈地留了下来，等包厢开好后，他才知道所谓"认识的人"就是萧卉卉。

以前在学校里，萧卉卉是同专业的学妹，三天两头就往他们这里跑，大家都知道她是为穆深而来。没想到毕业这么多年，大多数同学都改行了，这两人还坚持着这个专业，甚至还在一起工作。

因此，萧卉卉一过来，几个同学就开始起哄，坐在穆深旁边的人专门挪了挪屁股，给她留出位置来。

萧卉卉也不客气，直接坐了过去，转头问穆深："你跟救助站那边事情都谈完了？"

"嗯。"

"顺利吗？"

"还行。"

简单两轮问答下来，明明没说什么暧昧的话，却让其他人都觉得暧昧极了。毕竟大家都是许久未见，刚聊天时还稍微有些生疏，这两个人间却透露出无形的熟悉和默契。

于是，有人起哄得更厉害了："萧学妹越来越漂亮啦，我们老穆还想等到啥时候？这么好的学妹再不收了就轮不到你喽！"

穆深只是礼貌地笑了笑,没有说话。

萧卉卉反倒主动应道:"别瞎说了,我们两个现在一门心思扑在事业上,哪跟你们似的,天天这么闲。"

"哟,'我们两个',这称呼可真亲昵呀。"

仿佛对话与他无关似的,穆深表情淡淡的,目光移到屏幕上,MV中的女主角穿着一身连衣裙,上面有各种水果的印花。

他一眼就看到了樱桃。

不知怎的,他下意识地拿出了手机,点开对话列表,明明没有未读消息,却还是不停地刷新了几下。

然后他退出微信,准备打开微博。

萧卉卉忽然端了杯酒到他跟前:"老陈他们非说让我俩喝一杯。"

穆深抬起视线,想着明天正好休息,喝一杯啤酒也没什么。

他收起了手机,正准备喝一口,萧卉卉又为难地道:"不是这样喝啦……"

"哎,老穆你干啥呢?没听到我们刚才说的话吗?"同学已经走了过来,一脸看热闹不嫌事大的坏笑,"刚刚萧学妹跟我们猜拳输了,要接受惩罚,跟你喝一个交杯酒。"

穆深一顿,眉头微微蹙起:"交杯酒?"

"是啊。你可得英雄救美啊,不然人家学妹多尴尬。"

四面八方的视线都扫了过来,带着八卦和看好戏的意味。

萧卉卉露出无奈的苦笑:"都多大人了,还玩这么幼稚的把戏,你别理他们。"

穆深忽然感觉很烦躁,没缘由地烦躁起来,头顶昏暗的灯光,音响里慢慢流出的旋律,还有这么多双盯着他的眼睛,都让他想要逃离。

他将自己杯中的啤酒一饮而尽,又抢走萧卉卉的酒杯,把她的酒也喝光,两只空杯子放在桌上。他抬起一双比夜空还黑的瞳仁,平静地问:"我都喝了,这样可以吗?"

包厢里无人说话,大家都没反应过来。

趁这个间隙,穆深起身,说:"你们玩,我有点事,先走了。"然后头也不回地离开了。

本来,萧卉卉要跟穆深一起走的,可他脚步很快,等她反应过来追出去的时候已经看不到人影了。

穆深离开KTV想做的第一件事就是给江念尔发消息。

他在对话框里输入"你在干什么",但怎么看都觉得不对劲,都全部删掉。

太奇怪了,他为什么想知道她在干什么?跟他有什么关系?

于是,穆深换了个方式:"这个月的值班表发我一份,我不小心删了。"

他沿着繁华热闹的商业街走,迟迟没等到江念尔的回复。

最后,穆深还是忍不住问:"你在干什么?"

又过了一会儿,还是没有回复。

穆深不想等了,直接打电话过去。

"嘟"了好久后,电话才接通,江念尔那边背景音非常嘈杂。

穆深问她:"你现在在哪儿?"

"啊?我在哪儿?"江念尔迟钝了半天,迷迷糊糊地报了个酒吧的名字。

穆深顿时心情不太美妙,沉下嗓音说:"你一个人去酒吧喝酒?"

"对啊。"

"江念尔,"穆深为她的大胆震惊,咬牙切齿道,"你知不知道一个女孩子单独去酒吧喝酒,多危险?"

江念尔轻笑了一下,几乎隐匿在嘈杂的音乐中:"我已经下班了,领导,你难道连员工的私生活都要管吗?"

"是,像你这样没有戒备心的,我就是要管。"

"有病。"

"我没在跟你开玩笑。"穆深的语气越来越急促,也越来越不好,"你一个人,如果喝得不省人事了怎么办?你指望谁送你回去?酒吧里认识的陌生人吗?"

"又没让你送!管那么多干吗?"江念尔气呼呼地说完,就挂了

电话。

穆深一口气憋在嗓子眼里,发泄不出来,沿着街道又走了几步,干脆打个车直接回家。

他最近太闲了,怎么老是管那个女人的闲事?

穆深坐在车后座,松了松领口的纽扣,准备不去想江念尔的事。

这时,李佳霖的电话进来了。

穆深还没有从刚才的情绪里出来,语气不太友善地"喂"了一声。

李佳霖吓了一跳,她犹豫了一整天,好不容易决定跟穆深联系一下,并不想这么快就被批评。

她一下子卡住了,不知道该怎么开口。

穆深稍微放缓语气,问:"这么晚了,什么事?"

李佳霖犹豫了几秒,才说:"穆老师,我是觉得,我们应该发点声明什么的吧……"

"什么声明?"

"就是关于江念尔这件事啊。我们其实都知道,她不是那样的人。"

"江念尔?"穆深眉毛拧起,"她怎么了?"

"啊?"李佳霖愣住了,"穆老师,你今天没看微博吗?"

穆深忽然感觉自己好像错过了什么,立刻说:"先挂电话,我现在去看。"

穆深迅速打开微博,搜了关键字,铺天盖地的讨论迎面而来。

还有那段居心叵测的监控视频。

今天白天,在他忙到焦头烂额没空看手机的时间里,居然发生了这么大的风波。

仔细看了几段网友的评论,江念尔的"旧账"也被提及,她仿佛是一个罪大恶极的犯人,被人绑在处刑台上,武器就是言论。

他一个外行人都能看得出来,江念尔的形象已经遭受了巨大的打击。

果不其然,爱优家也在控诉她。

穆深越往下看，眉头就皱得越深。他几乎不敢想象，江念尔本人看到这些言论心里是什么感受。

明明是那么骄傲的一个姑娘……

穆深当即让司机掉头，去江念尔刚才说的那个酒吧。

挂了穆深的电话，江念尔心情更差了。

她独自坐在隐蔽的角落里，盯着玻璃杯口的光晕发呆。旁边喧嚣不已，可到她跟前就像是自动隔出了另一个世界。

就在刚才穆深电话打来的那一刻，江念尔以为是一通开除电话。

可穆深什么都没说，反而为一些不重要的事把她批评教育了一番，这却让她更难受。

要杀要剐为什么不来得痛快一些？大声斥责、冷漠质疑都可以，她明明已经做好了准备。

可是，私心之下，江念尔又奢望他的安慰，想听他说一声：没事的，我相信你。

握着玻璃杯的手越来越紧，江念尔突然发现，她现在根本看不清自己的心思。

"美女，一个人喝酒啊？"有两个男人凑了过来，脸上带着不怀好意的笑，"这样多没劲，不如跟我们一起吧。"

江念尔本来正在想着穆深，一抬头看到两副恶心的嘴脸，高下立判，丑得让她有些想吐。

不等她回答，两个男人就主动坐了过来，分别围在她左右，咸猪手在她背后悬空，几欲搭在她身上。

江念尔闻到他们身上的汗味，立刻捂住嘴巴，发出呕吐的声音。

两个人男人吓一跳："美女已经喝多了？"

"不是。"江念尔摆摆手，解释道，"被你们恶心到了。"

两个男人尴尬，笑容勉强。

江念尔把杯子往桌上一推，起身要走。

"别走啊，我们才刚来，你怎么就要走呢？"其中一个男人死皮赖

脸地拽她。

江念尔机敏地抽出手,露出一个冷淡的笑容:"我领导说,这样不好。"

语毕,她拎着包快步走出酒吧。

刚一出去,就看到手机上有家里的未接电话,江念尔迅速让自己冷静下来,走到一个安静的地方回拨过去。

"念念啊。"魏海燕的声音响起,"怎么现在才接电话?我跟你爸都急死了。"

江念尔捂住听筒,说:"我在家看视频呢,没留意手机,怎么啦?"

"你上次留的那笔钱,我刚刚通过微信转给你了。"

"别啊!"江念尔有些急躁,"那是留给我爸看病的钱,还给我干什么?"

"已经带你爸去过医院了,医生说……"魏海燕犹豫了一下,才接着道,"医生说这个要慢慢治疗的,一下子花不了这么多钱,留在我们这儿没意义。"

江念尔赶紧问:"什么情况?很严重吗?"

"不严重的,不用担心。"魏海燕含糊地说完情况,立刻转移了话题,"念念,我今天上了会儿网,看到了你的事情,怎么回事啊?"

江念尔知道,这事绝对瞒不住家人。

她笑了几下,故作轻松道:"没什么事啦,都是公司之间的博弈和战争,放心吧,过几天热度就下去了。"

"真的吗?"魏海燕有点迟疑,"可是我看到那个品牌,说不仅要跟你解约,还要你支付赔偿金,那是多少钱啊?"

"他们就是说说而已。"江念尔安慰母亲,"我是无辜的,我又没做什么,凭什么让我赔偿?别担心我了,之前不是跟你们说了吗,网上看到的东西不能全信。"

魏海燕觉得她说得有道理,稍微放了心:"念念,我和你爸会尽力照顾好自己,不成为你的负担。但是如果你有困难,一定要跟我们说,因为父母是你最亲近的人,不依靠我们,你依靠谁?"

江念尔鼻子有些发酸,语调却仍旧轻快:"放心吧,我有的是钱,我这个行业很挣钱的。你们是不知道我生活有多好,天天吃肉都把我吃腻了,每天一打开微博私信就有好多人排队跟我表白……对了,前段时间新出了一款高级牛奶,卖得还挺贵的,我之前请同事喝牛奶,买了一箱,他们都说好喝……"

江念尔把下唇咬得都泛白了,明明在说生活很好,可眼泪却止不住,扑簌簌地往下落。

她不敢发出半点哭腔,心里越是难受,语气就越发愉悦。

空旷寂寥的小道上,只有她蹲坐在台阶上,路灯将身影拉得好长好长。

就在这时,忽然有脚步声传来,伴随着熟悉的声音:"江念尔。"

江念尔赶紧捂住手机听筒,来不及擦掉眼泪就抬起头来。

穆深身形颀长,站在路口,错愕地望着她。

第七章 情窦初开

穆深把江念尔送到家。

江念尔掏出钥匙开门时,对他说:"谢谢,我到了,你可以回去了。"

穆深挑了下眉,大步一迈,抢先跨了进去:"对于送你回家的人,不该这么下逐客令。"

已经十二点了,他一个成年男子执意留在独身女性的房子里,怎么都感觉有些不妥,但江念尔竟然找不到反驳的理由。

她喝多了,外加哭了一场,现下有些头疼,压根儿顾不上他,径自往沙发上一瘫,默默地看着天花板发呆。

穆深轻车熟路地去厨房里忙活起来,不知道从哪儿翻出一袋葛根粉,给她冲了一碗。

江念尔喝了一口,小声问:"可以加点糖吗?"

葛根粉没味,让她难以下咽。

穆深二话不说,又端着去给她加糖。

江念尔看着他挺拔高大的背影,生出些不真实的错觉。

"穆深,"她有气无力地唤他,直白地问,"你知道网上都在骂我的事了吧?"

"嗯。"穆深把碗又递了过来,"尝尝味道够不够。"

江念尔见他不想聊这件事,便不再吭声。

"明天你不用去值班了,我给你批假。"穆深做了这个决定。

江念尔看了他一眼,不打算反驳老板的意思,喝完葛根粉就自觉钻进被窝。

她听到厨房传来流水的声音,穆深好像把她吃完的碗刷了,然后倒了一杯热水,向卧室走来。

江念尔闭上眼睛,假装已经睡着。

穆深把水放在她床头,一言不发地看了几秒,才轻手轻脚地退出卧室。

等到大门关闭的声音落下,江念尔才重新睁开眼睛,把身体蜷缩在一起,心里却犹如有一万只羊驼奔腾而过:今天糗大了!

她居然当着恶霸老板的面,哭到涕泪横流。

她以后要怎么在他面前混啊!

穆深出了江念尔家,吹着夜晚微凉的风,点了一根烟。

手机上有好几条萧卉卉的消息,问他在哪儿、是不是生气了之类的。

要是在以前,穆深会简洁地解释一下,他没生气。和萧卉卉维持正常良好的关系,有利于诊所工作的进展。

可是今天,他一个字都不想看。

穆深静静地看着烟头那一点猩红色的火光,心情全然不像表面这么平静。

他已经快要爆炸了。

一个小时之前,他想去找江念尔,将她送回家,再安慰几句,以朋友和同事的立场给予她支持。

酒吧里没找到她,他就沿途找她,然后在酒吧后门听到了她的

声音。

她不知道在跟谁说话,放肆地形容自己生活有多好,部分内容失真到了夸张的地步。

穆深当时有点想笑,江念尔不愧是江念尔,遭遇到这么大的波折,还能这么轻松又骄傲地开玩笑。

可当江念尔把脸转向他的那一刻,他的心脏猛地一疼。

她睁着又大又圆的眼睛,怔怔地看着他,嘴角凝固在强行让自己发笑的弧度上,眼睛下面却还有未干的泪水,在路灯映照下,清晰可辨。

江念尔匆忙地挂了电话,赶紧擦擦眼泪,故作镇定地问他:"你怎么在这儿?"

穆深深吸一口气,尽力化解心里那种疼痛,回答她:"我来送你回家。"

不知道哪个字眼击垮她最后一丝防线,她呆了半天,忽然把脸埋进膝盖里,停不下来地抽泣着。

穆深坐到她旁边,伸出手,犹豫了一下,最后只是隔着长发轻轻拍着她。

他们都没有说话,酒吧闷闷的噪音隔着一层墙,好像呼之欲出,可穆深却觉得格外安静。

这个稀松平常的夜晚,他只能听见江念尔细微的啜泣声,和自己震耳欲聋的心跳声。

没抽几口,一根烟燃尽,穆深又点了一根。

活了二十八年,也许,穆深终于明白了这段时间心底莫名的迷茫和酸涩都是怎么回事了。

他仰头望着天上的月亮。

那是踏平山川河流的勇气,是银河系群星的吸引。

是名为"喜欢"的情绪。

得到老板的批准,江念尔就真没打算去上班,一觉睡到自然醒。

床头那杯水已经冷了,杯底压着一张字条,上面有穆深清隽有力的字体：醒了联系我。

李佳霖也给她发了消息："穆老师关键时刻还是很威武的！"然后附了一张截图。

原来在今天一大早，穆深以"万千宠爱"诊所的立场，发布了斥责不实传言的声明。他言辞犀利，逻辑严谨，字里行间都在维护她，比她自己发的烂声明强太多。

声明的最后，穆深贴了一张照片，是江念尔抱着诊所里的小猫的合影，也不知道是什么时候拍的。

江念尔顿时感觉心情好了不少，她打开微信，给穆深发了条消息："谢谢。"

半杯水下肚，她打算睡个回笼觉，可一闭上眼睛，满脑子都是穆深昨晚站在路灯下，垂眸看她的样子。

不知道是不是昨晚喝多了产生的错觉，她居然从他的眼神里看出了"温柔"。

这太要命了。

江念尔翻了好几个身，越发睡不着，这时候接到了穆深的电话。

"醒了？"

低沉的声音通过手机传过来，莫名让江念尔内心燥热。

"嗯。"她心不在焉地答道，"谢谢你昨天送我回家，还要谢谢你早上发的声明。"

"既然要谢我，"穆深顿了顿，慢悠悠道，"不能只口头说说吧？"

江念尔这下彻底睡不着了："那你想怎样？"

"请我吃饭？"

"现在恐怕不行。"江念尔揉揉眉心，"爱优家找我索赔，请你吃饭的事以后再说吧。"

穆深安静了一会儿，问："索赔多少？"

"五十万。"

他轻笑了一下，毫不掩饰鄙夷和不屑："他们倒是挺会挣钱。"

"可不是嘛。"江念尔叹气。

"除了这个,你还有别的想跟我说的吗?"

江念尔沉默了。

说什么?

说:对不起,我昨晚哭得太投入,你忘了吧?

实在是有点丢脸……

她憋了半天没说出话来,反倒是穆深先开口了:"中午我去找你吃饭。"

江念尔愣了一下:"等一下,我都说了没钱请你吃饭。"

"我们不去外面吃。"穆深语调里隐隐带着笑意,"十一点我到你那儿。"

直到挂了电话,江念尔才醒悟,穆深这是要来做饭给她吃的意思吗?

十一点不到,穆深真的来了,还拎着两大兜子菜,一副要将她家冰箱填满的气势。

一回生二回熟,三回就当自己家。穆深换上了拖鞋,驾轻就熟地去厨房里备菜。

他把衬衫袖口卷到手肘,露出肌肉精壮分明的小臂,拿刀切菜时动作行云流水,一点儿违和感都没有。

江念尔站在厨房门口,看着他忙碌的背影,有种不真实的感觉,忍不住问:"穆深,你为什么突然想来我家做饭?"

穆深气定神闲:"让你感受一下诊所老板对员工的关怀。"

但这也太……无微不至了。

难道诊所里每一个同事醉酒后的待遇,都是第二天老板亲自去家里下厨吗?江念尔心里疑惑,但没继续再问。

厨房里基本没有她能插手帮忙的地方,穆深很快就做好三菜一汤。

他做的东西很清淡,正适合宿醉的人吃,关键是味道也很不错,让江念尔有点意外。

她瞟了穆深几眼,这个人还系着围裙,但周身一尘不染,一点儿不像是会做饭的人。

穆深抬起眼，刚好对上她的视线，问："好吃吗？"

江念尔点了点头。

"还有没用掉的食材，都放进你冰箱了。"

"你带走吧，我自己不会做，放那儿坏了。"

"没事。"穆深不动声色地说，"会吃完的。"

江念尔觉得他今天说话很奇怪，总另有深意似的。

"穆深，你是近海市本地人吧？"

"对。"

江念尔问："那你为什么会做饭？"

穆深偏头思考两秒："我是本地人和我会做饭，有矛盾吗？"

江念尔解释："本地人可以住在家里，这样就有爸爸妈妈做饭。在我印象里，一般在本地读大学的人，好像都不太会做饭。"

穆深动作顿了一下，眼神晦暗不明："我很早就不住家里了。"

江念尔"哦"了一声："是因为你年纪比较大，住在家里老被催婚是吗？"

穆深眉梢微扬，彻底停下筷子，一字一顿地问："江念尔，你觉得我年纪很大吗？"

"二十八岁了，挺大的吧。"江念尔嘀咕。

穆深眸光有些暗沉，碗一撂，说："我吃饱了。"

"你今天饭量挺小啊。"江念尔没管他，继续吃自己的。

她吃完后穆深就开始收拾残局，一声不吭地去刷锅洗碗。

江念尔有点愧疚，拍着吃饱了的肚子在他身边转悠。

忽然想起刚才的话题还没聊完，江念尔随手抓起一颗圣女果塞嘴里，又问了一遍："所以你就是被催婚了对吧？"

穆深："……"

扎心了。

他脸色又黑又青，咬着后槽牙说："跟这个没关系。"

由于他浑身都散发出"快闭嘴"的危险气息，江念尔立刻识趣地退

到一边,不给他添堵。

对江念尔来说,如何凑够那五十万成为当务之急。

既然穆深没有开除她,那她就要坚持去上班,但因为不想给诊所带来麻烦,这些天她一直戴着口罩工作。

穆深不知道是突发奇想还是为了照顾她,突然决定让她转做内助工作,平时都要在办公室里帮忙整理文件。

江念尔刚上手这个工作时还有些不习惯,正好穆深去了隔壁诊疗室,办公室里除了她就只剩下周泽文。

江念尔有搞不清楚的文件分类就去问周泽文,两回下来,她终于察觉到周泽文有话憋着。

"是有什么问题吗?"江念尔直白地问。

周泽文犹豫了半天,最后还是没能抵抗过自己的疑虑,张口问:"念念,网上说的都是真的吗?"

江念尔怔然:"什么?"

"说你'爱猫'的人设是假的,你对猫咪其实……"他欲言又止,没有再说下去。

江念尔看他的眼神像是在看一个陌生人。

"你觉得呢?"她歪头笑了,那笑意却丝毫不达眼底,很是冰凉,"你觉得是就是,何必来问我。"

"我只是想求证。"

"既然想求证,那就代表你怀疑过了,还有什么可问的?相信自己的直觉不好吗?"

周泽文急得脸发白:"我不是这个意思,大家都这么说,我原本是不相信的,可是谣言传得沸沸扬扬……"

江念尔提了下嘴角,安慰似的拍拍他的肩膀,说话却如刀子:"你自己买的手机,自己开通的流量,你爱怎么吃瓜就怎么吃,爱怎么想就怎么想。不要再问,问就是你想的都对。"

周泽文张了张嘴,还要辩解。

"别说了。我就算发一万份声明,在你这样的人眼里看来也是放屁,那何必互相伤害?"江念尔耸了耸肩,"周泽文,我们真的不是一路人。"

周泽文脸色刷白,突然握住江念尔的手,死死地盯着她:"念念,你听我说,其实我……"

"松手!"江念尔没心思听他说话,"你劲儿太大,捏疼我了!"

周泽文还没来得及松手,办公室门从外面推开。

穆深冷漠地走进来,扫了他一眼。

周泽文立刻放手,垂下头去。

"江念尔,李佳霖在清点仓库的东西,你去帮她一下。"

江念尔得令,赶紧离开这里。

她一走,办公室里的氛围瞬间就跌到冰点。

穆深一言不发,脱下白大褂,坐回椅子里。

令人窒息的安静过后,他终于漫不经心地开口:"你是质疑她,还是质疑我?"

周泽文咬了咬唇,低声道:"对不起。"

江念尔是穆深录用的,穆深也以诊所立场为她发布了澄清声明,他今天怀疑江念尔,就等同于怀疑穆深的判断。

于情于理,都不对。

穆深似乎不想追究周泽文的问题,挥了挥手,让他先回去了。

江念尔似乎不太擅长做整理的工作,几次去她家也是乱糟糟的,刚刚给穆深归类文件,归得七零八落,穆深只能自己再动手收拾一遍。

这过程中,穆深又看到了公益救援行动的捐款说明书。

他立刻坐到电脑前,搜索"想你的念念"前段时间的消息。

果然,在倡议捐款的那段时间里,二手闲置网站上出现了一个卖衣服的账号,被粉丝扒出是她。

穆深仔仔细细地看了遍帖子,他想起那时候,江念尔说她没钱,而且每天都自己留下来吃泡面。

再把她卖出衣服的价格算在一起,就是她后来捐款的数字。

穆深心尖泛酸，不太好受。

江念尔抽空跟陈可约了顿饭，这是她们都离开原公司后私底下第一次碰面，主要为了帮助江念尔理清目前的头绪。

网上流传出来的那段视频明显是诊所内的监控录像，似乎还经人剪辑过，陈可大胆地猜测，在幕后操控这场网暴的人很可能就在江念尔身边。

江念尔不是没想过这种可能。

除她以外，目前常在诊所的就只有四个人。

首先排除李佳霖，这位姐姐是真心照顾她，不会做这样的事。论动机来看，好像萧卉卉可能性最大，可经过她的观察，萧卉卉不经常抱着手机玩。能精心谋划一轮风向、并且悄无声息地隐匿自己，不是随便一个普通网友就能做到的事。

能对圈内那些大V发号施令的，周泽文是第一人选，可是就凭他之前质问自己的态度，江念尔把他也默默叉掉了。

那就只剩下最后一个人，穆深。

江念尔找不到他的动机，可也找不到能说明他绝对不是始作俑者的证据。

再加上这几天穆深反常的举动，经常到她家里来给她做饭，还美其名曰老板对员工的关怀，让她越发觉得奇怪。

难道是为了弥补什么吗？

江念尔食不知味，问陈可："会不会有一种可能，监控录像是无意间流传出去的，然后才被有心人加以利用？"

"非常有可能。"陈可点头，"我觉得你们诊所的员工都不像是会做这种事的人，意外流传的可能性更大一点儿吧。"

江念尔若有所思，这样似乎能够解释穆深的行为。

"可是啊。"她还有一点想不通，"如果我们老板想补偿我，可以给我加工资，带薪休假之类的，为什么老是做一些有的没的？"

陈可好奇："什么叫'有的没的'？"

"比如说,买完了菜就跑来我家做饭,晚上时不时发消息问我在干什么,我不管多晚看到他都要回复……"

"打住,念念姐。"陈可睁大眼睛,疑惑地看着她,"你确定这是弥补?"

她这样一问,江念尔也不确定了,犹豫着说:"是的吧?不然还能是什么?"

陈可欲言又止,没吭声。

就在这时候,新的消息传来了。

某老板:"跟朋友吃完饭了吗?需不需要我去接你?"

江念尔把这条消息拿给陈可看:"你瞧瞧,简直太诡异了。"

陈可问:"这个就是你老板?"

"对。"

"念念姐,他有没有跟你说过什么奇怪的话?"

"这还不够奇怪?"

"我是说……更暧昧的那种。"

江念尔肩膀一哆嗦,疯狂地摇头:"我和他不是那样的关系。"

"但你老板可能不这么想。"陈可虽然年纪小,却一副经验丰富的表情。

江念尔果断给穆深回复消息:"不用你接,我自己可以回去。"

过了一会儿,"恶霸"才又发来消息:"我正好要遛狗,你跟我一起,再进一步学习一下动物保护。"

江念尔思考怎么拒绝。

穆深似乎察觉到她的想法,迅速又补了三个字:"是工作。"

江念尔翻了个大白眼,把手机扔到陈可面前:"你再看仔细点,这个人无情又霸道,所有的耐心和温柔都给了动物,真不是你想的那样。"

陈可撇了撇嘴,不置可否。

江念尔迫于无奈给穆深报了地址。

等她们两个吃完饭,走出餐厅时,发现穆深已经到了。

他就站在树下,黑色的裤子把腿拉得又长又直,一只手插在兜里,一只手握着牵引绳。

他眼眸黑白纯粹,映着街道两旁的霓虹灯,漂亮得像是从画里走出来的人,再加上手里牵着的萨摩耶,周围路过的女孩都忍不住打量他。

陈可倒抽了一口凉气,不停地拽江念尔的袖子:"这就是你老板?微信上被你备注成'恶霸'的人?"

江念尔怕穆深听到,赶紧"嘘"她:"小声点。"

"我的天哪。"陈可眼睛都看直了,"这也太帅了……"

穆深闻声转过头来,看到江念尔时微微一笑。

陈可又猛地吸了一口气,手指暗中掐江念尔,在她耳边激动地小声道:"念念姐,不上不是人!"

穆深听到了,嘴角挂着温和的笑意,问:"什么不是人?"

江念尔赶紧解释:"她说,那个什么,咳咳,我不是人。"

穆深眉梢一挑,又问:"你怎么不是人了?"

陈可立刻道:"让上司在外面等这么久,这是人干的事吗?过分!无耻!"

说着,陈可从背后推了江念尔一把,把她推到穆深面前。

江念尔狠狠剜了陈可一眼,见色忘义的叛徒!

穆深笑意更深了,把牵引绳递给江念尔,自然而然地说:"你要不要遛它一会儿?"

雪白的萨摩耶傻乎乎地看着江念尔,一点儿也不认生,在她脚边拱来拱去。

和陈可告别,江念尔和穆深两人一狗慢慢地走在路上,有一搭没一搭地聊着天。

穆深先是问她关于赔偿金的事,那五十万打算怎么办。

江念尔"啧"了一声,心中暗骂他哪壶不开提哪壶:"慢慢攒吧,还好爱优家没说期限,我可以分期赔偿。"

"那就不着急。"穆深说,"再等一等,可能他们就改变主意了。"

江念尔摇摇头，低声道："怎么可能。"

品牌方明显就是把她当成大鱼来宰了，谁会跟钱过不去呢？

穆深没吭声。

江念尔低头看着前面走得正欢的萨摩耶，问："这是你自己养的狗吗？"

"不，这是邻居的狗，我有时候帮他们遛。"

江念尔睁大眼睛，难以置信："穆深，你把诊所做成了半公益就算了，下班后还帮人免费遛狗啊？"

穆深瞥了她一眼。

要不是为了找借口把她约出来，他早就舒舒服服地在家泡澡看书了好吗！

穆深当然没有实话实说。

"邻居家人很好，经常帮我忙，偶尔我会报答一下。"他摸了摸鼻子，眼神转向四周。

江念尔没有发现他在撒谎，"哦"了一声，以示理解。

因为天气变暖，晚上近海市街上的人也开始变多，很多年轻情侣会约了晚上一起逛商场、看电影。

不知道有多少对情侣从身旁经过，穆深略微观察了一下，忽然对江念尔说："我这两天回去思考了一个问题。"

"什么？"

"择偶时，男性年纪稍微大一点有利无害。"

"噗！"江念尔捂嘴憋笑，她还以为穆深思考的是什么动物救援大难题呢。

穆深没理会她的笑，继续严肃地说："男性的年纪稍大几岁，性格更成熟，更能体贴人，也更加有担当。通常大几岁的男性也已经确定了在社会上的上升方向，可以省去一个迷茫动荡的时期。"

江念尔听得云里雾里："然后呢？你跟我说这些干吗？"

穆深敛起神色，淡淡道："没什么。"

江念尔突然想起陈可刚才的话，余光偷瞄穆深的侧脸，心里犯嘀

咕:不会吧……

与其说穆深想跟她发展点什么,倒不如说他在补偿她更令人相信。

"穆深,我有个问题,希望你能如实回答我。"江念尔放慢脚步,语气变得慎重。

"你说。"

"网上那段监控录像……"她抬起头,神色平静如水,"是你流传出去的吗?"

穆深的表情先是怔住几秒,然后变得复杂和失落。

"你为什么会这么想?"

江念尔舔了舔嘴唇,如实道:"因为你这几天做的事情,像是要补偿我。"

夜风微微吹过来,江念尔额前的碎发刮在鼻梁上,她刚要伸手去拨,穆深的指尖就已经掠了过来。

他动作很轻,没有在她脸上过多停留,只是飞快地把那绺额发拨开。

"如果是我,"穆深缓缓开口,"根本不会容忍那样的事发生。"

江念尔失眠了一整晚,只要闭上眼睛,就能回忆起穆深指尖微凉从脸上掠过的触感。

第二天上班时,穆深的办公室里就只有江念尔一个人,挡不住困意来袭,江念尔趴在桌上不小心睡着了。

她又梦见了穆深,他冷静的眸中有一簇炽热温柔的火光。

她不知道自己对着他看了多久,好多次想要伸出手,把他拉近一点儿,看得再仔细一点儿。

直到办公室的门被人推开,混杂着嘈杂的人声。

江念尔猛然惊醒,睡眼惺忪地抬起头,有几分迷茫地看着推门而入的穆深和李佳霖。

梦境中的人在现实里呈现,江念尔有些发愣,一直盯着穆深看。

"你睡着了?"穆深蹙眉问。

江念尔还没反应过来这是工作场所，钝钝地点了下头。

李佳霖一脸绝望，在一旁拼命地冲她做口型，还示意她赶紧低头看看。

江念尔不知道发生了什么，垂下眼的瞬间看到了文件上一摊可疑的透明液体……

口水已经浸入纸张，把白纸洇出一块深色。

如果她没记错，这是穆深最近最常翻阅的一份文件……

一瞬间，江念尔想到了一万种死法，她条件反射地扑在文件上，把那摊可疑的液体盖住。

可是晚了，穆深已经看到了。

他一把抽出文件，沉默地盯着那摊水渍看。

江念尔赶紧向李佳霖投去一个"救命"的眼色，李佳霖双手合十，暗示她一切随缘吧。

然而，出乎她俩的预料，穆深什么话也没说，只是抽了一张纸出来，默默地把水渍擦掉。

江念尔赶紧站起身，尴尬地说："我来擦吧……"

"已经擦掉了。"穆深把文件重新扔回桌面上，松了松领扣，然后转向正等待暴风雨来临的两个人，问，"还待在这里干吗？"

"啊？"江念尔愣了一下。

李佳霖听懂了，赶紧抓着她的手往外走："好的，我们先去忙了，穆老师您有事再叫我们！"

从穆深的办公室里出来，李佳霖才松了口气："可喜可贺，捡回一条命。"

"可不是嘛，刚才我以为他要扣我工资。"江念尔心有余悸。

"扣工资？"李佳霖瞪她，"你以为只是扣工资吗？穆老师是有一点儿洁癖的，别说口水了，以前我们班有个同学把矿泉水打翻一点儿在他的文件上，被穆老师死亡凝视到不敢去上课……"

江念尔笑了："有这么夸张吗？"

"我本来以为他今天会更夸张呢，毕竟刚才他跟萧卉卉吵了

一架……"

江念尔打断她:"他俩吵架了?"

"对呀,你不知道吗?"李佳霖赶紧给她八卦,"就刚才,我路过萧卉卉的办公室的时候听见他俩吵得很凶,不对,是萧卉卉单方面吵得很凶。我依稀听到一点儿,好像是穆深用了她的邮箱,看到了一些东西,她不乐意了,说那是她的隐私。"

江念尔有些意外:"穆深不像是会做这种事的人。"

"是啊,然后我就听到穆老师说,那不是隐私,是证据。"

证据?

江念尔皱了皱鼻子,隐隐觉得这件事跟自己有关。

果然,没过一会儿,穆深叫江念尔单独去谈话。

他开诚布公地告诉江念尔,在萧卉卉的邮箱里发现了一封向外发送监控录像的邮件,视频里囊括了网上流传的那部分,但是萧卉卉矢口否认这件事是她操纵的。

穆深冷静地向江念尔叙述完事情经过,然后问她:"你想怎么处理?"

江念尔垂下眸,她曾经想过,或许萧卉卉看不惯她,顶多跟着网友一起落井下石几句,但没想到视频真的是从萧卉卉手里流出去的。

沉默良久,江念尔才说:"我相信她说的那句话,这件事应该不是她操纵的,她没那么大的能耐,能请得动那么多圈内博主帮她扩散转发。"

穆深不置可否,一言不发。

"她所做的应该就只是传送监控录像,至于后期剪辑和煽动,应该另有其人,大概率就是那封邮件的收件人吧。"

穆深的沉默,表示他也是这样想的,并且很有可能,他已经在着手调查收件人的信息。

江念尔知道他和萧卉卉相识多年,交情还算不错,能为这件事同萧卉卉撕破脸已经是极限了。她坦然地说:"怎么处理都可以,我没意见,全听你的。但我有一个小问题。"

"你问。"

江念尔抬起眼,问:"你怎么想起来去查萧医生的邮箱的?"

穆深往后一坐,靠在椅背上,手指漫不经心地点着桌面,说:"既然是监控视频,那源头肯定出自诊所内部,随便想了想就查了。"

那还真是,又随便又迅速。

江念尔笑了笑道:"我现在信了,我们诊所老板对员工的关怀是真的很不错。"

穆深忽然看向她,眸光很认真。

"江念尔。"他似乎想说什么,但一时没说,只一下一下地点着桌面,好像在应和江念尔的心跳声。

顿了许久,穆深才慢条斯理地道:"就算你不是我的员工,我也会这么做。"

江念尔假装没听明白,匆匆离开他的办公室。

穆深确实已经锁定了收件人。

他直接将邮件截图发给了周泽文,问:"这个收件人你认识吗?"

周泽文再怎么迟钝,也一下子看明白了,这封含有监控录像的邮件,是从萧医生的邮箱发送到祁菲的邮箱的。

他不知道祁菲什么时候跟萧卉卉私下联系上了,但大约是本着"敌人的敌人就是朋友"的原则,她俩结成了让江念尔难堪的统一战线。

周泽文肺都要气炸了,他知道自己误会了江念尔,而此时此刻,他更想甩开祁菲这样恶毒心肠的合作对象。

周泽文做了个大胆的决定,他态度坚决地向公司提出解绑CP的要求,如果公司不同意,他就退出这一行,专心做学术研究。

反正他在专业上很强,根本不担心副业被封杀。

公司妥协了。

这件事在网上闹得沸沸扬扬,当然网友看到的结局是这对情侣博主分手了,他们并不知道背后这些商业交涉。

祁菲自然是暴跳如雷,但不管她怎么闹、怎么用眼泪攻势,周泽文

都不肯原谅她。祁菲闹得太狠了,他烦不胜烦,就直接拿出邮件截图,让她闭嘴。

祁菲知道事情败露,再不敢多说什么。

这些经过,江念尔是后来听陈可说的,她并不在意周泽文和祁菲这对合作CP怎么样,她上微博只是为了去看穆深发的声明。

穆深连发了好几条,详细地向公众解释监控录像是被员工流传出去,然后又被有心人加以编辑和利用的,与江念尔本身其实并无瓜葛。

到最后,穆深还是没有披露萧卉卉的信息,但江念尔对这个结果已经很知足了。

只是她没有想到,穆深的决策并没有结束。

一天晨会,只有四个人到了,萧卉卉没来上班,穆深云淡风轻地通知他们,萧卉卉被他停薪留职,自我反省去了。

江念尔有些惊讶,萧卉卉是那种会好好自我反省的人吗?

当然不是。

果然,穆深后续又告诉他们,由于不满意这个决策,萧卉卉现在在闹辞职。

江念尔问:"那你怎么说的?"

穆深看她一眼,平静地道:"我说,那你抽空来诊所做一下工作交接。"

江念尔:"……"

千万不要得罪穆深的念头再一次在她心中浮现。

散会之后,周泽文迟迟未走,他犹豫着叫住江念尔。

"我想跟你道歉。"周泽文对她说,"对不起,我不应该怀疑你。"

江念尔没什么情绪起伏地摆摆手:"没事。"

她无所谓的反应一下子刺激到周泽文,他说:"就这两个字?你就没什么其他话要跟我说的吗?"

江念尔奇怪道:"我应该说什么?"

"你可以生气,可以打我,骂我——"但你不应该无所谓。

周泽文抿着唇,没有说出后半句。

江念尔越是无所谓,就代表她越不在意他,这比冲他发脾气还要让他难受。

江念尔耸了耸肩:"我上次就已经说过了,周泽文,你要怎么想都可以,那是你的自由,你真的不用心怀愧疚,因为我压根儿没放在心上。"

"为什么?"周泽文拉着她不让走,眼里都是血丝,脸色却比平时还要苍白,"你为什么不在意?我们认识这么久,如果连我都怀疑过你,你怎么能不在意?江念尔,你应该活得再计较一点!"

"周泽文,你有病吗?"江念尔快被他气笑了,"我怎么活,怎么处理自己的私事,跟你有什么关系?你凭什么来指点我,你自己就过得很通透很圣人了吗?"

他当然不。

至少此时此刻,在喜欢的女孩面前,他根本不知道自己该说什么,不该说什么。

以前周泽文不知道,以为捆绑的CP只要好好合作就可以了,直到公司要求他对外宣布"分手",他发现一旦离开工作,江念尔跟他再无半点交集。

周泽文闭上眼睛,脑海里的画面一帧帧过去,全是以前拍照时,江念尔冲他笑的样子。

可是现在,她很少再这样对他笑了。

"我是过得不好,"他声音嘶哑,慢慢开口,"但至少你不应该这样。"

察觉到他们两人一直没从会议室里出来,穆深去而复返,只看了一眼就感受到了屋里僵硬的氛围。

穆深没看周泽文,直接对江念尔道:"现在有空吗,去帮我整理一下办公室吧。"

江念尔气鼓鼓地去了他办公室。

打扫的时候,她故意很大力,动静大得很,很明显在发泄自己的

不爽。

穆深抱着胳膊看她:"周泽文惹你了?"

"对。"

"那你为什么对我摆着一张臭脸?"

"他不是你外甥吗?"江念尔斜他一眼,"既是舅舅又是老师,他性格那么偏执,你功不可没啊。"

"好的,我会跟我表姐反馈一下。"对上江念尔莫名其妙的视线,穆深解释道,"我表姐,就是周泽文的亲妈。"

江念尔撇了撇嘴,嘟囔道:"一个两个都是神经病。"

穆深笑了,说:"虽然外甥是这样,可不代表舅舅也是。江念尔,我有两个问题想问你。"

"问。"

"第一,"穆深顿了顿,笑意渐渐敛起,认真地看着她,"你喜欢周泽文吗?"

"不喜欢!这还用问吗?"

"那好,第二个问题……"

穆深刚要发问,江念尔的手机忽然响了,她烦躁地挥了挥手,说:"等等啊,我先接个电话,有空再跟你说。"

穆深怔了一下,眼中跳跃的火光短暂熄灭。

第八章 喜欢我吗

萧卉卉真的赌气闹辞职,穆深为了证明自己的决定不是儿戏,火速招了个新人进来顶替她的位置。

新同事小樊,是个男人,长相朴实,性格内敛,胆子虽然小但做事踏实,他来以后,不仅肩负了医生的职责,还大大地分担了江念尔的工作量,很快就得到了大家的认可。

穆深持续在微博上发表动物医学方面的科普博文,几乎每一次都会用有江念尔出镜的照片作为插图,引发粉丝的猜测。

他没有对此进行任何回复,却始终坚持这个做法。

除此以外,他还坚持每天下班以后约江念尔出去吃饭,或是遛狗。虽然每次都打着学习的名义,却几乎从来不聊到专业上的事。

就在江念尔都察觉到他们之间有些暧昧不清时,穆深消失了一个晚上。

这天下班前,穆深单独找她,说今天晚上有点事,不能送她回家,也不能跟她一起吃晚饭了。

江念尔倒是乐得清闲,赶紧摆了摆手说:"那真是太好了。"

穆深嘴角弯了弯,忽然俯身贴在她耳边,小声问:"你就不想知道我要去干什么吗?"

江念尔毫不犹豫地说:"不想。"

穆深倒也不失望,笑了笑说:"晚点告诉你。"

因为他这句话,江念尔宅在家里拍了一晚上搭配,每换下一套衣服都要看一眼信息列表。

一直到晚上十点多,都没有等来穆深的消息,却接到了新同事小樊的电话。

小樊语气有点着急:"小江,你现在方便出来吗?穆老师喝多了,我着急回家有点事,实在不能照顾他……"

江念尔有些意外:"他喝多了?"

"是啊,他好像不擅长喝酒,今天硬灌自己,现在看上去很不舒服。"

江念尔看了眼时间:"你们现在在哪儿?"

小樊报了个饭店的名字,问她:"你可以过来吗?不用太麻烦,就打一辆车把穆老师送到家就行。"

其实时间不太早了,江念尔不是很喜欢在晚上出门,但想起之前自己醉酒,穆深无微不至地照顾她,于是她咬了咬牙,下决心道:"好,你等我一会儿,我马上就到。"

她匆匆披了件薄外套,打车去了那家饭店。

穆深就坐在门口,脸颊泛红,风把他的短发吹得微微有些乱,和平常很是不同。

江念尔心脏微微颤了一下,她还从没见过穆深这么无精打采的样子。

"这是什么情况?"她问小樊。

"晚上我陪穆老师跟一伙商家吃饭,穆老师不小心就喝多了……"

"商家?"江念尔皱眉。

小樊刚要解释,穆深就抬起头来,迷离的眼神渐渐聚焦在她身上。他问:"你怎么来了?"

"我来换他,照顾你。"

虽然喝了酒,但穆深的语气仍旧不容置疑。他眸光锐利地看向小樊,对小樊的举动表示不满:"是你把她叫来的?"

小樊抖了抖,欲哭无泪:"我错了……"

穆深又看向江念尔:"太晚了,你赶紧回家吧。"

"我都打车过来了,总不能白跑一趟。小樊还有其他事,让他先回去,我送你回家。"

江念尔一边说话,一边架起穆深的胳膊。

穆深虽然看着瘦,但精瘦又结实,重量一压下来,江念尔差点站不稳。

"我可以自己走。"穆深声音沙哑,传到她耳边。

江念尔怕他摔倒,仍旧不肯放开他的胳膊,最后看起来像是挽着他。

穆深微不可察地笑了笑。

刚走到路边,忽然一辆车从身旁疾驰而过,江念尔没注意到,反倒是穆深猛然拉了她一把,迅速将她护住。

江念尔惊魂未定地抬起头,发现自己正伏在穆深怀里,他垂着眸,沉静地看着自己。

距离很近,穆深呼出的气息近在咫尺,在她脸颊上氤氲成小小一团,江念尔"噌"地红了脸蛋,心跳快到不能自已。

穆深弯着眼,漫不经心地问:"到底是你照顾我,还是我照顾你?"

江念尔如梦初醒,飞快地从他怀里钻出来,心虚地望向四周。

好在这时候有空车来了,她赶紧伸手拦下,权当什么事都没发生过,低头上了车。

一路无言。

穆深因为喝醉了不舒服,一上车就闭目养神,江念尔则安静地偏头看窗外,手指不安地绞着衣摆。

她发现了一件糟糕的事情——无论进行多少次深呼吸,都不能让心

跳平静。

穆深身上总有一股淡淡的消毒水气味,此刻混着一点儿酒气,充斥在车子里,在江念尔鼻尖萦绕不散,让她觉得又安心又紧张。

不知道从什么时候开始,她习惯了穆深霸占她的生活,无论上班时间,还是私下里。

这是她从未有过的一种感觉,像是吃了一口还未熟透的樱桃那样酸甜。

江念尔悄悄侧过头,看了穆深一眼。

穆深仍旧闭着眼,长长的睫毛遮盖下来,静谧得好像一幅画。

似乎感应到她的视线,他忽然睁开眼,眸光清明地与她对视。

江念尔立刻回过头来,假装在看前面。

"江念尔,"穆深主动叫住她说,"我头有点疼,可以借你的肩膀一用吗?"

江念尔怔了一下,有些不自然地靠过去:"用吧……"

穆深笑着,慢慢地把头靠在她肩膀上,重新闭上眼睛。

这下子离得更近了,就连他清浅的呼吸都感知得一清二楚。

穆深掏钥匙开门时,江念尔纠结了一番,说:"那我先回去了,你可以自己烧热水喝吧?"

闻言,穆深立刻缩回了手,一本正经地道:"我眼睛花了,看不清门锁了。"

"……"

您老到底喝了多少?

江念尔不想跟他计较,帮他把门打开。

穆深顺便就道:"饮水机在客厅,杯子在柜子里,深蓝色那个,麻烦你了。"

心中默念"做人要感恩"一百遍,江念尔替他接了热水,还要送到他嘴边。

穆深已经横躺在沙发上了,两条长腿随意地交叠。他单手解开衬衫最上面几颗纽扣，露出脖子下面一截精瘦的锁骨。

接过江念尔递来的水杯，他道了声谢，吹吹上面的热气，开始喝水。

江念尔看到他抻长脖子，喉结上下动了动。

怎么回事，不过就是喝水，为什么画面会有点好看？

江念尔全然不知，就在她盯着穆深的脖子看时，穆深已然眯起眼，将她的打量收入眼底。

他忽然低下头来，与她平视着，问："你在看什么？"

刚被水浸润过的嗓音很有磁性，带着低沉的共振，在江念尔耳边扩开。

江念尔慌了几秒，眨眨眼说："没，没看什么。"

"你在看我。"无视了她的否认，穆深兀自道，"为什么看我？是不是觉得我还挺好看的？"

江念尔耳后根开始发烫，极力摇头："请不要自恋。"

"是吗？"穆深无声地笑了，唇边的笑意蔓延，慢条斯理地说，"那你现在多看几眼，到底好不好看？"

江念尔鬼使神差地将目光挪了过去，恰好与他对上。

穆深目光灼烫，让江念尔觉得自己就快要暴露无遗，可那炽烈的眸光之下，还有毫不遮掩的温柔与专注。

江念尔只记得还要呼吸，却根本说不出一个字来。

静谧的暧昧持续了几秒，穆深忽然抬起手，拨了拨她额角的碎发，低声道："江念尔，你才是最好看的。"

江念尔微微一怔，刚想移开视线又因为他的话撞了上去。

穆深温热的指腹轻轻地从她脸颊轮廓上滑下来，停在下颌边，令人猝不及防地说："我想亲你。"

太过大胆直白，江念尔完全呆住了，半天没反应过来。

她的毫无反应落在穆深眼里就是默认，他愉悦地勾起嘴角，趁她还在呆滞的瞬间低下头，虔诚地献上一吻。

这个吻犹如蜻蜓点水，唇瓣刚刚沾上，只缠绵了一刻，就立刻收

回,像是怕她厌恶似的。

江念尔这才反应过来,迅速推开穆深,难以置信地瞪大眼睛:"你……你……你……"

你了半天,却不知道该说什么。

穆深不满足地轻舔了下嘴角:"有点甜。"

江念尔抄起身后的小抱枕,砸到他身上,终于想到了一个用来骂人的词语:"你流氓啊!"

穆深把抱枕顺势接进怀里,眼里带笑,说:"上一次我说有两个问题要问你,只问了一个你就走了。我现在想问第二个。"

"不许问,我生气了!"江念尔气势汹汹地要走。

穆深一把拽着她的手腕,直接将她拉了回来,不等她发作就贴在她耳边,低声问:"第二问题,江念尔,你喜不喜欢我?"

江念尔愣住了,好像有双手轻轻一推,将她心里藏着的那点秘密全部推了出来。

她心跳如雷,不知该如何作答,沉默半天后才挣脱他的束缚,含糊地说:"你喝多了。"

穆深将她的神情尽收眼底:"你还记得第一个问题你是怎么回答我的吗?"

江念尔说:"不记得,那重要吗?"

"很重要。"穆深点了点头,笑意更深,"我问你喜不喜欢周泽文的时候,你斩钉截铁地告诉我,不喜欢。"

江念尔呼吸一窒。

"而现在——"穆深慢慢地道,"你犹豫了。"

江念尔几乎不记得自己那天晚上是怎么离开穆深家的。

她感觉受到了冲击,但不明白这种冲击是穆深带给她的,还是她内心自动引发的。

对于穆深的问题,她不仅犹豫了,还没有给出正面的回答……这太不符合她平时的作风。

当天晚上江念尔辗转反侧，愣是睡不着，一闭上眼睛就想起穆深那个突如其来的吻。

第二天，江念尔怀着忐忑的心情去上班。

她前脚刚到，穆深后脚就来了。

李佳霖率先打了声招呼："穆老师早啊。"

江念尔浑身一激灵，僵硬地扭过头，就看到穆深站在自己身后，垂眸望过来。

也不知道什么时候开始跟在后头的。

江念尔没吭声，默默把头转回去，老实地走向自己的工位。

可穆深像什么都没发生过一样，脸上也没有醉酒后的疲态，走过她身边，平静地看了一眼，并问："不打个招呼？"

江念尔冒了点冷汗，尴尬地笑了两声，说："早上好。"

穆深看了看她，又看了看卧在一旁的"深深"："你在跟我说话还是跟它？"

"不一样吗？"江念尔反问，"大家都是同事。"

穆深耸了耸肩，表示懒得跟她计较。

小樊在这时候推门进来，他急匆匆的，张嘴就要关心穆深："穆老师，你怎么样？昨天小江把你安全送到家了吧？"

这话一出来，毫不知情的李佳霖立刻精神抖擞，八卦的眼睛滴溜溜在他们几人身上转。

江念尔恨不能把小樊的嘴缝上。

穆深礼貌地冲小樊笑了下，说："昨天多亏她照顾，我现在感觉好多了。"

江念尔连忙解释："就是给你倒了杯热水，不用这么感激涕零。"

穆深没说话，深深地看她一眼，然后径直去了自己办公室。

同事一散开，李佳霖立刻奔了过来，眼睛发光："什么情况，快跟我说说！"

江念尔无奈，将昨天的事情如实地给她汇报了一遍，当然，省去了那个吻和最后的对白。

　　李佳霖听完之后若有所思，问："念念，你以前是不是还给穆老师送过牛奶？"

　　"对。"

　　"那就是了，我懂了！"李佳霖茅塞顿开，拍着桌子说，"穆老师最讨厌喝牛奶了，但是你送的他就喝，这是什么？是爱情啊！"

　　江念尔愣了一下："他不喜欢喝牛奶？"

　　"是啊，超级讨厌。"

　　穆深讨厌喝牛奶，却从没有告诉过她……江念尔思绪飘远。

　　李佳霖在一旁喋喋不休："我就说这段时间穆老师有些不太一样，原来是春天到了。"

　　江念尔及时捂住她的嘴："你别瞎说。"

　　李佳霖拍掉江念尔的手："我们学医的人，历来本着实事求是的精神，从来不瞎说。上次我就感觉不对劲了，你上班时间打瞌睡就算了，居然还把口水滴到了穆老师的文件上，他非但没骂你，还自己亲手擦掉……天啊，这要说出去我们班同学能惊掉下巴。"

　　江念尔扶额："没有这么夸张……"

　　"还有萧医生那件事。"李佳霖继续分析，"毕竟同事这么些年，穆老师虽然严格，但对待同事一直很包容，可他居然为了你，不惜和萧医生撕破脸，我真的惊了。一件事可以有理由解释，但这么多件加在一起，你怎么解释？"

　　江念尔哑然。

　　是没有办法解释。

　　就连她对穆深究竟是什么感情，都解释不清楚。

　　江念尔恍惚了两天，诊所有了新变动。

　　周三早晨，门口停了一辆货车，从上面运下来成箱的宠物用品，江念尔负责签收时仔细瞧了一下，看到了纸箱上印着"爱优家"三个大字。

　　江念尔以为送错了，正跟送货人询问，穆深从里头走了出来："没送错，是我的东西。"

"你买的？"江念尔诧异地问。

"一部分是他们送的，一部分是我自己出钱买的。"穆深道。

"你为什么买这些？"

"可以当作赠品送给客人，也可以摆在店里销售。"

江念尔更加诧异了："你跟他们合作了？"

穆深有些意外："小樊没跟你说吗，我那天晚上去的就是爱优家的饭局。"

箱子一个个被搬进诊所里，穆深开始检查里面的东西。

江念尔跟了上去，心里止不住好奇："你为什么要跟他们合作？之前我请你出镜你都不愿意，他们跟你谈的推广价格是不是很高？"

穆深抬眸看她，淡淡笑了一下，说："是啊，很高。"

"我就知道……"

江念尔撇撇嘴，正要腹诽，就听见他说："五十万。"

"……"

腹诽戛然而止，江念尔心脏一颤，好像忽然明白了什么。

"这五十万，不会是我那个……"

穆深点了下头："我帮他们做线上推广、线下推销，同时还会自己负担一部分产品，要求就是免除加之在你身上的赔偿金。等我这边开始了，那边应该就会有人通知你。"

江念尔简直不敢相信自己的耳朵。

孤高如穆深，竟然为了帮助她，第一次向商业化低头，而且在今天之前，他从未刻意在她面前提起这件事，不邀功，也不索求她的感激。

就像只是做了一件很小的事情那样，自然而然。

"为什么要为我做这么多？"她问。

穆深从容不迫地看着她，眼睛里染上一点笑意："你说呢？"

他没有直面回答，却仿佛在江念尔心上猛地撞击了一下。

真正的答案她好像懂，又好像不懂。

江念尔静静看着他忙碌的侧脸，心里触动，良久后，郑重地说：

"谢谢。"

穆深省略那些客套的措辞,指节轻轻地在她脑门上叩了一下:"想谢我,不如直接来帮我。"

江念尔赶紧跑过去和他一起干活。

正如穆深所说,他线上的推广文发出去时,江念尔收到了爱优家王经理的电话,通知她赔偿金一笔勾销的事。

江念尔挂了电话赶紧去看微博。

果然,大家都很奇怪,从来不接推广的穆深为什么突然开始帮人打广告了?各种猜测纷至沓来,热评第一条说穆深应该是没钱了。

也有人提出疑惑,爱优家刚跟江念尔解约,这么快就请到了穆深,这之间或许有什么关联吧?

江念尔从中看到一个熟悉的ID。

网友耳东可可说:呜呜呜呜,我哭了,恶霸和小仙女之间是什么神仙爱情啊。

网友纷纷留言:什么爱情?详细说说?我不差这点流量。

江念尔满头黑线,默默退出了微博。

傍晚下班前,江念尔要带"深深"去散步,穆深刚好结束了一个狗狗的绝育手术,说要跟她一起去。

爱优家送来的东西里有狗狗玩具,为了拍几组推广图片,穆深带上了相机,跟江念尔一起去了旁边的小公园。

江念尔今天穿着一条长至膝盖的连衣裙,褪去白大褂露出两条纤细白嫩的小腿,走在草坪上,非常有初夏来临的气息。

按照穆深的指示,她负责陪"深深"玩就行了。

江念尔把天然橡胶球扔了出去,"深深"立刻像狼一样跑动起来,飞快地将球重新叼到她面前,来回晃着尾巴求夸奖。

江念尔被它逗得心情大好,使劲地撸了把它的脑袋:"真乖。"

来回反复了好多次,江念尔玩得额头上冒出一层薄汗。

在"深深"咬着玩具从远处跑向她时,她恍惚了一瞬间,仿佛看到了她记忆中的一只小黄狗。

以至于当"深深"把球放在她面前,眼巴巴看着她的时候,她半天没有反应过来。

穆深放下相机走了过来,问她:"玩累了?"

"啊?"江念尔如梦初醒,"不是,我就是……想起了一只狗。"

"你还养过狗?"

"不能算是我的狗,我只是云养。"

太久没有想起这件事,江念尔此刻有向穆深倾吐的冲动。

"我上初三的时候,有一只流浪狗一直在我家附近徘徊,都是周围的居民看到了,给点食,这样养大的。有一段时间,我以为自己跟它关系很好。"江念尔蹲下来,轻轻地摸着"深深",眼神飘远。

"我那个时候刚对服装搭配产生兴趣,可是性格比现在还要强,在学校里独来独往,没什么朋友。有一天我就想,既然我也喂过那只狗狗,不如就让它来当我的第一个观众吧。"

微风吹拂过来,金色夕阳给她镀了一圈毛边,是极其温柔的色调。

"它很乖,很通人性,每次都非常配合地看我在身上披一层层破布料,我对搭配行业的热情没有在那时候被掐灭,大概多亏了它。时间久了,它对我也很亲昵,跟对其他人不同。我就想,或许它不应该被散养,它是我一个人的狗狗。"

穆深安静地听着,这是第一次江念尔主动跟他提起自己和一只动物的过往。

"但是——"江念尔话锋忽然一转,声音里压着微不可察的叹息,"后来它就走了,不知道去了哪里,可能是认了新的主人,不需要我了。明明说好要来看我的新搭配……"

江念尔自嘲地笑了一下,收起思绪,轻快地道:"我说的都是废话,它只是一只狗,哪懂那么多呢。"

穆深长久地注视着她。

现在江念尔拒绝在宠物身上投入太多感情,多半都是因为那只狗不辞而别,留下了心结。

它出现在江念尔孤独叛逆的十五岁,是她唯一能分享秘密的朋友,

却最终还是离她而去。

"这个事情,你跟别人说过吗?"穆深问。

江念尔摇头。

"那么,我现在也是可以独享你秘密的人了吧?"穆深弯起了嘴角,眸中映着夕阳的金光,"请放心,我不会让那样的事情重演。"

江念尔心头一颤,她有些不好意思地站起来,漫不经心地把橡胶球又扔了出去,假装没听懂穆深的意思。

江念尔始终觉得,只要他不说穿,就还有喘息思考的机会,但她没有想到缓冲期很快就结束了。

穆深应邀去海大开一场规模比较大的讲座,地点在校文艺礼堂。

这一次,穆深点名要带江念尔去。

江念尔起先是拒绝的。她现在一身腥,偏偏长相辨识度又比较高,不想回海大被人指指点点,她也担心这样会对诊所造成不好的影响。

但穆深直接驳回了她的理由,不仅要求她去,还要她带上"深深"一起。

江念尔不知道他葫芦里卖的什么药,只能一人一狗同赴海大。

讲座开始之前,江念尔在礼堂里碰见了周泽武,他专程从观众席跑来后台跟江念尔打招呼:"念念学姐,我听小舅舅说你要来,专门给你带了点儿零食。讲座时间长,你别饿着了。"

江念尔笑眯眯地接过塑料袋:"谢谢你,有心了。"

"不客气!不客气!"周泽武掏出手机,试探着问,"可以跟你拍合影吗?我室友都不相信我认识你,我要堵住他们的嘴。"

江念尔欣然同意。

拍完合影,周泽武对着照片狂吹:"学姐真是太好看了,手机前置镜头下还跟小仙女似的,简直无敌了,是我们海大这几年来最强门面啊!"

江念尔被他说得都有些不好意思了,连连摆手:"你太夸张了……"

穆深闻言从旁边走了过来，赞许地拍了拍周泽武的肩膀："我这个小外甥有一个优点，实事求是。"

江念尔："……"

这就是穆式的吹法吗？

周泽武离开后，穆深才交代她："一会儿可能需要你上台。"

江念尔满脸都写着抗拒："要干什么？"

"放心吧，你就去跟'深深'互动一下就可以了，平时怎么做，一会儿就怎么做。"

江念尔拔腿就想走，但考虑到穆深帮她很多，现在抛弃他是不是太不仗义？

她留下了，安静地等候穆深召唤她上台。

礼堂里座无虚席。

穆深今天的讲座面向全校师生，其中有很多是非动物医学专业、慕名而来的人，因而他的主题浅显易懂，并不涉及专业知识。

但骚动总是一阵接一阵。

因为穆深PPT里的照片，竟然一半都有江念尔出镜。

有很多照片江念尔自己都不知道是什么时候拍下的，她和"深深"在草坪上玩橡胶球，理论上焦点应该是爱优家的产品或是"深深"，可因为她的出现，构图完全变了，画面温馨，看起来根本不像一张产品推广照。

学生们年轻，正是情感躁动的时候，一直在台下悄悄议论。

穆深没有理会他们眼神中八卦的欲望，平稳地讲述自己的内容。

在讲到温柔驯化脾气暴躁的宠物时，穆深对台下说："我们诊所有一只性格凶恶、六亲不认的流浪狗，却认了大家最想不到的一个人作为主人。今天，我有幸把它的主人请来了现场。"

穆深侧过脸，头顶的灯光笼罩在他头上，将他浅显的笑意描绘得更加温柔。

"江念尔，可以请你上来吗？"

听到这个名字,台下瞬间安静了一秒,随即又是一片骚动。

"江念尔?是照片上那个江念尔吗?"

"应该没错,微博ID想你的念念。"

"天,她本人来了?"

江念尔在众目睽睽下,牵着"深深"上台。

台下那么多双眼睛盯着她。

穆深站到江念尔旁边,关掉话筒,轻声说:"安心,有我在。"

江念尔的心情立刻平静下来。

"深深"长得凶巴巴,在聚光灯下显现出非常大佬的气质,冷漠地盯着台下众人。

根据穆深的引导,江念尔逐步开始跟"深深"互动,让它渐渐放下戒备,露出亲和的一面。

后台处站着的周泽文看愣了。

微微弓身冲"深深"说话的江念尔真的很温柔,像是仍然在学校里念书的少女,在清晨沾着露水的树下微笑着同每一个人问候,是他前所未见的温柔。

观众席的人也接收到了江念尔释放的极其亲和的信号,居然忘记评头论足,不忍心打断她和那只狗的互动。

展示结束后,江念尔牵着"深深"离开,台上又变成了穆深的主场。

他语气平稳,有条不紊地把所有演讲内容说完。

讲座结束前,有一个提问环节。

最开始举手的同学还都问一些跟讲座相关的问题,可是到后来,就逐渐跑偏了。

直到有个学生站起来,很大声地问:"穆老师,您的PPT里好多江念尔学姐的照片,请问您和她是什么关系?"

观众席立刻起哄,大家纷纷赞叹这位同学的勇气,问出了他们最好奇但不敢问的问题。

负责维护现场的老师出面制止,说不许再问跟讲座无关的内容。

穆深却打断了他，拿起话筒："这不是什么不能回答的问题。"

对。江念尔心想，大家都知道，她是诊所的员工，跟穆深是同事关系。

穆深微微一笑，用在场所有人都能听见的声音，缓缓道："我在追她。"

场面直接炸了。

作为认识两个当事人的周泽武，已经彻底放弃了表情管理。

穆深冲台下点了个头，以表谢意，然后收拾东西准备离开。

他进入后台，看到江念尔愣在原地，脸红得像一颗熟透的柿子。

"周泽文呢？"

"他……他刚刚走了……"江念尔支吾着回答。

穆深顿了顿，"嗯"了声，说："那就不管他了，我们去吃饭吧。"

"去哪儿吃？"

"食堂？"

江念尔心里的退堂鼓打得更响亮了。

"我就不去了吧，食堂现在肯定很多人，没座的，我回去随便吃点……"

穆深看她一眼，似笑非笑，懒洋洋地说："有道理，那我们就去校外吃。"

"不……"

"我说了很多话，又累又饿。"穆深打断她，眉梢一挑，"你要不要请我吃饭？"

江念尔找不出拒绝的理由。

本来想着校外饭店的人应该会少一些，可没想到现在都坐满了人，江念尔把"深深"拴在门口，踌躇了半天，才硬着头皮走进去。

里头的学生先是认出了在校内名声赫赫的高颜值老师穆深，随即认出了前几年的风云人物江念尔。

饭店里还剩下两张空桌，江念尔眼疾手快地建议："我们去坐

那桌。"

她指向隐藏在角落里的那张小桌子。

穆深拒绝了,径直坐到了中间的空桌上,双手叠在大腿上,慢条斯理地说:"我不喜欢透气不好的位置。"

江念尔:"……"

你是故意的吧大哥?

江念尔不想跟穆深争执,点完菜后就开始玩手机,避免和他对视。

她刷了下朋友圈,发现周泽武刚刚更新了一条动态,就三个字:我疯了。

江念尔僵硬地扯了扯嘴角,她才是要疯的那个。

彼此沉默了一会儿,穆深指节轻轻敲着桌子,主动开口道:"江念尔,你就没有什么话要跟我说吗?"

江念尔怔怔地抬起眸,在和他视线触碰到的刹那又挪开,喝了口水,含糊地问:"说什么?"

"对我刚才的发言,你可以点评一下。"

"唔……讲座内容丰富,口才卓越,表达流畅。"

穆深眯了眯眼:"你知道我说的不是这个。"

江念尔捧着纸杯的手有点僵,眼皮垂了下去。

见她不说话,穆深也没有催促,考虑到"深深"在外面等着,菜上来后两人都吃得比较快。

回程路上,已经渐渐天黑。

"深深"在后座打起了盹,车内仍旧是一片宁静。

许久过后,又是穆深主动挑起了话题:"是我表达得不够明白吗?"

他声音很轻,像是微风掠过湖面,泛起一点点涟漪。

江念尔恍惚:"嗯?"

"可能我说得不够明白,也可能是我有点着急,没有按照顺序来。"穆深认真地道,"我现在补充强调一下,江念尔,我喜欢你,非常非常喜欢,我想成为你名字里的那个'尔'。"

江念尔浑身血液好像都涌了上来。

虽然早就有了答案,但听穆深亲口说出来,却是一种完全不同的心情。

"怦怦怦……"

心跳如擂鼓,在她耳边一遍遍放大。

停滞了许久,江念尔才从嗓子眼里冒了声"哦"出来。

仿佛并不在意似的。

穆深也不气馁,反而笑了一下,说:"提醒你一下,在追到你之前,我不会放弃。"

她又"哦"了一声。

"那你考虑考虑吧。如果愿意成为诊所的老板娘,以后我就没理由扣你工资了,我的工资也全归你管。"

"哦……"

这该死的令人心动的条件!

穆深嘴角微微翘起,忽然话锋一转:"我可以问个问题吗?"

"嗯……"

"在聊这个话题的时候,你为什么有点害怕?"

"我哪儿害怕了?"话虽这么说,可她的声音出来时居然抖了一下。

有一种不打自招的感觉。

穆深笑意更深了。

"我就是有一点点好奇,天不怕地不怕的江念尔现在到底在怕什么?"穆深声音轻轻地、一字一顿地问,"你是不是怕自己会心动?"

月光爬上云端,从车窗温柔地照下来,笼在男人清隽的眉眼间。

江念尔憋了好久好久,最后终于挤出一句话,就当是回答。

"问那么多干吗?"她望向窗外,很小声地嘟囔,"追你的就是了。"

第九章 生气想念

穆深那场讲座在网上走红,连带而来的还有关于他和江念尔的讨论。

学霸硕导和过气网红,这两位到底是怎么看对眼的?网友们在视频下面热火朝天地讨论着,久而久之竟然还产生了CP粉。

由于讲座上江念尔的表现让大家大为改观,她的口碑逐渐回升,骂她的人越来越少,微博评论里也大都在好奇绯闻。

江念尔不知道该怎么回复,干脆就假装没看见,顺便疯狂祈求老家的爸妈不要看这些乱七八糟的消息。

与此同时,诊所里的氛围也悄然改变,李佳霖心里的猜测被证实,干脆大剌剌地开起了他们俩的玩笑,反正只要不影响工作,穆深现在看在江念尔的份上也绝对不再批评她。

周泽文请了好几天的假,一直没有在诊所里出现。

相反地,江念尔意外见到了许久不见的萧卉卉。

这天中午,午饭前江念尔提前开溜了。

程伟又跟他的导师在全球各地飞来飞去,有几天时间歇脚近海市,便约了江念尔一起吃饭,顺带可以讨论一下她爸爸的病情。

江念尔欣然赴约。

吃饭的地方离诊所不远,工作日人不是很多。

她跟程伟简单介绍了一下父亲去医院就诊以后的结果,程伟听了个大概,建议她直接按照医院的步调来就好,不用操之过急。

他们这顿吃的是粤菜,吃到一半时,忽然有个熟悉的身影从身后的桌席间走来。

她停在江念尔面前,手指轻轻地敲了两下木桌,说:"念念,好巧啊。"

江念尔抬头就看到了萧卉卉。

她跟在诊所上班时有点不一样,看得出来今天精心打扮过,平时身上那种柔弱的知性气息淡了很多,眉梢眼角处增添几分浓艳。

江念尔放下勺子,礼貌地点了下头:"巧啊,萧医生。"

"念念,我可以跟你单独聊聊吗?"萧卉卉问。

程伟赶紧冲江念尔挥挥手,让她随意。

江念尔起身,跟萧卉卉来到餐厅外面。

"打断你吃饭,真的很不好意思。"萧卉卉温柔地笑道。

"没事。你要跟我说什么?"

"不瞒你说,我要出国了。"

江念尔有些诧异:"你不回诊所了?"

萧卉卉苦笑一声:"穆深连顶替我的人都招好了,回去,是自讨没趣罢了。"

萧卉卉低眉顺眼的样子真的楚楚可怜。

江念尔看在眼里,没吭声。

萧卉卉继续道:"在离开之前,我想跟你道歉。"

"道什么歉?"江念尔故意装傻。

萧卉卉:"监控录像是我发给祁菲的没错,但我并不知道她会拿去做那样的事,没想到给你带来这么大的困扰,我真的很抱歉,希望你能原谅我。"

江念尔闭上嘴,静静看着她。

"在我出国之前,就这一个心愿了,希望你不要怪我,我真的……唉。"萧卉卉叹了口气,愁眉苦脸,"是我的错,我当时应该谨慎一点。"

江念尔嘴角忽然勾起,那笑容却没什么温度。

"萧医生,我有个问题一直百思不得其解。请问你当时为什么要把监控录像发给祁菲?"顿了一下,她补充问,"是祁菲找你要的吗?"

萧卉卉愣了一下,立刻点点头,顺着她的话说:"是啊,是她找我要的,不是我主动给她的。"

"那就更奇怪了。她是什么人?跟我们诊所有半毛钱关系吗?她来找你要监控,你就给了?你俩关系什么时候这么好了?"

萧卉卉神色一紧,含糊地说:"我……我当时问她,她说……她说……"

结果半天没编出理由。

祁菲私底下找她要诊所的监控,无论什么理由都无法成立。

"她说就是想了解一下诊所平时是怎么工作的,你知道的,她对周泽文……"

萧卉卉编到一半就说不出来了。

因为江念尔始终盯着她看,眼神带一点戏谑之意,仿佛早已经把她看透似的,一个字也不相信。

"萧医生,相识一场皆是缘,我不想揭穿你,你没必要假惺惺地跑来找我道歉。"江念尔冷淡地说出现实,"以后你走你的路,咱俩互不相关。"

不等萧卉卉再说话,江念尔径直回了餐厅。

但她还是低估了萧卉卉的用意。

江念尔不知道的是,萧卉卉请她原谅,不过是为了在穆深面前保留一点形象。既然她说不通,那萧卉卉干脆直接去找穆深算了。

萧卉卉离开餐厅,直接往诊所去,刚好遇上准备出来吃饭的穆深一行人。

她说自己要走了，这顿饭就由她来请。

因为萧卉卉刚才在餐厅用过午饭，所以全程她只负责买单和看着大家吃，把李佳霖和小樊看得头皮发麻，各自找了个理由端着碗跑去旁边桌上吃了。

于是就剩下了穆深和她两个人，是绝佳的机会。

萧卉卉清了清嗓子，开口说："穆深，我要去美国进修了。"

"嗯。"穆深点了下头，"恭喜你。"

"这些年很高兴认识你，就算去了国外，我也会一直记得和你一起工作、一起战斗的时光。"

穆深淡淡一笑，说："美国人才更多，你会遇到比我更优秀的合作伙伴。"

"也许吧。"萧卉卉话锋一转，"我刚刚见了念念，想跟她道个歉，我真的觉得自己做错了，可她似乎还在生气，不肯原谅我。"

说着说着，她竟然泫然欲泣："穆深，你可不可以帮我再向她转达一声'对不起'？就算她不原谅我，我也要把这份心意送出去。"

穆深终于抬起头，正眼瞧她，问："你见到江念尔了？"

"对。"

"她说不肯原谅你？"

"是啊……"

"那我也没办法了。"穆深委婉地回绝，"受到伤害的是她，任何人都没资格代替她原谅你。"

萧卉卉怔了半天，问："那你呢？"

"我也没资格。"

"不是说这个。我是问，你会原谅我吗？"

穆深意味深长地看她一眼："那要看江念尔的意思了。"

萧卉卉的心彻底凉了。

看着面前这个认识了很多年、现在却格外陌生的男人，她竟然从心底生出一种愤恨和悲凉。

其实，最初她没打算真的离职，她只是无法忍受穆深的处理结果，

辞职是个以退为进的策略,本想着事情平息后穆深一定会再把她请回去,可没想到,不到一周时间,诊所直接招来了新员工。

萧卉卉觉得自己以前怎么也算个学霸,毕业时多少公司向她抛出橄榄枝,可她为了穆深留在了这个小诊所,其中的委屈穆深体谅过吗?

从来没有。

穆深包容她,只是把她视为学妹和同事,这么多年下来,他看她的眼神从来没有半点额外的温度。

萧卉卉不止一次地幻想过,穆深如果喜欢上一个人会是什么样?直到江念尔出现,她才有了答案。

他在看向那个姑娘时,眼神里是怎么都藏不住的温柔和专注。

萧卉卉心里又酸又涩,平静地问:"我很快就要走了,你有什么想对我说的吗?"

穆深顿了顿,说:"祝你前程似锦。"

简简单单六个字,没有多余的热情,没有丝毫的留恋,像是一把刀,直接斩断她这么些年的所有幻想。

有那么一瞬间,萧卉卉心里戾气大涨。

她不甘心。

大脑飞快地转动,萧卉卉忽然又露出惯常的笑容,假装不经意地提起:"对了,今天中午跟江念尔一起吃饭的男人是诊所的新员工吗?怎么没跟你们一起呢?"

穆深动作一滞。

萧卉卉暗自发笑,又道:"也真是的,他们两个单独去吃粤菜,留下你们几个,这是什么意思呀?"

穆深很快就反应过来,笑了一下问:"哪里的粤菜?"

"你不知道吗?"萧卉卉假装惊讶,"就是隔壁商场里的那家粤菜呀。"

"哦。"穆深情绪稳定地点点头,"那是我推荐给念尔的。"

萧卉卉哑然。

穆深撒了个谎。

他虽然知道隔壁商场里有家粤菜餐厅,但从没有给江念尔推荐过,他甚至不知道江念尔今天中午为什么不在。

他装作冷静地把萧卉卉送走,然后一个人默默去了商场楼上。

在餐厅的玻璃窗旁,他看到了江念尔。

更刺眼的是,坐在江念尔对面的人,他也曾见过。上一回,江念尔因为和这个男人吃饭,半天都没有回复他的信息。

穆深心情非常不好。

跟上次的情况一样,他只在外面停留了几秒,江念尔也正好在这时候转过头来,一眼就看到了他。

只是这一次,江念尔差点从椅子上站起来。

穆深挪开视线,快步离开商场。

他走以后,江念尔就开始走神。

穆深为什么会找来这里?不出意外应该是萧卉卉告知的吧……他看到这一幕会不会有什么误会?自己需不需要……解释一下?江念尔胡思乱想着。

对面的程伟喊了好几声她都没注意到,直到用筷子敲了敲碗边,她才回过神来。

"怎么了?"程伟笑了笑,"刚才路过的人你认识?"

"对。"

程伟故意问:"你男朋友吗?"

江念尔犹豫片刻,最后很小声地"嗯"了一下。

程伟愣了两秒,眼中露出失望的神色,调侃道:"什么时候脱单的,我怎么一直不知道?"

"我们……比较低调。"江念尔开始胡扯,"而且刚在一起没多久,没必要对外说。"

"嗯,也对。"程伟低下头,心想是时候回学校了。

江念尔这顿饭吃到下午上班点。

回去的路上她一直魂不守舍,思考要不要主动跟穆深解释一下,

可是转念一想,他们还没有在一起,解释那么多干吗?会不会有点太刻意了?

江念尔心里的天平来回摇摆,不解释怕穆深误会,解释了又会暴露她的小心思。

她回到诊所呆坐了一会儿,慢吞吞地走向穆深的办公室,敲了敲门,打算先去探查一下情况。

敲了半天,也没人开门。旁边小樊探了个头出来,说:"穆老师出差去了,有事电话联系吧。"

"出差?怎么突然就出差了?中午不是还在吗?"

"他下午的飞机,中午吃完饭就赶去机场了,现在应该快要登机了吧?"小樊指了指手机,"穆老师上午在群里说过了。"

江念尔赶紧打开工作群,翻到了穆深早上发的通知,果然被她错过了。

江念尔叹了口气,问:"他什么时候回来?"

"这我也不清楚。"小樊提议,"不过你这么多问题,直接问穆老师就好了,他肯定很愿意告诉你的。"

当天晚上,江念尔在充分劝说完自己后,决定给穆深打个电话,好好解释一下中午的事情,她连为什么要解释的理由都编好了。

可是她刚拨过去,系统就提示"您拨打的用户已关机"。

江念尔对着手机无语凝噎,这感觉就像是好不容易燃起了一盆大火,却被突然来临的一场大雨浇灭,然后就再也燃不起来了。

她就搞不懂了,这年头还有人能忍受自己的手机关机?像她这种喜欢拍照录像的人,恨不能出门带两个充电宝。

隔了二十分钟她又打了一次,还是关机状态。

江念尔呈"大"字形躺在床上,越想越生气。

他不知道主动报个平安吗?一声不吭地走,到现在都快八个小时了,连个标点符号都见不着,这是追人的态度吗?

江念尔腹诽了一会儿,干脆放下手机,开始整理新的搭配衣物。

趁着最近口碑回升,她加快了更新的频率,每天忙完所有事情就一门心思扑在搭配上。她有时候会先把照片发给穆深,让他选出比较好看的几套优先发出去。

今天穆深不在,她又恢复到独自拍照独自PS独自想文案的状态,说不出心里什么感觉。

但她很喜欢做这件事。

从十五岁开始到现在,哪怕在被打压得喘不过气来时,她都没有丧失对这个行业的热情。

一忙起来就注意不到时间,等江念尔拍完了今天的计划,忽然想起自己有好几个小时没看手机消息了。

她赶紧放下相机,跑去床头拿手机。

没有未接来电。

穆深只是给她发了条消息:"我到了。"

也没有解释为什么刚才一直是关机状态。

江念尔非常清楚地从他这三个字里嗅出了同样生气的味道。

呵!江念尔脾气上来了,如出一辙地给他回了三个字:"知道了。"

对话终结于此,总共六个字。

穆深没有再发消息过来,江念尔也硬着脾气没有低头。

这样僵持的状态持续了两天。

第三天时,李佳霖一脸怨气地找到她,问:"念念,你是不是和穆老师吵架了?"

江念尔一惊,问:"怎么了?"

"唉!"她重重地叹了口气,"我和小樊这几天给他汇报工作,他明显心情不好,态度冷淡,要求变得比以前还严,我可没少吃苦头……"

江念尔冒出一滴汗,忙不迭地帮她说话:"太过分了!建议拉黑举报。"

李佳霖满头黑线,幽幽地问:"难道跟你没关系吗?"

江念尔噎了一下,闪烁其词。

"我就知道,哼哼。"李佳霖摩拳擦掌,一"爪子"按住江念尔的肩膀,郑重交代,"为了我和小樊接下来工作汇报顺利,要辛苦你一下了哦。"

江念尔一抖:"辛苦我什么?"

"你去找穆老师和好嘛,再多说几句好话,他心情好了我们日子也能好过一点儿。"

"也可能跟我没关系呢?"江念尔帮她分析,"或许他就是单纯的心情不好,你懂吗?"

"就算跟你无关,但只要你去撒个娇,美言几句,穆老师肯定会高兴的,念念,拜托你啦。"

江念尔不知该不该答应,正巧这时候周泽文从旁边经过。

自从那次讲座之后,他请了好几天的假,直到穆深出差了,他才在诊所里出现。

周泽文似乎听到了她们的对话,脚步微微一顿,脸色非常不好,转身向江念尔走了过来。

"我想找你聊聊。"

江念尔跟周泽文去了没人的办公室,周泽文却背对着她,迟迟没有开口。

江念尔看到他拳头攥着,周身散发出非常低沉的气场。

终于,她忍不住了,主动问:"什么事啊?"

周泽文霍然转过身来,眼眶竟然有些发红:"你喜欢小舅舅吗?"

这一个两个的都怎么回事,动不动就问她喜不喜欢。

江念尔有些无语,没有正面回答:"你问这个干什么?"

"我想知道答案。"

"别问了,没有答案。"连她自己都不知道答案。

周泽文垂下眼来,紧紧咬着后槽牙,似乎鼓起了所有勇气,突然对她说:"念念,其实我一直都很喜欢你。"

江念尔吃了一惊,怔怔地望着周泽文,以为自己听错了:"你说什么?"

"我喜欢你,但是一直没有告诉你,我很后悔,后悔应该早一点儿说,要是在小舅舅之前就好了。"

"周泽文……我们以前只是合作的情侣,你是不是入戏太深没走出来?"

周泽文抬起头来:"念念,我是一个成年人,分得清什么是演戏什么是内心。我知道你和小舅舅还没有在一起,我也知道他正在追你,在他成功之前,我也有资格,对不对?"周泽文清秀的眼中流露出一点点期望,"念念,你也可以考虑一下我吗?"

江念尔沉默地看着他,窗外树叶被风吹得沙沙响,夏天的热浪一点点涌了进来。

她忽然想起,第一次见到周泽文时,好像也是这样一个温柔的初夏。

他们被公司安排着,在学校里见了面,那时候周泽文不怎么跟她说话,看上去不是很好接触。

后来他们一起设计了第一个情侣装主题,然后按照剧本的要求,牵着手拍照。

在江念尔心里,周泽文是一个容貌漂亮的男同学。

但也仅此而已。

沉默了不知多久,江念尔对他说:"对不起。"

周泽文的期望被浇灭,光慢慢地从眼中消失,声音艰涩地问:"为什么?"

江念尔没回答。

"是因为小舅舅吗?"

"不完全是。"江念尔说,"从始至终,我视你为合作伙伴、同学、朋友。"

这些身份都无关爱情。

周泽文听明白了。

他恍惚地看着江念尔离开办公室,心口像是被剥离了一大块,刮过的风都是冷的。

回到工位上的江念尔心烦意乱。

趁着诊所里没什么人,她找了近几年大热的一些时尚博主,学习参考她们新一季的搭配思路。

其中有一个博主模样跟她有几分相似,评论里果然有粉丝带她出场。

"想你的念念也是这样的脸形……我发现这种脸形很万能哎,什么类型的衣服都能hold住。"

"楼上的,念念其实出道更早。"

"我想如果念念背S牌的这个包,应该也很好看吧,妥妥的名媛风,但她不愿意尝试【无奈】。"

已经不止一次,江念尔看到大家在评论里提起所谓的"名媛风",顾名思义,一整套搭配下来要花不少钱,但这好像是现在的潮流,不少女孩子都爱看。

江念尔陷入思考。

直到手机振动,她才如梦初醒地回过神来,点开消息列表,看到沉寂好几日的穆深头像上冒出一个小红点。

穆深:"我下午到近海市,晚上等我一起吃饭。"

江念尔按捺住心脏的狂跳,内心仰天长笑:看看,终于忍不住主动来找我了吧?

江念尔也很给他面子,立刻回复了一个"好"。

她在穆深小区旁边的饭店订了位置,这样穆深回家放下行李还可以休息一会儿,不用为了吃饭着急奔波。

已经三天没见到那个恶霸了,江念尔觉得还挺想念。

下班点一到,她立刻打车赶了过去,路上稍微堵了一会儿,等她到餐厅时,穆深已经坐在里面了。

他洗过澡了,身上有清爽好闻的味道。

江念尔忍不住笑了一下。

穆深疑惑地看着她:"你笑什么?"

江念尔勾了勾食指，示意他往前坐坐。

穆深便听话地前倾身体，以为她要跟自己说什么悄悄话，还专门把耳朵凑了上去。

谁知江念尔并没有说话，只是鼻尖凑了过去，深深吸了一口气。

"你这个洗发水，味道我很喜欢。"

穆深怔了一下，面色虽然泰然如常，但耳后根却难以察觉地迅速踊红。

"是吗？"他淡淡应着，"我一回来，你就对我耍流氓？"

江念尔懒洋洋地笑道："你不喜欢？不喜欢我就不要了。"

"不是。"穆深垂下眸，轻声说，"我很喜欢。"

江念尔笑意更浓，但很快就像想起什么似的，板着脸批评他："你这几天都没怎么跟我联系。"

穆深眉梢一挑，眸中带笑："你每天都在等我的电话？"

"没有。"江念尔立刻否认。

她低头吃了几口菜，终于还是忍不住问："穆深，这几天你是不是在生气？"

穆深顿了一下，平静地说："是。"

"你走那天中午，是不是以为我在约会？"

"难道不是吗？"

江念尔笑道："既然都生气了，今天为什么还约我吃饭？"

"虽然生气，但我很想你。"穆深很坦然，"一落地第一个想见的就是你，这几天其实我很矛盾，因为总是一边生气，一边想你，连自己都不知道究竟是生气多一点儿，还是想你多一点儿。"

"然后呢？"

"然后今天回程起飞前，我发现还是想你更多。哪怕顶着生气的风险，我也一定要在第一时间见到你。"

穆深说这些话的时候，一直认真又专注地看着江念尔，一旦收起了平时的冷漠和严肃，他便像拥抱山川河流那样温柔。

江念尔心里很甜蜜。

"那天一起吃饭的人是我的高中同学,他在国外读医学,因为抽空回了趟近海市所以我们才一起吃饭的。我爸爸这段时间身体不好,我顺便向他咨询了一下,除此以外,我们之间没有其他的交集了。"

原来是这样,穆深心里的一块大石头终于放下了。

"你应该早点跟我说的,我这几天的气都白生了。"

"我其实当天就想告诉你的。"江念尔说,"但是我给你打了两通电话,你都关机……"

"嗯?我那天手机没电,自动关机了。"

江念尔:"……"

她下次一定要批发一百个充电宝送给这人!

误会解开后,穆深的心情有了一百八十度大转变,看什么都顺眼了许多。

李佳霖和小樊不知道穆深已经回了近海市,仍旧在微信上给他传来一份工作汇报文档。

穆深粗略地看了一眼,回复说:"挺好的。"

李佳霖立刻给江念尔发消息:"你跟穆老师和好了吧?"

江念尔:"算……是……吧……"

李佳霖:"谢谢江女士!组织会永远记得你的付出!"

江念尔:"……"

她把手机扔到穆深面前:"你看看,因为你生了个气,把人家都逼成什么样了?"

穆深眯了眯眼:"还不是因为你?"

"我已经想好了,你如果今天还摆着一张阎罗脸的话,我就得想办法逗你开心。"

"什么办法?"

江念尔脱口道:"比如撒娇之类的。"

穆深的表情立刻变了,他慢慢收起笑容:"我现在再生气还来得及吗……"

江念尔白了他一眼。

聊着聊着，穆深问起了她父亲的情况。

江念尔简单地跟他叙述了一遍。

穆深在听到眼部疾病时轻微皱了下眉，然后直到她说完，都没有吭声。

不知过了多久，他问："你想不想让叔叔到近海市来就诊？这里的医疗水平应该比临湖要高。"

江念尔说："我查过了，如果挂不上近海一院的眼科专家门诊，那就跟在临湖看是一样的效果。"

穆深思考了片刻："你把叔叔带来，剩下的我来安排。"

江念尔诧异了一下，他怎么这么有把握？

几天之后的一个周六，穆深休息，难得回了趟家。

他没有提前打招呼，因而刚进家门的一瞬间，家里一阵令人窒息的安静，只有他以前养的一只老猫拖着疲乏的步子靠了过来，急着蹭他的腿。

穆深弯腰，摸了摸老猫的头："小浅乖。"

母亲陈洁以为自己眼花了，围着儿子转了半天，跟看马戏团的动物似的。

穆霆脸色沉了下去，阴阳怪气地说："哟，这是谁啊？我看着有点面熟，就是想不起来。"

穆深早就已经习惯了他这样，淡定地回答："我是您儿子，抽空回来看看您的。"

"哈哈！"穆霆冷笑，"还'抽空'，这么忙就别回来了，反正你也没当这里是家。"

陈洁瞪了丈夫一眼，转脸去问儿子："深深今天想吃什么？妈给你做，既然来了就多待几天吧。"

穆深乖巧地说："妈妈做什么我都爱吃。"

陈洁被哄得万分高兴。虽然穆深刚改行的时候她也不能理解，但毕竟就这一个儿子，只要他不偷不抢，是用自己的能力挣钱，那还有什么

可嫌弃的呢?

但穆霆仍不领情,一把抱走那只叫小浅的猫,在它耳边说:"还是小浅最听话,十几年都没有离开过我们,哪像某只白眼狼。"

陈洁斥他:"你少阴阳怪气的了。"

穆霆不以为然,但又不想跟自己老婆吵架,只能斜眼看向穆深问:"你怎么突然回来了?不会是有事求我们吧?"

一语中的。

穆深身体僵了僵,态度比以前好不少,委婉地说:"有事是有事,但看望你们也是主要原因。"

"呵,接着编。"

每次回家,父亲都像是吃了枪炮一样针对他。

当年穆深以第一名的成绩考进医学系后,穆霆是最开心的,逢人就要炫耀。可两年后,不知怎么了,穆深执意要转系,去学动物医学。

穆霆当了一辈子医生,实在不能接受引以为傲的儿子要改行当兽医这件事。就是从那时候起,他跟儿子翻了脸,儿子很少再回家。

现在想来,穆霆还是气得有些肝疼。

穆深已经进厨房给陈洁打下手了,母子两人闲聊着工作上和生活里的事。

听说穆深接下来要做一场动物援助行动,陈洁有些唏嘘,儿子早在不知不觉的时候找到了属于自己的道路,并且越走越直。

唯一的遗憾是,穆深始终没有告诉他们,为什么当年突然改专业,这其中的原因仍旧是秘密。

不过她已经想通了,儿子不愿意说就算了,反正动物的命也是命,既然这世界主张万物平等,那救治动物也没什么不好。

只不过,穆深今年已经二十八岁了……

陈洁忧心忡忡地开口:"深深,我们院儿科的吴医生你记得吗?小时候你去院里玩,她总给你零食吃。"

"记得的。"

"她闺女今年毕业,进了我们院儿科,抽空一起吃个饭吧。"

穆深正在洗菜的手停了下来。

好像前不久江念尔还问他会不会被催婚……真是张乌鸦嘴。

穆深说："还是算了吧，儿科也挺忙的，不耽误人家吃饭时间了。"

"怎么能叫耽误？吴医生一直很中意你的呀，她那闺女我也见过，模样不丑，关键是年纪比你小一岁，在医院抢手得很。"陈洁忍不住碎碎念，"你都二十八岁了，天天也不着家，每天就诊所、学校两头跑，什么时候才能成家？我看你也别太挑剔了，跟你同龄的姑娘基本都结婚了，难得有个比你小一点，还没结婚的，你得好好把握着。"

穆深问："我就非得找跟我同龄的吗？"

陈洁想了一下，说："比你大一点也行，但不能大太多。"

穆深回过头，表情有些无奈："如果比我小五岁呢？"

"啪"的一声，陈洁手里的土豆掉进了垃圾筐。

她来不及捡土豆，一个箭步冲了过来，疑问三连："你这是什么意思？你已经有女朋友了吗？什么时候的事？"

"没有，没有。"穆深疲于应对，"我就是随便问问，我还没有女朋友。"

"唉！"陈洁回到垃圾筐边，叹气道，"你也就那张脸能拿得出手了，可是脸不能当饭吃啊。就你这个破脾气，人家年纪小的姑娘大多都娇惯，谁愿意忍受你啊？"

是……这样吗？

穆深默默低头洗着菜，认真思考一会儿是不是要问问江念尔，他的脾气哪里需要改。

陈洁快速地做了四个菜一个汤，难得一家三口一起吃饭，她好像特别高兴，时不时就冲穆深说几句好话，劝他去跟同事女儿相亲。

穆霆倒是不在意他这个浑球儿子结不结婚，只是见缝插针地问："你今天到底有什么事找我？"

穆深看了他一眼，说："我找妈有点事。"

"哦？"陈洁来了兴趣，难得儿子有求于她，"那你倒是说

说看。"

"我有个朋友,她父亲的眼睛生病了,我想安排他们到近海一院看看。"

"哪里的朋友?怎么不在老家直接看?"

"是我诊所的同事,她父亲已经在临湖看过医生了。但是如果能挂上我妈的门诊,再看一次不是更好吗?"

穆霆冷哼一声:"你对你同事倒是蛮上心的。"

陈洁眉毛一挑,敏锐地问:"男同事还是女同事啊?"

"女同事。"

"哦……"陈专家心里飞快地打起了算盘,不再提相亲的事,"下周二你把人带来。"

这事就这么说定了。

饭后,穆深陪小浅玩了一会儿。

小浅的状态不是特别好,因为他回来,强行打起了精神,但在面对逗猫棒时,明显力不从心。

穆深蹲在地上,慢慢地抚摸小浅的毛。

临走前,穆深留了一张自己的名片,却被穆霆奚落了:"这是什么意思?你小子有名片了就要跟我炫耀呢?"

穆深没有正面回应,只是说:"名片我放玄关了。"

他始终没有告诉父母,小浅的年纪太大了,时间应该不多了。

第十章 你脸红了

周二这天,江念尔一家到了近海市第一医院。

穆深已经提前在眼科等着了。

陈洁在看到江念尔进门的瞬间愣了一下,忍不住打量她。

江念尔今天穿着简单的牛仔裤和白T恤,宽松的袖管里伸出一截细嫩的手臂,微卷的长发披在身后,她只需要站在那里,就很是惹眼。

江念尔疑惑医生一直盯着自己,有些紧张地看了穆深一眼。

穆深给陈洁介绍:"妈,这是我的同事,江念尔。"

江念尔怔住了,她听到了什么?穆深叫对方"妈"?

她顿时更紧张了,但还是礼貌地打了声招呼:"阿姨您好。"

陈洁这才回过神,开始正常问诊。

问诊太多人围着不好,江念尔还有点不放心父亲,穆深站到她身后,低声安慰了一句:"放心吧,我们去外面等一会儿就好。"

坐在外头,江念尔有点忐忑,时不时就想探头往里面瞅瞅。

穆深看在眼里,问她:"你很紧张?"

江念尔收回视线,勉强冲他笑了一下:"我爸爸其实已经开始治疗

了,但跟我上次见到他相比,好像并没有太大的好转。"

"不会有事的。"穆深轻声道。

他还想再说点什么,却忽然听到身后传来护士的声音:"穆院长。"

穆深诧异地回头,果然看到了穆霆朝这边走来。

穆霆一看到他,就直接开启嘲讽模式:"真是太稀奇了,我居然能在一周之内见到我儿子两次。"

穆深无奈地耸了耸肩,对江念尔说:"这是我爸。"

江念尔恭敬地点了个头:"叔叔好。"

穆霆眼睛瞪得大大的,眼角的鱼尾纹都睁没了:"你就是穆深那个要求医的女同事?"

"对。"江念尔有点尴尬,她并不知道为什么一个两个都对她感到惊讶。

好在旁边有医生看到了穆霆,主动过来与他攀谈,穆霆就没有再说别的。

又坐了一会儿,穆深从口袋里掏出一块水果糖递给江念尔:"吃吧。"

江念尔摇头,她此刻没有心情吃东西。

穆深却执意要给她:"你紧张也没用,不如吃点甜食,缓解一下焦虑。"

他一边说着,一边把糖果包装纸拆开,将糖塞到她手上,轻声说:"听话。"

糖很甜,柠果的清香丝丝扣扣沁入心脾,令她稍微平静了一些。

又等了五分钟,所有检查都结束了,陈洁把江念尔叫进来,并把诊断说给她听。

跟临湖市医院的判断差不多,老年性的黄斑病变导致视力障碍,视物模糊。但比较关键的一点是,这个属于慢性疾病,目前没有方法可以根治。

江念尔身体晃了晃,声音艰涩,有些结巴地问:"不能根治,意思是……"

陈洁看出了她在想什么，回答道："目前可以通过眼药水和药物来控制，江先生的治疗算是比较早的，暂时没什么大问题，也不会出现你想的最坏情况。不过回家以后要注意，眼睛需要多休息。"

江念尔这才稍微松了口气。

魏海燕和江来出去了，屋里就剩下江念尔和穆深。

江念尔反复向陈洁表示感谢，陈洁却摆了摆手，说："不用谢我，我就是有个问题，想问问你。"

"您问。"

"你叫江念尔对吧？今年多大？"

问题一出来，穆深的眼神就扫了过来，在后面拼命示意他妈别乱问。

江念尔不知情，朴实地答："二十三岁。"

"哦——"陈洁意味深长，"比穆深小五岁。"

江念尔没明白，小五岁怎么了？有什么不对吗？

穆深拉着江念尔的胳膊要走，面无表情地说："你该谢的是我。准备什么时候请我吃饭？欠好几顿了吧？"

刚到门口，正好穆霆准备进来，恰好将儿子这句话一个字不落地听了进去。

他有点记不清了，他有把穆深教育成那种求着女孩请吃饭的人吗？

等两个年轻人走了，陈洁终于藏不住自己的激动："又年轻又漂亮，我儿子有眼光！"

穆霆泼她冷水："你儿子只说了是女同事，可没说其他关系，我刚才在外面看了一会儿，也不像是恋爱关系。"

陈洁立刻冷静下来："小姑娘会不会看不上我们深深？"

"那很难说啊。"

刚冲上云霄的心情立刻重新跌回土里，陈洁喃喃道："所以，还是给他安排相亲比较好吧？"

陪江念尔一家走出医院的穆深打了个喷嚏。

魏海燕立刻关切地问:"着凉了?"

"应该没有,谢谢阿姨关心。"

穆深长得又高又帅,还帮了他们这么一个大忙,魏海燕怎么看他怎么顺眼。

她和江来在近海市多停留了半天,专门请穆深吃个饭,好好地感谢他。

席间,魏海燕各种夸穆深,还让江念尔多向他学习,一顿饭直接令江念尔回忆起了学生时代被"别人家孩子"支配的恐慌。

她对穆深生出来的那点感激之情都快被亲妈磨没了。

穆深倒是很有耐心,始终彬彬有礼,越发让江念尔的父母喜欢。

聊着聊着,魏海燕忽然把话题转到了自个儿闺女身上:"念念最近还在做搭配的工作吧?"

"是啊。"

"有没有想过改变呢?"

江念尔抬起头,疑惑地望着母亲。

"我其实有去网上看过你照片下面的评论,妈也不是特别懂,只是看到不少人建议你改变一下风格和路线。"魏海燕委婉地说,"你是个固执的孩子,一旦认定的事情就绝不放手,但妈妈认为,如果一条路走不通了,为何不试试另一条?"

江念尔沉默地低下头来,心不在焉地夹着盘子里的菜。

穆深这时候说:"阿姨,我觉得江念尔现在这样就挺好的。"

"是吗?"魏海燕笑了笑,"你们年轻人的事业,我不太懂,你们觉得好就行。"

话题慢慢就被带了过去。

因为魏海燕还有工作在身,得尽快赶回临湖,所以当天就得回去。

把两个长辈送上了车,穆深微笑着问江念尔:"我是不是可以索要单独的奖励了?"

江念尔抬眼瞧他:"什么单独奖励?"

"刚刚阿姨不是跟你说了吗？他们虽然先行离开了，但你不能忘了我帮的这次忙，以后要怀着感激之心……"

魏海燕是几十年的优秀教师，那一腔正义可没少坑过江念尔。

不过说到底，穆深的确帮了她很多，如果让妈妈知道他还替她承担下五十万元的债务，妈妈恐怕要把他收作亲儿子了。

江念尔思考了一会儿，突然对穆深鞠了一躬："我郑重地向你表达感谢。"

穆深抽了抽眼角："这就是你感谢人的方式？"

"对啊。"江念尔直起身，眼睛明亮地看着他，"很令人感动，是不是？"

"但是我更想要点实际的。"穆深诚实地说。

江念尔问："什么实际的？"

"就比如……"他欲言又止，没有往下说。

江念尔豁然懂了，有点脸红，低下头去反复纠结。

片刻后，她好像鼓足了勇气，忽然伸手扯住穆深的领口，飞快地在他脸颊上轻蹭了一下。

就在这同一时刻，穆深正好将后半句话说了出来："比如请我看场电影……嗯？"

穆深愣住了，身体保持着前倾的动作，呆滞地眨眼。

江念尔也愣了："你说什么？看电影？"

原来，是她自作多情了啊！

江念尔顿时觉得呼吸都变得格外费力，恼羞成怒地将他推出去，气道："不早说！"

穆深终于反应过来，眉梢眼角全是笑意，摸了摸隐隐发热的脸颊："我更喜欢这个。"

江念尔不理他，自己一个劲地往前走。

穆深大步跟上，叫她："念念。"

江念尔停下脚步，板起脸来瞪他："这是你能叫的吗？"

穆深眉头皱起："周泽文就这么叫，我却不能？"

"你跟个晚辈计较什么?"江念尔说,"他叫我'念念'是因为微博ID,可你呢?"

穆深坦率地说:"我是为了跟你更亲近。"

"不害臊……"

穆深弯着嘴角,始终走在她旁边,轻声说:"念念,下个休息日跟我去约会吧。"

江念尔停下脚步,看上去有些烦躁地踢开脚尖的石头,然后"哦"了一声。

就算答应了。

看了新一周的调休安排,江念尔不得不感慨穆深真有心机。

他把两个人的调休时间安排在了同一天,这样即便是休息日,也能顺理成章地见面。

虽然之前私底下吃饭也好、散步也罢,已经约过好几次,但正儿八经地"约会",这还是第一次。

江念尔提前起床,在两个大衣柜前挑选了半天,最后穿上一件剪裁得体的连衣裙。

裙子恰到好处的贴身,影影绰绰勾勒出她的身材。

临出门前,江念尔犹豫了一下,还是顺手抓起梳妆台上的那个樱桃发夹,别在了鬓发旁。

因为已经迟到了,电梯又迟迟不来,她便跑着下楼。

上车以后,喘息还没平定,脸蛋有些绯红,她主动道歉:"不好意思,我是不是晚了点儿?能赶上电影吗?"一抬头,便看到穆深目光深邃地盯着自己。

江念尔挪开视线,明知故问:"看什么呢?"

"看你。"

"我有什么好看的?"

穆深忽然伸头,凑到她耳边:"很好看。"

江念尔嘴角高高翘起,淡定地点了下头:"嗯,我的粉丝也这么说。"

"但是我跟他们不一样。"穆深一边开车,一边对她道,"粉丝这一秒夸你好看,下一秒可能就去夸别人了。"

"你也可以。"

"我恐怕做不到,因为我眼光太高,活了二十八年,也就发现你一个好看的人。"

江念尔笑到扶窗:"我现在才发现,原来你说起情话来也一套一套的嘛。"

"你喜欢吗?"

"嗯……不算讨厌。"

"好。"穆深说,"那我以后经常说给你听。"

"咳……"江念尔扭开脸,"再说吧。"

话虽如此,她却悄悄弯起了眼。

商场里人很多,两人一起看完电影,又吃了饭,在路过一排排粉红色的娃娃机时,江念尔有点走不动路。

穆深看了她一眼:"想玩?"

江念尔指着其中一个黄色的小狗玩具,说:"这个长得好像我十五岁那年认识的那只狗。"

穆深顺着她的方向看过去,狗狗玩具其实做得一点儿也不精致,两颗眼珠子都缝歪了,放在五颜六色的娃娃堆里毫不起眼。

江念尔看着它的眼睛在发光。

穆深问:"你喜欢那个?"

"喜欢。"

穆深冒着被打的危险,诚恳地道:"有点丑。"

"……"

江念尔恶狠狠地拍了一下他,理直气壮道:"我就喜欢丑的,怎么着了?"

穆深露出担忧的表情:"那我还有机会吗?"

江念尔眯眼睨他:"你要是再不带我去买币,就真没机会了。"

穆深笑了起来:"遵命,不过我去买。"

他走后,江念尔贴着玻璃巴望着那只丑丑的狗。

记忆中,那只流浪狗虽然被她取名为"仙女",但其实不是特别好看,她也说不清自己为什么会对它念念不忘。

没一会儿,穆深回来了,一手端着一筐游戏币,一手还提着一兜奶茶。

江念尔听到筐子里巨大的撞击声,伸头一看,咋舌道:"你买了这么多?"

"不多,应该足够你把它抓出来了。"

"呵,瞧不起谁?让你瞧瞧本姑娘一次上垒的壮举。"

穆深愣了一瞬,随即眸色渐浓,低头凑到她耳旁:"念念,'上垒'这个词不是这样用的。"

江念尔没懂:"嗯?"

穆深抬了抬下颌,淡笑道:"我喝多了的那天晚上,算是越过一垒直接上了二垒。"

江念尔微怔,随即反应过来,脸颊羞红地用胳膊肘打他:"闭嘴!"

她没有抬头去看他的眼睛,他身上清冽的味道近在咫尺,加上游乐场内热烈的氛围,她总是忍不住走神。

江念尔捏了一把游戏币,强迫自己将注意力集中在那只丑丑的小狗身上。

她试着抓了几次,可每次机械爪都在升起时打滑,害她回回都是失败。

江念尔气哄哄地捶了一下操作面板:"继续!"

她非常投入,一副势要把狗狗抓出来的气势。

穆深默默地把吸管戳进奶茶里,递到她嘴边。

江念尔一偏头,吸了一大口后才回神,抬头对穆深道:"谢谢,麻烦你先帮我拿一会儿。"

穆深嘴角挂着的笑一直没消失过,那笑意跟平时不太一样,眼中都是细碎宠溺的光,看得江念尔怪不好意思的。

"要玩吗?"

穆深摇头,光是看着她跟一台机器怄气就很愉快了。

江念尔摩拳擦掌,继续投入到"抓狗"大业中。

又连续抓了很多次,还是没能成功。狗狗玩具的位置只是有些偏离,却丝毫没有要出来的趋势,江念尔看了眼筐子里越来越少的游戏币,不免有些泄气。

她提议说:"不抓了,我们去玩点别的?"

穆深却建议她:"再试一次。"

江念尔又扔了两个币进去。

就在她移动摇杆的时候,穆深忽然从背后圈住她,两只手分别覆在她的手背上,借劲操纵机器。

穆深很绅士,没有把身体贴到她的后背上,胳膊也微微悬空,浑身上下只有手上的肌肤在接触,可是他的气息离得很近,就萦绕在耳后,仿佛还裹挟着清醒而强烈的荷尔蒙,让她一下子忘了呼吸,只呆呆盯着玻璃窗后的玩具,一言不发。

"调到这个角度,爪子更容易抓住玩具。"他的声音低沉又温柔地响起,像是夏天忽然吹来的一阵凉风。

江念尔大脑宕机,全凭他操作,直到机械爪把玩具提起,稳稳地扔进洞口时,她才如梦初醒。

"抓住了。"她喃喃道。

穆深已经松开她,弯腰从下面拿出玩具,塞到她怀里:"恭喜。"

江念尔默默抱紧小狗:"是你抓住的。"

"我也只是运气好。"穆深看着机器内的构造,解释道,"娃娃机一般都被设定了程序,投入足够多的游戏币就会出一次,多亏你之前铺垫了很多,这一次我们才能抓出来。"

"哦。"江念尔闷声道,"那还是我厉害。"

穆深笑了,轻声肯定:"对,很厉害。"

他正站在娃娃机侧面,隔着玻璃注视江念尔。

头顶七彩斑斓的灯光映在她脸上,配合着旁边俏皮可爱的音乐,让穆深产生一种十分想要拥有她的冲动。

抓到了合心意的娃娃,两人度过了很愉快的下午,直到晚上才回家。

穆深把江念尔送到家门口,下车之前,江念尔说:"你等我一会儿,我妈从老家寄来的特产,一定要我转交给你。"

穆深听了立刻熄火:"不用你专程再跑下来,我自己去拿吧。"

两人一同上了楼。

进家后,江念尔从冰箱里拿出两瓶冰可乐,一瓶给他,一瓶准备自己喝的时候却被制止了。

"少喝一点儿冷饮,以后生理期就不会那么痛了。"

江念尔撇撇嘴,小声嘀咕:"我那次是意外。"嘴上虽然这么说,却乖乖地把可乐放了回去。

她指着客厅地上一个大箱子说:"就是那个,我妈给你寄的水果。"

穆深颔首:"帮我谢谢阿姨。"

江念尔顿了顿,说:"穆深,我想跟你商量件事。"

"你说。"

"我想来想去,觉得光你一个人承担爱优家的任务实在是不妥,你购入的那些产品总共花了多少钱,我来承担那部分。"

穆深:"不用。"

"让我承担一半也行啊。"

穆深轻轻敲了下她脑门:"这是我和爱优家单独的合作,不用你操心。"

"但毕竟因我而起……"

"江念尔,"穆深一字一顿地叫出她的名字,"我就是想为自己喜欢的姑娘做些事情。"

江念尔:"……"

行吧,她闭嘴。

穆深走时抱着那一箱水果下去,江念尔不放心,还是跟着他下去了一趟。

等穆深坐上驾驶座,系好安全带时,她俯身敲敲窗户。

"我今天玩得很开心,谢谢你。"

穆深弯了弯眼,问:"有多开心?"

"就是……"江念尔答不上来。

穆深的脸在夜色下有种说不出的温柔。

江念尔心思一动,故作镇定地往前微倾,在他额头上轻轻蹭了一个吻。

"就是这么开心。"

日子一天天推移。

虽然才刚入夏不久,但江念尔已经着手准备秋季的服装搭配了。

她这次想听取周围的声音,做出一点点改变。

她考虑了一周左右,终于咬牙在朋友圈的朋友那里花高价代购了一件很贵的秋装外套。

江念尔已经想好了,这件外套可以搭出很多不同的装扮,跟她以前的风格也不太一样,争取让大家产生耳目一新的感觉。

等了大约一周,新外套就寄来了,江念尔也没有仔细检查,直接拿来拍摄新的搭配灵感。

大致修了一下图,她对这组照片越看越满意,准备好文案就上传了微博。

但江念尔万万没有想到,糟心的事情很快就来了。

起先是有个粉丝发现这件外套不太对,私信提醒她,正版外套袖子上的三颗扣子是两大一小,而不是像她照片上那样三颗一样大。

江念尔立刻查询了品牌官网,仔细看了海报图片后发现跟这位粉丝说的一致。

由于是新品,目前买到的人并不多,这件事暂时没有太多人注意。

隔天,江念尔刷到陈可的朋友圈。陈可跳槽去了一家电视台,发了一张工作照,图上某个十八线小明星正穿着这件外套。

江念尔立刻私戳陈可,向她核实袖口三颗纽扣的大小。

陈可很快就给江念尔发了照片过来,两大一小。

江念尔翻出这件外套,跟陈可的照片仔细对比,发现除了纽扣的尺寸外,连花纹都有细微的区别,质感比照片上差了一大截。

江念尔内心狂飙出一万句脏话。

她找到那位代购朋友,尽量语气冷静地问:"亲,这件衣服的代购小票可以提供给我吗?"

代购过了一会儿回复她:"啊?你怎么早不要,我昨天刚扔。"

江念尔心里呵呵,恐怕根本就没有小票这样东西吧。

她不再忍让,直接问:"你卖给我的这件是假货吧?"

代购:"你说是假货就是假货?空口鉴假你可真是太厉害了,你拿去专柜鉴定了吗?有证据吗?"

江念尔把一系列照片发过去。

江念尔:"麻烦你告诉我,纽扣上的花纹和尺寸怎么回事?"

代购没有回复。

等了一会儿,江念尔又说:"请问这个价格足够立案了吗?【微笑】"

代购气急败坏地回了两个字:"傻×!"

江念尔发了个问号过去,结果屏幕上立刻弹出提示:您不是对方的好友。

被拉黑了?

江念尔气到爆炸,差点把手机扔出去。

真是流年不利啊,碰到一个良心被狗吃掉的卖家,花了这么多钱结果还买到了假货。

江念尔在房间里来回走,试图缓解自己的怒火。

冷静下来后,她登录微博。

这套照片的效果非常好,回复和转发的数量比之前都上升了不少,而且暂时也没有人讨论真假货的问题。

江念尔叹了口气,还是默默把这条微博删掉了。

她内心郁结,忍不住在朋友圈里抱怨了一句:生活终于对我这么瘦弱的仙女下手了……

周泽武是最快回复的:仙女学姐,遇到不开心的事情就找小舅舅啊,拿他撒气!

江念尔苦笑一下,如果让穆深知道这么丢脸的事,大概会嘲笑她的智商吧?

这边刚想到某个人,他的电话就进来了。

江念尔把手机放到耳边,就听到男人低沉的一声"喂"。

烦躁的心情瞬间就缓解了一半,江念尔懒洋洋地逗他:"你找谁?"

"我找一位瘦弱的小仙女。"

江念尔"扑哧"一笑:"那你打对了。"

"我看到你刚才发的动态了。"穆深开门见山地问,"怎么了?"

江念尔挠挠耳垂,小声说:"也没什么。"

那边穆深停顿了片刻,也没有追问,只是说:"行,晚上一起吃饭。"

傍晚,穆深又带着大包小包来了江念尔家里。

看着被填充得满满的冰箱,江念尔有种不真实的感觉——好像老夫老妻在过日子似的。

偏偏穆深还毫无察觉,从容地把袖管卷到胳膊肘后,回身跟她商量今晚炒什么菜。

江念尔默默走进厨房,帮他择菜,余光不停地瞟着穆深,他已驾轻就熟地系好了围裙,淡定得宛如一个煮夫。

江念尔鬼使神差地开口问了一个问题:"你以前给别人做过饭吗?"

穆深回忆了一下,说:"除了家里人,你是第一个。"

"哦。"江念尔心里有一阵欢喜。

"我也有问题要问你。"穆深说,"你今天下午到底怎么回事?"

江念尔抿了下唇,犹豫半天,还是跟他说了实话。

讲完事情经过后,她抢在穆深之前自评了一下:"我知道自己也有错,轻易相信网上的人,还不走正规途径转账……吃一堑长一智,我以后不会再犯这样的错了!"

她静静等待来自穆老师的批评教育。

谁知穆深靠在台面上,垂眸片刻,忽然说:"你没有错。"

"嗯?"江念尔以为自己听错了,抬起头看他。

"你也是受害者,不用把有罪论强加到自己身上。"

"但我确实有问题,如果不是因为我一时……"江念尔咬了咬牙,说出那个字,"虚荣。"

穆深笑了,说:"在你自己喜欢的行业里,想要做更多的尝试,这不能算虚荣。以后谨慎点就是了。"

他折回身继续切肉去了,江念尔却想着他的话而恍惚走神。

穆深很快做好了饭,在他带来的塑料袋里,江念尔翻出两瓶啤酒。

几个小菜,喝点小酒,江念尔觉得这样很不错。

只不过,喝着喝着,在酒精催促下她委屈的情绪又涌上来了。

"你说这世界上怎么会有这样的人啊?"江念尔脸颊泛红,生气地拍着桌子,"我还没骂她呢,她居然骂我!最不要脸的是什么你知道吗?她骂完我以后就把我拉黑了。"

穆深撑着下巴,当一个尽职的聆听者。

"她肯定是怕骂不过我才拉黑我的!要是晚一秒,我一定让她领略到汉字的博大精深,让她后悔出生在这个世界,并提前想好自己的墓志铭!"

江念尔张牙舞爪,穆深忍着笑,点头附和:"嗯,不愧是你。"

"唉……"痛骂过后,江念尔的小脸又耷拉下来,"我真是太惨了,先是遇到了祁菲那个白眼狼,我教她拍照搭配,然后现在人家是怎么对我的?又遇到了公司那批人,充分让我知道了什么叫'有难同当,有福你是谁'的道理。然后爸爸生病,我被品牌方解约,买东西还买到假货,我、我……"

眼看着江念尔都要哭出来了,穆深心疼不已,试图开导她:"应该也有遇到好的事吧?你多想想那些。"

江念尔停顿,忽然直勾勾地盯着他。

穆深以为自己说错了什么,问:"怎么了?"

江念尔忽然扬起嘴角,露出一个大大的笑容:"你就是最好的事啊。"

穆深一怔,随即而来的是心脏逐渐酸软掉的感觉。

"念念。"他伸出手,轻轻捧着她的脸。

江念尔贪恋他手心的温热,便没有推开他。

下一秒,穆深的吻铺天盖地地覆了下来。这次不再是蜻蜓点水稍纵即逝,他的吻细润而绵长,好似在一点点舔舐江念尔嘴中的酒气。

江念尔闭上眼睛,认真地享受这个吻。

过了一会儿,穆深松开她,低声地问:"江念尔,做我女朋友吧。"

她呼出的气扑在他敏感的耳郭上,像有细小的虫子在爬,又热又痒,穆深脊背微僵,放在膝盖上的手下意识地握紧,就听到她道——

"男朋友,你脸红了。"

这全新的称呼让穆深浑身沸腾,仿佛血液循环在疯狂加速。

江念尔的嘴唇现在还红着,鲜艳得像是樱桃。穆深长臂一伸,将她直接抱到自己腿上,一只手轻轻按着她的后脑勺,又索要了一个吻。

江念尔没有拒绝,反而顺势搂住他的脖子。

她的主动回应让穆深大脑逐渐空白。夏日清凉,他的手掌仅仅隔着一层薄薄的布料贴在她身上,清楚地传达着又软又烫的触感。

不知过了多久,江念尔主动松开他,半眯着眼,一副餍足的表情舔了舔嘴角。

穆深眸光渐深,艰难地在迷离间找回一点冷静,说:"江念尔,你别看着我。"

"为什么?"

穆深声音缓慢低沉:"我对你没有免疫力。"

江念尔笑了,挪到一边打开了电视,看得津津有味。

穆深低头看了看自己手心,上面好像还残存着温度……为了让自己快速冷静下来,他开始收拾碗筷,放到洗手池里,用凉水冲着它们,也冲冲自己。

就这样才慢慢恢复了理智。

等他把厨房全部收拾干净,回到客厅时,江念尔不知什么时候躺在沙发上睡着了。

穆深无奈地笑笑,调高空调温度,然后给她盖上一条小薄毯。

他坐在一旁看着江念尔,看了好久,直到手机传来消息提示音。

陈洁给他传来好几张陌生女性的照片,说:"这是你吴阿姨的闺女,你瞧瞧怎样?可以的话明天晚上我约人家出来吃饭。"

穆深简直懒得回复。

但他刚把手机放下,想了想,还是重新拿起来,郑重地拒绝:"不用再给我安排相亲了。"

陈洁果然恨铁不成钢起来:"你打算当一辈子光棍?改专业那事已经够让你爸糟心的了,现在连个对象都不找,你想一气气死我们俩是吧?"

穆深讪讪回道:"不是这个意思……"

陈洁:"那你是什么意思?你不会是不喜欢女孩子吧?"

越来越扯了……

穆深迟疑了一会儿,以免误会越来越大,他回复了八个字:"我怕我女朋友生气。"

陈洁那边安静了。

穆深看着面前熟睡的江念尔,眉梢眼角都挂着喜欢到不行的笑。临走前,他轻轻地在她脸颊上亲了一下:"晚安,女朋友。"

夏夜一轮弦月悬挂在天边,穆深走在路上,仰头与月光对望,心情也被照得明朗而通透。

第十一章 时光项圈

第二天,江念尔照旧去海大旁听穆深的课。

明明站在讲台上的还是那个身材颀长、气质儒雅的人,江念尔却清醒地意识到,他们之间的关系已经变了。

昨天她喝得不多,区区一瓶啤酒连微醺都没到,可她还是答应做他女朋友了。

说明什么?

说明这是她内心的选择。

想到这里,江念尔有点不敢跟穆深对视,假装低下头来看书。

她一个人坐在最后一排,尽量降低自身的存在感,可还是不断有学生回头看她。因为穆深在讲座上的"豪言壮志",现在所有人都知道了他们之间的关系,想低调都难。

穆深察觉了这个状况,忽然放下粉笔,说:"快到期末了,我现在说一下考试的事情。"

所有学生的视线"唰"一下集中在了他身上。

"我们这门课考试是有范围的。"穆深微微一笑,不急不缓地说,

"整本书都是重点范围。"

学生:"……"

最噩梦的一句话出现了!

有胆子大的学生举起手,谨慎地提议:"穆老师,这本书太厚了,您还是给我们画一下重点吧,或者告诉我们重点章节。"

"只要平时认真听课,自然会知道哪些是重点。"

台下立刻哀号一片。

江念尔撇了撇嘴,太恐怖了,还好她上学时没碰上穆深。

终于挨到了下课,垂头丧气的学生立刻像打了鸡血,考试的事暂时被抛在脑后,纷纷以奥运会破纪录之速冲向食堂。

等零星几个问问题的学生走完,教室里只剩下江念尔和穆深两人。

穆深一边收着教学用具,一边随意地问:"你是不是对我说的话有想法?"

"啊?"江念尔愣了一下。

"我看到了。"穆深抬眼瞧她,"你刚才露出了非常不赞同的神情。"

"喔……"江念尔觉得自己免费听了半学期的课,是时候造福一下同学们了,"我是觉得,给一些重点范围也没什么,课本上不可能每一句话都有用,稍微缩小一下范围,他们复习起来也更有针对性,对不对?"

穆深沉吟:"有道理。"

江念尔乘胜追击:"就是嘛,这样才是贴心的好老师。"

穆深不置可否地笑了笑,忽然话锋一转,说:"你都旁听这么久了,到时候我多印一张卷子,你也来考一下吧。"

"?"

等等,你在说什么俏皮话?

她瞪圆了眼睛,反复打量穆深,试图找出他开玩笑的成分。

穆深脸上始终挂着淡淡的笑意,却没有丝毫戏弄的意思,问她:"如何?"

江念尔差点拍案而起："想得美！我才不要考试！"

"一般辅修的第二专业期末都是要考试的，我可以单独给你出张卷子，简单一点。"

"穆深！"江念尔咬着后槽牙，近距离盯着他，威胁道，"你要是敢逼我来考试，我就敢让你成为前男友。"

这个威胁很管用。

穆深身上的气焰立刻降了三分，温温柔柔地捏着她的脸说："走吧，我们先去吃饭。"

"呵。"

"吃完饭再带你去吃芋圆，回诊所前再买一杯奶茶，好吗？"

"行。"江念尔斜了他一眼，"姑且原谅你了。"

回到诊所时，江念尔顺手把多买的一杯奶茶放到李佳霖桌上。

李佳霖眼睛发光地看着她："你就是我最好的姐妹！"

江念尔弯眼笑："不是我买的。"

"嗯？"

"穆深买的。"

李佳霖："……"

她心有余悸地看了眼奶茶，实在想象不出来穆老师给她买奶茶的样子。

李佳霖探寻地问："你俩是不是有进展了？"

江念尔问："你问的是关系上的进展还是……"她戛然而止，没再说下去。

李佳霖猛抽一口气："江念尔，你太强了！"

"不是。"江念尔赶紧纠正她，"我只是让穆深转正了。"

"哦。"李佳霖顿时有点失望，吸了一大口珍珠，心情才平复。

江念尔抱着自己那杯奶茶坐到她旁边，有一搭没一搭地闲聊，两个人就像是学校里趁课间偷喝奶茶聊八卦的女同学。

穆深出来拿东西，正好撞见她们在偷懒摸鱼，微微顿了一下。

李佳霖吓了一跳，正要站起来主动认错，就看到他什么也没说，像没看到似的，径直返回办公室。

李佳霖松了一口气，屁股重新贴到板凳上，评价道："讲道理，穆老师谈恋爱以后就跟换了个人似的。"

"怎么换了？"

"整个人的亲和力都上升了，也没以前那么不近人情了。"

江念尔笑了笑："我会把你对他的夸奖转告一下的。"

"嗯，顺便转达一下我诚挚的祝福，希望他永远这么亲和下去。"

"那得看我的心情。"

江念尔闲聊着，顺手点开了微博，发现有几条新的未读私信。自从她把那条无声无息的微博删掉后，一直有粉丝来问照片去哪儿了，她们还想照着买新一季的衣服。

思来想去，江念尔决定解释一下。

她回到自己的位置上，打开电脑，认真地研究措辞，但二十分钟后又全部删掉。

解释再多，好像都不如实话实说来得有效。

于是她破罐子破摔，直接承认由于自己的失误，买到了假冒伪劣产品，出于对粉丝和品牌的尊重，才把那套搭配全部撤掉。

在博文最后，江念尔顺便黑了自己一把，反正最近她的事业运一直处在低谷，也没什么不敢说的了。

可她并没有想到，这篇简单的说明反而带来比较好的效果，因为她已经把自己嘲讽了一遍，导致网络喷子们反而无话可说，路人看她这么坦率，好感度反而噌噌往上涨，甚至有人怀疑她是不是请了专门的公关团队。

只不过，这些都是后话了。

晚上到家时，江念尔见到了久违的房东太太。

平时交房租都是通过电子支付，房东和房客平时很难相见，除非是真的有事，就比如今天。

房东太太不知道什么时候来的，居然自己打开了门，坐在沙发上一边看电视一边等她下班。

江念尔推开门发现里面传来电视机的声音时，头皮一阵发麻，差点就要打电话报警了。

结果房东太太只是过来跟她说涨房租的事情。

江念尔早就预料到了房东太太已经不满足于当前的租金，但她怎么也没有想到，这个中年女人一开口就要涨一千。

怎么不去抢？

江念尔试图和对方讲道理，但是房东太太并不领情，嫌弃地看着到处都堆满衣服的沙发说："你这哪儿哪儿都是东西，也不知道你平时打扫不打扫。这个房子虽然老了些，但是你可别给我糟蹋了。"

江念尔有点无语。她是东西多了些，但也仅此而已，地面、桌面基本都是一尘不染，连垃圾桶都是干净的，根本不存在所谓的"糟蹋"。

房东太太明摆着就是挑她的刺。

江念尔试图和房东太太讲道理："涨一千我没办法接受，能少一点吗？"

房东太太眯起小眼睛，斜她："少点？你想少多少？我这个房子现在多的是人求租，他们可都是长租，不像你，你是短租啊！"

江念尔："你都说租的人很多了，那我合同到期以后，就算我不续租，你也很容易租出去，不是吗？"

房东太太被戳中了逻辑漏洞，噎了一下，才道："反正就是得涨价，这周围的房租，你可以去问问看，都涨价了，一千不行多少也得七百。"

江念尔在心里默算了一下，加七百后这个房子的性价比就很低了，再加上房东太太那副嘴脸，让她有点犯恶心。

江念尔说自己要考虑考虑，找个借口，先把房东太太"请"出去了。

人一走，江念尔就看到手机上的未接来电，回拨过去。

穆深的声音响起："怎么一直不接电话？"

江念尔想了想，问他："穆深，你能不能找到性价比比较高的房源？"

穆深愣了一下:"你要买房?"

"不是……"江念尔解释,"我只是想重新租一个房子……"

她把房东太太蛮横涨价的事情告诉了穆深。

穆深略一沉吟,说:"我这两天帮你留意一下,你先别着急。"

"好。"

穆深又道:"如果实在拖不下去,你还有一个选择。"

"嗯?"江念尔好像知道他要说什么了。

"你可以先搬到我这儿。"

这是一个解决的办法。但他们在一起的时间很短,江念尔觉得现在搬去穆深家不太合适。

倒不是说她有多保守,只是以穆深的脾气来说,一定不会让她分担房租。

在经济上,江念尔是信奉独立的。

"但我还是想先找一下房子。"江念尔漫不经心地道。

"我知道了,交给我。"穆深应道。

江念尔举着手机望着外面的夜空,忍不住问他:"穆深,你现在在干吗?"

穆深:"我在写报告。"

"我想看着你写。"

穆深低低地笑了一声,充满磁性的声音传过来:"好,我们开视频吧。"

这还是他们两人之间第一次视频通话。

虽然白天在诊所里一直都能见到对方,但隔着屏幕却又是另一种感觉。

穆深写报告的时候特别认真,肩膀和身体都绷得很直,只有头微微偏着,瞳孔里映出电脑屏幕的白光。

他睫毛很长,唇线轻薄,还有一个线条流畅、且趋于完美的下颌线,连接着颈部与喉结。江念尔盯着看了一会儿,下意识地想,穆深这样的人适合穿什么样的衣服呢?

江念尔撑着腮,不由自主地看入神了,穆深在那边敲了敲桌子,问:"你在想什么?"

江念尔脱口就把脑子正思考的问题说了出来。

穆深脸上浮出笑意,好整以暇地问:"那么,你想到答案了吗?"

江念尔摇头:"好像所有衣服在你身上都只是个陪衬。"

穆深笑意渐浓,眸光微微流转,饶有兴趣地说:"你的意思是——我不穿最好看?"

"……"

江念尔算是发现了,平时无论多道貌岸然的男人在谈恋爱以后都能在不正经的路上狂飙十万八千里。

只要是大灰狼,就总会有脱下羊皮的时候,更何况像穆深这种平时就甩着狼尾巴来回晃的人。

江念尔面无表情地说:"是,你就适合啥也不穿去大街上裸奔。"

"那不行,被别人看光了,我家念念就吃亏了。"

真是谢谢你的体谅哦!江念尔在心里默默腹诽。

就在这时候,江念尔听到屏幕那边传来"喵喵"的声音,一只小猫忽然跳到了穆深腿上,好奇地探望着屏幕。

很快,又有一只猫咪探过毛茸茸的小脑袋,好像在打量江念尔。

两个又胖又圆的毛球突然发动攻势,江念尔捂着心口直呼:"你家的猫?我上次去怎么没见到?"

穆深摸了摸猫头说:"你再来一次就能见到了。"

上一回特别巧,江念尔去的时候这两个主子都在自己的猫房里睡大觉。因为猫咪是怕生的动物,受到惊吓还会产生应激反应,所以穆深一进家就悄悄去把猫房的门关上了。

所以江念尔始终没见着。

江念尔的注意力已经完全被两只毛球吸引了,一个劲地追问穆深:"这只叫什么名字?公的母的?多大了?"

江念尔看着它们的眼睛比看他时还要光彩照人。

穆深忽然有些不忿。在此之前他从来没有想过,有朝一日会吃两只

猫的醋。

好不容易把主子们哄到了一边,因为穆深还有报告要写,就没有一直陪江念尔聊天。

江念尔乐得清闲,拿出这几天买的时尚杂志,开始研究里边的思路和灵感。遇到自己喜欢的搭配,她还要专门记录下来。

两个人都在专注地忙着自己的事情,时间一点一滴地流逝。

当江念尔觉得有些疲惫,想活动活动脖子的时候,发现手机屏幕里穆深正在看着自己。

江念尔怔了一下:"你报告写完了?"

"写完了。"

"那你也不叫我一下……"

穆深懒懒地道:"难得你这么认真做事,我不忍心打断你。"

"什么叫'难得',我一向很认真的好吗?"

"也不知道是谁,捧着动物医学的书五分钟就睡着了,还流口水。"

"咳咳!你别说了!"江念尔恨不能把手穿过屏幕捂住他的嘴,"我要洗澡睡觉了,明天见吧。"

穆深还有些恋恋不舍,但又舍不得让她陪自己熬夜,只能抱起一只猫冲屏幕里的人挥挥爪。

视频挂断后,穆深起身,在房子里看了一圈,然后蹲下来,摸了摸两只猫的头。

"我们也是时候搬家了吧……"

江念尔接到了房屋中介的电话,邀请她去一个房源看看。

房子距离"万千宠爱"诊所很近,三室一厅,目前正在寻找合租。

江念尔对合租有些犹豫,但中介报的价格非常划算,比她现在住的那个一室一厅还要便宜。房子是南北通透,采光好,地段也好,最重要的是,卧室里有个独立的衣帽间,空间很大,足够她放下全部衣服,她就十分心动。

不过,迫使她做决定的居然还是房东太太。

某天江念尔下班回家，发现房东太太又不打一声招呼，擅自开门坐了进去。

江念尔差点崩溃，对独居的女性来说，这真的是一件极其恐怖的事情。

这一次，房东太太还是来谈价格的，只不过她松了口，可以只涨五百，并表示这是她极大的让步，是忍受巨额损失做出的决定。

可江念尔不想再跟她谈了，当晚，就下定决心要搬出去。

第二天，江念尔就马不停蹄地去跟那边的房东签合同。

房东多问了两句："江小姐，你对猫毛过敏吗？"

"不过敏。"

"那你介意房子里养宠物吗？"

"不介意。我自己就是做相关工作的。"

"那就好。"

直到合同签完也没见着合租的人，江念尔并没有将此事放在心上。

等到休息日，她就开始搬家，穆深开着车过来，在她把第一箱衣服放进车后备厢里时，他几番欲言又止。

江念尔察觉了："想说什么就说。"

"我最近也搬家了。"

"那还挺巧的。"

"我在三室一厅里租了两间。"

江念尔脚步一顿，难以置信地抬起头："你不要告诉我，你跟我租的是同一套房子……"

穆深缓缓地点了下头。

江念尔顿时不知道该做什么表情，迟钝了好一会儿，她才质问对方："你套路我？"

穆深忙不迭地解释："不是，正好我也要换房子，看了很多套房源只有这套最好，所以就推荐给你了。"

"那你怎么不早点告诉我？"

"我怕你生气。"

江念尔怔了一下:"我生什么气?"

穆深拧着眉头,一字一顿地说:"拒绝同居。"

江念尔差点气笑了:"我什么时候说过我拒绝跟你同居了?你是不是天天一见不到我就瞎脑补?"

她一屁股坐进副驾驶,转头看着旁边还愣在原地的穆深,催道:"走啊,先送一拨去咱家。"

咱家?

穆深豁然开朗,立刻履行起江念尔专属司机的职责。

来回搬了好几趟,才把她的东西全部搬完。

穆深已经提前一天搬进来了,并把整个房子进行了一次大扫除。江念尔看着一尘不染的卧室,心情大好地钩住他的脖子,对着他的脸颊"吧唧"一口。

"干得不错。"

穆深的笑意弥漫眉梢眼角。

他租了两间卧室,其中一间用来储物和放置猫咪的爬架。江念尔终于见到了心心念念的三三和阿大。

三三是一只三花小母猫,阿大是一只小公猫,据穆深介绍,它们是一对夫妻,而且三三已经怀孕了。

两只猫咪起先对江念尔有些胆怯和陌生,凑到她腿边嗅了半天,才渐渐熟悉起来,接纳了这位新主人。

比起阿大,三三身上更有种霸气,也更愿意亲近人。玩了一会儿后,江念尔就发誓要成为三三大王忠诚的铲屎官。

三三胖得像个球,非常招人喜欢,江念尔忍不住想亲它。

穆深站在旁边,越看心里越不是滋味,最后终于还是走了过去,蹲在江念尔面前,平视着她。

他尽量让自己的语气听上去冷静:"猫咪会用舌头舔自己身上的毛,包括屁股,我建议你不要产生亲它们的想法。"

"哦……好的。"江念尔默默把三三放下。

"还有……"穆深眯了眯眼,提醒她,"你男朋友还在这边呢。"

他身上有种危险的气息，江念尔很熟悉，上一次这种气息出现时，是她跟程伟一起吃饭的时候。

江念尔愣了愣，问："难道你吃醋了？"

穆深沉默。

"那只是两只猫呀，还是你的猫，你……"江念尔看着他深沉又别扭的表情，越发觉得有趣，终于忍不住"扑哧"笑出来。

穆深表情绷不住了："你笑什么？"

江念尔笑到捶地："在外面高冷严肃的穆老师，居然吃自己猫的醋。"

穆深："……"

趁他没反应过来，江念尔忽然扑上去搂住他的脖子，在他薄薄的唇上亲了一口。

她声音又轻又软，呢喃了一句："你怎么这么招人喜欢啊。"

穆深浑身一颤，大脑快速地消化着这句话。

这是表白没错吧……

穆深整颗心柔柔软软地融化了。

江念尔看到他眸中的光渐渐明亮起来，心想他怎么这么好哄，嘴角不由得翘得更高。

她又向前倾身，穆深顺力就坐在地上，把她圈在怀抱里。

穆深的皮肤比较热，触感干燥而坚实，怀抱却分外温柔。江念尔贪恋，再次主动，献上深情一吻。

她不知道，每一次稍微主动一点点，都能让穆深方寸大乱。

虽然江念尔和穆深分屋而居，但毕竟是住在了同一屋檐下，生活还是有很大改变的。

从搬进这里以后，每天不用花那么多时间在外卖软件上找吃的，门口随便买点菜回来穆深就能做，还有人一起看电视，无聊可以撸猫。

更重要的是，再也不用担心下班回来会有不熟悉的人出现在家里，穆深的存在给江念尔构建了极大的安全感。

时间从初夏变成盛夏,海大的期末考试全部结束,暑假如期而至。

穆深不用再去学校,每天只在诊所出现。

近海市是一座南方城市,盛夏后温度很高,江念尔觉得自己这条命都是空调给的。

尤其当拍摄下一季度服饰搭配的照片时,她要穿各种毛衣、外套在身上,哪怕开着空调都很难忍受。

难得休息,江念尔接了一个小活儿。

高中一个学妹毕业后成为自由人像摄影师,邀请江念尔帮她拍摄样片。

因为家里的露天阳台上有一个木质秋千,看上去很有情调,所以经过江念尔和学妹的讨论,决定拍摄地点就选在家中。

这是江念尔这段时间难得的夏装拍摄,不用费尽心机拗造型,只要一条连衣裙从头穿到尾就行,所以对江念尔来说非常轻松。

学妹上午就来了,取室内的景拍了几组,三三和阿大也被邀请出镜。

忙活到了傍晚,夕阳把光铺洒下来时,她们才开始取阳台的景。

在学妹的构想中,她要拍出金黄色的暮光笼在少女皮肤上的朦胧感。江念尔皮肤底子非常好,为了凸显少女感,今天她只化了一个很淡的妆容,却恰好能通过镜头透露出牛奶一般白嫩的肌理。

她光着脚,在秋千上随意地摆动,学妹一边飞快地按下快门,一边不停地夸她:"念念学姐真的好漂亮。"

穆深进家门的时候,江念尔还没从秋千上下来,他换了鞋走到客厅里,刚想跟她们打一声招呼,却忽然顿住了。

江念尔身上穿的是一条白色连衣裙,裙摆不长,刚好露出两条又白又长的腿。她在秋千上轻轻柔柔地摆着,一阵微风吹过来,掠起鬓角两边的碎发,温柔得不像话。

裙子是吊带款式,她纤细的肩膀、锁骨和后背都暴露在夕阳下,像是被镀了一层金光,神圣不可侵犯。然而背后影影绰绰的蝴蝶骨和纤细的腰身又增添了几分性感,让人说不清江念尔气质里写的到底是清纯还是妖娆。

就在这时,江念尔偏头看到了穆深。

拍摄写真是要大量摆动作的,被拍者往往会觉得自己做作。江念尔现在就有一种被撞破做作场面的羞赧感,微微垂下眸,冲他笑了一下。

学妹眼疾手快地抓住了这个画面,回看时连连赞叹。

穆深顿了半天才回过神来,提着刚买的菜走进厨房。

他漫不经心地洗着菜,可脑海里全是刚才的画面。

怎么形容这种感觉呢……好像江念尔是个清纯至极的妖精,轻轻一勾手,就精准无误地攥住他心底的渴望。

明明没有使劲,穆深却觉得逃不出来。

——这辈子都逃不出来了。

学妹拍到了很多满意的照片,收工回家。江念尔留她吃饭,她却因为着急回去修片而拒绝了。

把学妹送走,江念尔才去厨房找穆深。

"你刚才怎么都不跟我打招呼?"

穆深听到问话,回过身来。

江念尔已经卸下了拍摄时的拘谨,鞋不知道被她踢去了哪里,只光着脚懒散地站在他身后。

可那种又纯又欲的气质却一点儿都没减。

穆深的喉结动了动,明知故问:"结束了?"

"对啊,摄影师都已经回去了。"

他"嗯"了一声,好像没有别的话要说了。

江念尔用脚尖轻轻踢了他一下:"今晚吃什么呀?"

穆深没有回答,他慢条斯理地擦干手上的水,细致到连指缝都不放过。

就在江念尔要继续追问的时候,他忽然伸出手臂揽住她的腰,一把将她拉进怀里。

回答江念尔的就是一个有些粗暴还有些着急的吻。

江念尔明显感觉到穆深的呼吸又急又重,却不知道他今天怎么了。以为他是工作上有些不顺心,她就没有推开他,反而温柔地回应着他。

穆深的右手就放在她的后腰上,很烫,温度好像也从那里开始,一直蔓延到她的四肢。

不对劲,今天的穆深有种要吃了她的架势……

江念尔这样想着,却在他的攻势下不断沉溺。

就在她准备投降的时候,卧室里突然传来打翻东西的声音。

穆深这才慢慢松开她,意犹未尽地舔着牙,望着她的眼眸仍然漆黑幽深。

江念尔小声提醒他:"猫好像打翻了什么。"

"嗯。"

"我去看看……"

江念尔一闪身溜了出去,只留穆深一个人慢慢冷静。

动静是从穆深的卧室里传来的,江念尔走进去就看到一个盒子掉在地上,里面的东西都滚了出来。

阿大抱着盒子开心地一通胡啃,三三一副"我老公是傻子"的表情在一边冷眼旁观。

江念尔觉得有些好笑,蹲下身来抚摸阿大的后背,劝说它松口。

等阿大放过了这个可怜的盒子,江念尔开始收拾地上的东西。

旧相片、旧书签,还有一个旧项圈……

嗯?旧项圈?

江念尔把项圈拎出来,对着光仔细地瞧。

由于年代久远的关系,项圈上的金属铭牌已经暗淡褪色,但仍然在她心中激荡出巨大的涟漪。

江念尔摸着上面凹凸不平的刻字,难以置信地呢喃出来:"仙女……"

穆深在外头抽了根烟才进入卧室,他看到江念尔跪坐在地上,捧着项圈愣愣出神。

"撞掉什么了?"

江念尔扭过头来,有些急切地问:"你怎么会有这个?"

穆深的目光落在项圈上:"这个……怎么了吗?"

江念尔深吸一口气,说:"这个项圈是我做的,八年前那只不辞而别的流浪狗就叫'仙女'。"

穆深怔住了,回忆呼啸着闪现在脑海中。

江念尔又问了一遍:"所以这个怎么会在你这里啊?"

穆深伫立良久,才慢慢走过来,蹲下,无言地看着这块刻有"仙女"两个字的铭牌。

"我是在二十岁时改学动物医学的。因为那一年,我意外撞死了一只狗。"

穆深垂下眸,声音极低:"那是一只黄色的小土狗,脖子上戴着这个。"

江念尔呼吸一窒,一眨不眨地看着他。

八年前,穆深二十岁,考到了驾照。为了方便他在学校和家庭之间往返,穆霆给他买了一辆车。

穆深那时候年轻,又是第一次拥有属于自己的车,兴奋了好几天。

也不知道为什么,他对自己的车技很有自信,拿到车没几天就兴冲冲地开着出去兜风,一路上高速,直接开到了隔壁临湖市。

他把音乐音量调大,情绪也跟着旋律起伏摇摆,直到路边冲出来一个东西,他没看清,只感觉到轮胎下一阵阻力。

他赶紧刹车,听到路边的人大喊:"有只小狗被撞了!"

穆深心慌地下了车,映入眼帘的就是小黄狗奄奄一息躺在血泊里的画面。

第一次,有一个活生生的生命因为他,即将离开这个世界。

哪怕它只是一只狗。

哪怕它看着脏兮兮的。

穆深束手无策,还是路边的大妈过来帮忙,紧急将狗狗送到附近的宠物诊所去。

可还是太迟了,狗狗走了。

医生从它脖子上取下一个项圈,擦掉上面的血迹,对穆深说:"有铭牌,估计不是流浪狗,但没有联系方式。你先收着这个吧,万一找到它主人,你最好去道个歉。"

后来,医生又说了句对穆深冲击极大的话。

"可能在你眼里它只是一只狗,可对于某个人来说,它是家人,是朋友,是陪伴,是生命,是比你这个陌生人还要亲近的存在。"

穆深十分理解,就如同小浅与他。

穆深在临湖滞留了三天,第一次翘了课,到处张贴认领铭牌的告示,却始终也没等到"仙女"的主人出现。

他上网查如何处理宠物的尸体,一般回答都是找个荒郊野外埋了。但他思来想去,决定找宠物殡葬服务的公司。

宠物殡葬哪怕在现在,也是一个冷门又小众的行业,很多人都理解不了,可八年前的穆深莫名觉得,必须得这么做不可。

他请人火化了狗狗,拿到一小撮骨灰,装在小小的瓶子里,埋在了宠物殡仪馆后面的迷你宠物公墓里。

他冲那块只有一个巴掌大的墓碑鞠了个躬,说了一声"对不起"。

回近海市后,连着好长一段时间,他总能梦到那只狗。

"仙女"在他梦里哭泣,亦在他梦里玩耍,有时候他梦见自己在陪它玩,有时候却什么都没有,只有一只狗坐在那里,执着地,像是在等待什么人。

正巧那段时间,他的一个室友从小养到大的宠物狗去世,他目睹了这位壮汉室友在宿舍里哭成了林黛玉。

室友每回哭着跟他们讲述过去快乐的回忆时,他就会想,这世界上是不是有那么一个人,因为他的缘故,也在承受这样的痛苦?

他一直把"仙女"的项圈带在身边,上面的血渍早就已经洗得一干二净,可每次看到,他就仿佛又嗅到了那日惊慌的味道。

后来,他做了个所有人都无法理解的决定,转系去动物医学专业。

大家都劝他,明明出身在医生世家,还有个当院长的爹,自己也够聪明够努力，何必非要放着大好的资源不用，跑去当兽医？

当时，他的回答统一而简单："动物的生命也是生命。"

他跟家里闹翻了，固执己见地提交了转系申请，义无反顾地投入了动物医学领域。

所有人都觉得他疯了。

只有他自己知道，在无数个失眠的夜里，他总能想起那只小黄狗湿漉漉的眼睛。

干净，纯粹，恋恋不舍。

它好像真的——在等待着谁。

八年过去了，这件事在穆深心底留了一道浅浅的疤痕，跟着项圈一起封存，蒙上时光的尘埃。

这些年里，有无数个弱小的生命在他手里重获新生，他也见过太多人与宠物之间的生离死别，他从未后悔当年改专业的决定。

只是他没有想到，命运的齿轮不停轮转，在这第八个年头里，让他偶遇了深爱的姑娘，同时也送来了"仙女"的主人。

穆深目光变得柔软，不再说话。

江念尔一直安静地听着，明明没什么重量的铭牌此刻在她手上却好像沉甸甸的。

八年前，她十五岁。

就是像这样，她亲手捧着项圈，替那只小黄狗戴上。

第十二章 朋友晚安

天气闷热,近海市下了一场雷阵雨。

一声又一声的闷雷在天空滚动,穆深开着车,江念尔坐在副驾驶座,沉默地看着窗外街景掠过。

他们今天回临湖市,去"仙女"睡觉的地方看一看。

这八年里,穆深偶尔也会来,所以即便位置偏僻,他也能清楚地记得路线。

宠物的墓地很小,江念尔和穆深撑着伞,很快就找到了"仙女"沉睡处。

墓碑小小的一块,挺立在雨里,上面有穆深八年前让人刻的墓志铭——谢谢你来过。

"那时候我不知道它的主人想说什么,就擅自做主写了这句话。"穆深蹲下来,轻轻用手清理着墓碑上的灰尘。

"挺好的。"江念尔闷声应着,"就是我想说的话。"

她弓下身,将手里的一束小花放在墓前。

穆深对着墓碑道:"'仙女',我把你的主人带来了,虽然迟到了八年,但其实她一直在等你。"

"我才没有等呢。"江念尔吸了吸鼻子,反驳道,"我一直在往前走,我……我从不停下等任何人和物。"

穆深笑笑没说话。

安静了片刻,耳边只有淅淅沥沥的雨声,江念尔终于又开口了,只不过这次是对着墓碑说话。

"既然来了,就跟你汇报一下我的近况吧。托你的福,我成了一个搭配博主,你知道博主是什么意思吗?你应该不知道吧,你离开的时候微博这东西还不太流行。嗯……我该怎么跟你解释呢?反正就是一个可以发照片的平台,我在上面有蛮多粉丝的,很多人喜欢我,我已经不再像当初那样,只有你一个观众。"

顿了顿,她接着道:"虽然最近遇到了一些不好的事情,但总体来说,我还是挺成功的。如果你在的话,是可以给你买很多罐头那种程度。"

说着说着,江念尔低下头来,又沉默了一会儿,才低低地道:"话虽如此,我却时常感觉很孤独。说出来你别笑我,虽然当年我总嫌弃你不能给予我回应,但是搭配给你看的那段日子,是我对这个行业最向往,也最开心的时光。"

穆深眸光顿了顿,略沉地向她看过来。

江念尔:"说我是你的主人有点言过其实,我没有养过你,没有给过你遮风避雨的窝,只偶尔带点吃的分给你,跟你分享秘密而已,这能算主人吗?我却擅自给你挂上了铭牌,很抱歉。"

"与其说是主人,不如说是朋友。"穆深忽然开口,"无论你当年怎么想、现在怎么想,十五岁的时候它就是你最好的朋友。对于它来说,你也一样。"

江念尔眸光缓缓下沉,凝视着这个小小的墓碑。

十五岁的时候,她叛逆、孤僻、漂亮,女生不愿意和她玩,男生她又瞧不上,因此很长一段时间独来独往,没什么朋友。

可是当她找到了项圈的那一刻起,她隐隐约约察觉自己错了。她

十五岁时不是没有朋友,恰恰相反,有个朋友可爱又衷心,虽然无法跟她说话。

时至今日,青春期发生了很多事情,江念尔都不太记得了,却唯独记得每天放学后,她披着各种奇怪的被单在身上,偷穿妈妈的鞋,然后在这位朋友面前骄傲地走来走去。

江念尔眼眶有些发酸,她缓缓地蹲下来,平视着墓碑:"我虽抱怨过你不辞而别,但到了今天,我宁可希望你是不辞而别,我希望你是找到了更好的主人,忘记了我,在别人家里吃香喝辣,过着幸福的生活。而不是像现在这样,再也见不到。"

穆深心脏疼了一下。

他们在墓前又站了一会儿,雷阵雨终于停了,太阳出来了,空气里飘浮着清新的潮意。

江念尔把伞收了起来,挽着穆深的手,抬头望着雨过初晴的天空。

临走之前,她委托宠物殡仪人员更换了一下"仙女"的墓碑,上面重新刻下了一行字——

谢谢你曾途经我们的生命。

回程的路上,穆深把车开得很平稳。

江念尔感觉他这些天好像一直很自责,于是打算开导开导他。

"看你现在车技这么好,真是想不到当年还有那样的黑历史。"

穆深苦笑一下:"那件事情之后,我很长一段时间不敢再开车。"

"该!"江念尔用力吐槽,"你一个学生开什么车嘛,环保一点多好,坐公交车不行吗?"

"我爸妈始终不知道我为什么转系,我也一直不打算跟他们说。"

江念尔回想起那天在医院里的场景,试探着问:"你跟你父亲的关系好像不太好,就是因为这件事吗?"

"对。"

"不好意思,我的狗给你添麻烦了。"

穆深笑了一下:"所以需要你这个主人来赔偿。"

江念尔一脸嫌弃："那你还撞死了我的狗,这怎么说?"

穆深沉吟："互相赔偿?"

"怎么感觉都是我亏……我的'仙女'可是一条生命啊。"

"所以你要是不介意,"穆深说,"我的命你拿去。"

江念尔怔了一下,随即惊悚："神经病,我要你的命干什么,我又不想坐牢!"

"你们小姑娘不是喜欢这样的表白方式吗?"穆深疑惑,"类似于'命都给你'这样的宣言……"

"打住!你在哪儿看到的这个?"

穆深立刻闭上嘴。

他有点不太想让江念尔知道,自己专门去搜索过年轻女孩喜欢的情话大全,当时网站页面给他导向了言情小说网站。

看着穆深脸色复杂,江念尔说："虽然我不要你的命,但是你如果真想给,我不介意拿走你的工资卡。"

穆深直接把钱包扔给她："全都给你。"

江念尔咯咯笑,笑完又把钱包还了回去,仰着脖子骄傲地说："小姐姐我自己会挣钱,不需要男朋友来养。"

几句玩笑之后,穆深的情绪明显好多了,因为自责产生的那种阴郁也消散了不少。

江念尔放了心,头靠在椅背上,看着车窗外面一帧帧掠过的画面。

这八年里,临湖也产生了翻天覆地的变化,曾经跟"仙女"一起追逐过的街道,现在已然不复当年。她和"仙女"都喜欢的那家包子店,在她高中毕业那年就关门了,总会少收江念尔几毛零钱的夫妻俩回了老家,好像从来不曾在这个城市出现过。

江念尔想念"仙女",却无法责备穆深,因为这八年里,好像只有他仍然把自己框定在那个场景里,日复一日地认错和赎罪。

江念尔闭上眼睛,假装睡着,过了一会儿才睁开,说："穆深,我刚刚半梦半醒,好像见到'仙女'了,它跟我说了好长一通话。"

穆深问："它说了什么?"

"它让我告诉你,它不怪你,你不要总是觉得愧对它,也不用觉得愧对我,这些年你挽救了很多同胞的生命;它在天上都看见了,很欣慰。"

穆深安静良久,才涩然一笑,故作轻松地打趣道:"你们两个是怎么对话的?"

江念尔挠头:"就是……用汪星语嘛。"

"你能听懂?"

"当然。"江念尔笑了一下,认真地说,"从心里发出的声音,只要认真听,一定可以听懂。"

"那如果,我今晚也可以梦到它,"穆深顿了顿,也格外认真地说,"我也有话跟它说。"

"说什么?"

"对不起,谢谢你。请放心,以后我会代替你好好照顾这个小姑娘。"

雨后初晴的天空上,白云慢悠悠地飘着,形状像是一只小狗,蹲在他们回家的方向,摇摇尾巴,露出笑脸。

江念尔抱着两只猫主子正逗着的时候,穆深接到家里打来的电话。

不知道电话里说了什么,穆深回到客厅时,脸色不太好:"过几天我可能要回趟家。"

江念尔抬头,问:"怎么了?"

"我家有一只猫叫小浅,已经十二岁了,它最近身体不太好。"

江念尔怔了怔,没有追问。

宠物猫,十二年,意味着寿命将近,所谓身体不好,恐怕……

江念尔拍了拍他以示安慰:"要我跟你一起回去吗?"

穆深拧眉:"我爸不喜欢我的工作,一回去就要吵架……到时候看情况吧。"

江念尔点点头,正要去给猫主子的碗里添粮,走了几步像是忽然想起了什么,折回身说:"有件事,我忘记告诉你了。"

"嗯?"

江念尔忽然抱住穆深,踮起脚亲了他一口,然后在他耳边用撒娇似的语调轻声说:"我觉得你现在的工作超级帅气。"

穆深眉目间染上一层暖意,眼睛微微弯着,伸臂搂住她的腰。

连下了好几场雨后,近海市的气温变得更高了,日照时间也很长,每天早上闹铃还未响,阳光就已经完全透了进来。

这天早上,江念尔还在梦乡中就被一阵急促的敲门声吵醒。

她迷迷糊糊地起身,对面穆深的卧室房门还紧闭着,就没有去叫他。

她一边趿着拖鞋,一边不爽地嘟囔:"谁呀,这么早……"

江念尔推开门的瞬间听到外面的人说:"小舅舅,我来给你还……"

周泽文的声音戛然而止,难以置信地看着面前素面朝天还穿着睡裙的江念尔。

这时候穆深也从卧室里走了出来,淡淡地应了句:"来得挺早。"

江念尔请周泽文进来,但周泽文愣在玄关处,仿佛被雷击中似的,动也不动。

江念尔有些奇怪地戳了戳他的胳膊:"傻了?"

穆深准备去厨房做早餐,还问了周泽文一句:"你也留下来吃点吧,我多做一人份也不麻烦。"

周泽文的表情越来越震撼和惊悚:"你们……住在一起?"

江念尔打了个哈欠,纠正道:"是合租。"

"合租就不是住在一起了吗?"

江念尔思考了一下,点了点头:"你说得有道理。"

周泽文死死地咬着下唇,最终还是没能问出那句话——你们已经确认关系了?

他不用再问了,用眼睛看就知道了。

江念尔进厨房帮忙,端了杯水进去,自己喝了几口,然后递给了

穆深。

自然而然得就像是在一起很多年了。

周泽文明白,自己是彻底没机会了。

他把要还给穆深的书放在玄关的柜子上,然后默默离开了。

关门的声音传到了厨房,穆深终于停下手里的事情,望着外面的朝阳,微不可察地叹了口气。

周泽文消失了几天。

虽然在暑假,但他会到诊所帮忙,可是从那天之后,他一声招呼都不打,直接旷工。

穆深二话不说,开车去了他家。

大表姐陈星在门口迎接他,直接跟穆深汇报周泽文的情况:"天天待在家里,吃了睡睡了吃,醒着就打游戏,哪儿也不去,好像连拍照的工作都推了。"

"嗯。"穆深说,"我今天就是来劝他的。"

陈星有种如释重负的感觉,一脸窃喜,小声地说:"我今天休息,准备去逛街,小文就交给你啦。"

穆深应下后,陈星就开开心心地背着包出门去了。

穆深进了周泽文的卧室,他正在打游戏,目光有些呆滞地转过来,不太开心地问:"你怎么来了?"

"有人旷工,我来通知他一下,这几天工资没了。"

周泽文不以为意,继续打游戏,手柄上的按键被他摁得"嘎吱"响。

穆深在他身旁坐下:"你是不是有话想对我说?"

"没有。"

"真的?"

一局游戏结束,周泽文没有急着开下一局,他看着屏幕上的画面,停顿了很久,才说:"我考虑了一下,不知道自己还应不应该读这个研了。"

穆深眯了眯眼:"具体点。"

"我非常懊悔,因为自己犹豫不决,错过了江念尔。"这是周泽文第一次这么直白地跟他聊这件事。

"我跟她认识很久了,但到后来才发现自己喜欢她。我以为我是有机会的,但没想到,还是输给了你,小舅舅。"

穆深说:"这个事情里,没有所谓的输赢。"

周泽文却说:"输就是输了,你不用安慰我,从小到大,我一次都没赢过你。"

穆深沉默不语。

"小舅舅,你一直是我们家的骄傲,是家里最招人喜欢的孩子,你从小就聪明,成绩好,干什么都能成功,说实话,我很羡慕。我一直站在你身后,追赶着你的脚步,可永远只能看到你的背影,无法跟你并驾齐驱,更不要说超越你。"

"是吗……"穆深不置可否。

"因为羡慕你,我始终仰望着你的轨迹,选择了跟你一样的专业,可到了现在,我终于明白一件事,我不可能超越你,一切努力都是徒劳。"

周泽文说完了,屋子里陷入长久的沉寂。

"所以,"穆深终于开口,"这就是你要退学的理由?"

"嗯。"周泽文仰着脖子,好似在展示自己最后的坚毅。

穆深笑了一下,从兜里掏出一根烟,点上。

周泽文愕然地看着他:"你会抽烟?"

"是不是突然觉得我也没那么高大了?"

他们这一大家子都在医疗行业,一向讲究养生,周泽文第一次知道穆深会抽烟,而且姿势还很熟练。

穆深缓缓吐出一口烟气,说:"你为什么从来都不问我,为什么改专业去动物医学系?"

"我听家里人说过,问了你也不回答。"

"但是如果你问,我就会告诉你。"

穆深直视着周泽文,目光一如既往的锐利。

周泽文脱口道:"那我问!"

穆深于是把八年前的事情跟他说了一遍。

周泽文越听越迷茫,一直以为小舅舅改专业是兴趣使然,原来背后还有这种事情。

穆深接着道:"我记得你高中毕业那年,驾照一次就考过了,后来我们家里聚会,你不喝酒,就负责把大家送回去,一直没出过什么问题,其实那时候我挺佩服你的,跟我不一样。"

周泽文久久不语。

"你说自己的努力都是徒劳,可是在海大,有很多人追捧你,喜欢你,难道他们集体性眼瞎?"穆深提醒他,"不要忘记了,我虽然是你的舅舅,但在你入学考试时,我对你比对别人都更加严格,而你仍然以第一名的成绩考取了我的研究生。周泽文,你那时候还在忙着当时尚博主吧?你觉得换个人也能做到这件事吗?"

穆深耸了耸肩,自嘲道:"至少我绝对无法同时做好两件完全不相干的事。"

周泽文渐渐垂下眼睛,心中的戾气慢慢消散了。他不得不承认,穆深的话让他无法反驳。

穆深也不是在安慰周泽文,他是真的做不到这样的事,但是周泽文就很轻松。

"你才二十三岁,长得帅,能力强,以后会遇到很多事情,你确定要因为你小舅妈的事放弃自己这么多年努力的成果吗?"

听到"小舅妈"三个字,周泽文果断地翻了个大白眼。很快,他又严肃地想到,以后真的要喊江念尔叫小舅妈了……

太可怕了!

周泽文心情复杂,忍不住一阵哆嗦。

聊到这里,穆深的手里的烟也燃得差不多了,他扔掉烟头,打开窗户。

"透气,免得你妈闻到。"

周泽文面无表情:"她闻不到,我可以告诉她。"

穆深果断拿起手机给他发了个红包:"封口费。"

周泽文不客气地收下红包。

穆深拍了拍他的肩:"至于要不要退学,你自己再好好想想吧,不要冲动做决定。"

周泽文没回答,穆深也不着急,他对这个小外甥很放心。

"我要回诊所了。"他准备走,去玄关换了鞋,突然想起了什么,对周泽文道,"对了,我刚刚跟你说的那只狗……"

"我知道,我不会告诉他们的……"

穆深平静地笑了下,说出后半句:"它的主人就是你小舅妈。"

周泽文彻底怔在了原地。

又过了几天,周泽文来诊所上班了。

面对江念尔时,他就淡淡地点了个头,仿佛什么都没有发生过。

江念尔惊奇地跑去问穆深:"你是怎么劝他的?"

"也没怎么劝。"穆深眼光带笑,"可能他那样的年轻男孩爱情来得快去得也快,不像我们这种年纪大一点的,比较专一。"

"你可真是太擅长给自己脸上贴金了。"

"谢谢夸奖,夫人不喜欢吗?"

江念尔噎了一下,勉勉强强道:"喜欢啦。"

李佳霖从门口路过,听到他们的谈话,郁闷至极:"现在都流行这样杀单身狗吗?"

当天晚上,穆深本来打算搞个团建,拉上周泽文一起去吃饭,但家里临时来了电话,让他火速赶回去。

团建搞不成,穆深带着江念尔赶紧开车回家。

路上,他讲起了小浅来他们家的经历。

以前他一门心思扑在学习上,爸妈总怕他学傻了,就带了只小猫来家里陪伴他,取名叫小浅。

小浅小的时候很顽皮,总喜欢咬着他的东西偷偷藏起来,长大之后变懒,每天的任务就是呼呼大睡。

穆深考上大学后,住在家里的时间越来越少,但小浅还是和他最

亲，每次他一离开家，小浅都要在门口坐很久，耷拉着毛茸茸的小脑袋，巴望他下一次回来。

有好几次，他考虑把小浅接到自己住的地方，但父母毕竟也与它相伴了那么多年，虽然他们嘴上不说，但他如果执意抱走小浅实在有些自私。

讲起小浅的时候，穆深很是温柔，让江念尔越发想知道小浅到底是一只什么样的猫咪。

穆深的父母家住在老城区，路上堵车，他们耽误了一个多小时才到。

推开门的时候，江念尔先是听见了一阵悲伤的猫叫，那声音凄厉，像是用尽了最后一点儿力气。

江念尔心脏一颤，她知道，这是回光返照。

小浅一直在等穆深，等他回来，自己好安心离开。

小浅真的很老了，只能靠前腿走路，身体蹭着墙，艰难又缓慢地挪到穆深脚下。

穆深蹲下来，不停地轻抚它，安慰它："小浅乖，我回来了。"

陈洁眼睛通红，走过来，小声对江念尔说："不好意思，你第一次来我们家，却是这样的场面。"

江念尔赶紧摆摆手："没事的。"

穆霆破天荒地没有骂儿子，而是坐在一旁，冲江念尔点了点头，一言不发。

十二年相守，小浅早已成了家里的一分子，如今它这样，每一个人都很难受。

穆深摸了摸小浅，心里大概有数了。

他把小浅抱在怀里。

小浅微微睁开眼睛，看着他，发出低低的"咕噜咕噜"的声音。

这是猫咪在愉悦舒服的时候会发出的声音，但在死亡来临之前，它代表了最后的欣慰与安心。

穆深抱着小浅，不停地跟小浅说话，直到小浅完全闭上了眼睛。

它小小的嘴边好似挂着一抹微笑，仿佛在说：谢谢，我很高兴来到这个家。

小浅走了。

陈洁偷偷地抽泣,穆霆也红了眼眶。

穆深没有哭,他一如既往的平静。他把小浅团起来,摆成它平时睡觉时最喜欢的那个姿势,然后找来小浅最喜欢的毛巾,温柔地把它包裹起来。

他微微弓身,在小浅耳边亲了一口。

陈洁擦掉眼泪,抱着一个小纸箱子过来,跟他说:"最后这段时间,小浅老是喜欢钻到沙发和床下面,捡了很多东西出来。"

穆深清点了一下,里面有他学生时代弄丢的橡皮、印章,还有父亲很久以前用过的袖扣,以及母亲的耳坠。

替主人找到丢失很久的东西,这是猫咪最后的报恩。

穆深抱着纸箱子,良久没说话。

他和江念尔去找了近海市本地的宠物殡葬服务公司,决定将小浅火化。

小浅团着身体,好似熟睡,穆深又看了它一会儿,才让负责火化的人抱走。

全部忙完之后,已是半夜。

江念尔全程陪在他身旁。

上车后,他轻轻摸了摸江念尔的脸颊,问:"累不累?"

"不累。你呢?"

穆深笑笑,却没说话。

他扣好安全带,本该要踩油门回家的,却始终保持着手搭在方向盘上的动作,迟迟没有动。

江念尔看向他。

穆深半张脸隐匿在阴影里,表情疲惫,眼眶隐隐有些发红。

江念尔伸手拽了下他的胳膊,然后把他拉扯过来,拥在怀里。

穆深的头顺势埋进她颈窝间。

两个人都没有说话,也没有人哭,江念尔却能感受到他一下一下、

缓慢而沉重的呼吸声。

就好似在隐忍悲泣。

小浅长眠以后,穆深跟父亲又吵了一架。后来陈洁悄悄告诉穆深,穆霆其实是担心没了小浅,以后他就更不愿意回家了。

目睹了小浅的离开,江念尔打从心底开始珍惜三三和阿大。

三三生崽了,总共四只小奶猫,全都健康地活了下来。主子的数量瞬间成倍增长,江念尔每天痛并快乐地照顾着它们。

四只猫崽很讨人喜欢,表姐陈星和李佳霖各预定了一只,等到幼猫满一个月来领。

还剩下两只,穆深暂时决定留在身边。

三三仍旧每天像个女皇那样在家里作威作福,而阿大就是只怕老婆的小公猫,毕恭毕敬地陪在三三和孩子旁边。

望着它们的时候,江念尔常常也能感觉到一种其乐融融的幸福。

生活还在继续,江念尔已经完全适应了有穆深全方位参与的日子。

她没有专门对外提及谈恋爱的事情,但很快,全网就都知道了。

那是一个晴朗好天,江念尔在家准备开一段直播,简单展示一下她的衣帽间。

直播进行得顺顺当当,跟粉丝的互动也有条不紊地进行着,直到穆深忽然从后面走过。

评论区炸锅了。

"刚刚走过去的人是谁?"

"感觉长得好帅!"

"我没看清,有人截图了吗?"

"截了!一会儿发!"

江念尔尴尬地看着大家的讨论,正要解释,穆深忽然去而复返,走到她身后问了句:"晚上想吃点什么?"

江念尔:"……"

果不其然，评论区又炸了。

"是穆深！是穆深啊啊啊！"

"我是多久没上网？念念和穆深？已经住在一起了？"

"讲道理，这男的真的好帅！"

截图很快就传了出去，江念尔直播间里的人数激增，都在讨论她的恋情。

再装傻子就有点对不起粉丝了，江念尔只好举着手机，跑去厨房找穆深。

她钩住他的脖子，对着镜头，笑眯眯地说："给大家介绍一下，这是我男朋友，穆深。你们如果想见他，可以考海大的动物医学硕士。"

评论里立刻刷起了回复："考不上！告辞！"

穆深终于明白江念尔在干吗了。

他立刻找了一张两人的合照，发到自己的微博上：

"给大家介绍一下，这是我的女朋友@想你的念念。如果你们想见她……算了，还是别见了，我容易吃醋。"

当天晚上，这两人的恋情挤进了热搜。

最开心的莫过于当初那批人数稀少的CP粉，哭着在穆深示爱的微博下回复：我嗑的天之骄子×过气网红CP是真的！我嗑到糖了！

周泽武转了江念尔的微博，说：瞧瞧，我当初说什么来着？现在都信了吧？这位仙女是我小舅妈！

穆深不动声色地给他点了个赞。

因为人气渐渐回温，江念尔终于陆续接到一些商业活动。

一家时尚杂志的总部就位于近海市的商业中心，他们包下了一个现代化的大礼堂，邀请各路时尚博主前来参与盛夏狂欢。

江念尔被邀请了，陈可作为电视台的代表也来参加。

两个人结伴而行，在会场内见到了许久未见的祁菲。

祁菲因为跟周泽文拆CP的事，元气大伤，再加上有小道消息称江念尔的监控视频是她故意泄露出来的，导致她这段时间过得并不顺心。

她早就看到江念尔了，目光沁着恶意。

陈可"啧"了下,小声说:"相由心生这个道理我现在是信了。祁菲现在虽然看着跟以前没差别,但莫名让人感觉刻薄了很多。"

江念尔向祁菲那边扫了一眼,仿佛没看到她的眼神似的,十分淡定。

陈可惊叹:"你也太佛系了,她现在跟要吃了你似的,你都不在意?"

江念尔脚步轻盈地在会场里走着,高跟鞋把她的腿拉得更修长,即便在一众时尚博主里,也是万里挑一。

"在意什么?"她淡然地观察着主会场的装饰陈列,"跟一个后辈,没什么好在意的。"

陈可冲她竖起大拇指:"我当过不少网红的助理,但还是最喜欢你,就因为你身上这股子欠扁的傲气。"

江念尔笑了:"多谢夸奖。"

"对了,我认识的某个节目组想制作一档新综艺,目前还缺个嘉宾,我想推荐你。"

江念尔来了兴趣:"什么类型的综艺?"

"当然是跟服装搭配有关的,还有明星助阵,现在就差一个时尚博主。虽然不能像明星嘉宾那样参与全期,但有一两期露脸,也是个很不错的机会了。"

江念尔有些心动,这对做他们这一行的人来说,确实是很难得的机会。

陈可今天来主要是拍些视频,回去剪成素材。她收工后,江念尔也不打算久留,跟主办方打了声招呼,就准备提前离开会场。

没想到在出口处,又碰到了祁菲。

祁菲站在黑暗里,发出一声讥笑:"学姐最近春风得意,恭喜呀。"

江念尔看了她一眼,简单地应道:"谢谢。"

"不客气。"祁菲昂着头,斜睨着她,"不知道学姐什么时候教教我,怎样勾引学校里的硕导?"

江念尔停下脚步道:"我劝你放弃这个想法。"

"哈!"祁菲轻蔑地笑,"这不公平,你可以,为什么我就要放弃?"

江念尔怀疑她真的没脑子。

"祁菲,我早就毕业了,你不会还把我当成跟你一样的学生吧?"江念尔目光如飞箭,锐利而冷静,看得祁菲浑身一怔。

江念尔抬脚要走,祁菲气急败坏地拉住她:"江念尔,你这个狐狸精,甩了周泽文,现在又勾引他导师,别人不知道但我太清楚了!"

江念尔有些意外。

她以为她们之间关系再差,也不至于到这种程度,嫉妒心居然可以使人这么疯狂。

祁菲表情扭曲,刻薄的面相越发明显。

江念尔抽回手臂,语气仍旧淡定:"祁菲,穆深如果在这儿,你应该喊他什么?"

祁菲死死地咬着唇,目光充满恨意地盯着她,没说话。

"你要叫他一声穆老师,对吧?"江念尔不急不缓地笑了一下,"所以,你也不用再叫我学姐了,叫师母吧。"

祁菲直接定在了原地,表情精彩纷呈,好像要骂她,但一时间又不知道从何骂起。

就在这个定格的时刻,忽然有脚步声渐近,伴随一个熟悉的低沉嗓音:"念念,我来接你回家。"

江念尔扭过头,惊喜地看到了穆深。

他不知道什么时候来的,目光淡淡一扫,定在祁菲身上,眼神却好像覆盖着一层冰。

祁菲哆嗦着往后退了一步,在她心里,穆深终究是老师,是她绝对不能得罪的人。

江念尔走到穆深身边,穆深的眼神立刻温柔了许多,他低着头,好脾气地问:"累吗?"

祁菲咬着牙,脑子里全是不甘心的怒吼。

穆深忽然又抬起头看向祁菲,说:"对了,你刚才说的话我已经录音了,鉴于你一而再再而三地骚扰我女朋友,我不介意把录音和其他证据呈交给校方。"

祁菲当即吓傻了,所有的怒气都被恐惧浇灭,苦苦求穆深放她一马。

穆深嘴角噙着有些许冷淡的笑意,看着外面的街景,漫不经心得像是一个能操纵别人生死的神祇:"看我心情。"

江念尔抱着穆深的胳膊,往外走了好久,终于忍不住笑了出来。
穆深问:"你笑什么?"
"我就是突然想起,我们第一次见面时,好像跟今天差不多。"
她被祁菲刁难,穆深突然出来帮她解围。
那一天,她丢了樱桃发卡,被他妥帖地收在了口袋中。
而现在,他们握着彼此的手,一同走在回家的路上。
缘分真的很奇妙。
江念尔忍不住问穆深:"那天你为什么要来帮我?"
穆深并不是愿意多管闲事的人。
"其实,我也说不清楚。"穆深回忆道,"我在教室里听到你们的争执,下意识就出去了。后来我也觉得很奇怪,身体在我想明白之前,已经帮我做出了决定。"

江念尔"哦"了一声,有点失望:"我还以为你那时候就贪图我的美色了。"

穆深:"……"

他没说话,好像根本懒得搭理她的胡言乱语,步伐走得又稳又快,利落地拉开车门,钻进驾驶座。

江念尔坐到一旁,刚准备拉安全带,忽然被穆深扳过身体,以吻封唇。

这个吻非常浓烈,淡淡的烟味混合着消毒水味直窜鼻尖。他一只手扶在江念尔的细腰上,另一只手按在她的大腿上。

她今天这件小礼裙是侧开衩款的,似有若无地露出笔直又白嫩的腿，穆深刚才看到的时候就觉得喉咙里燥热。

他松开江念尔，沙哑地说："我现在贪图。"

"嗯？"

江念尔愣了一下，才反应过来，他在回答自己刚才的话。

"我现在，贪图你的美色。"他肯定着重复了一遍。

江念尔听到了，他胸口传来十分有力的心跳声。

穆深眼睛微微眯着，露出深邃而危险的光，仿佛下一秒把她整个人吞掉都不是难事。

江念尔没打算推开他，反而主动亲了上去，软嫩的嘴唇温温柔柔地印在他喉结上。穆深觉得全身都痒，脑子里像是炸烟花，要炸掉最后一丝理智。

江念尔抬起食指，指尖细细地在他脖颈上戳了戳，小声说："我早就想亲这里了。"

她眯眼笑，又甜又勾人："喉结性感。"

指尖触碰的地方仿佛放射出电流，穆深被电得浑身酥麻，立马抓住她的手，低声喟叹："别戳了。"

穆深低下头，细密地献上虔诚一吻。

突然听到外面的车鸣，像是隐秘的空间被人撞破，江念尔倏地松手，推开穆深。

穆深也被突兀的鸣笛声唤回了冷静，他伸头看了一眼，有辆车卡在车位里，倒不出来，正鸣笛向他求救。

看位置和角度，对方应该看不到这边的情况，只是单纯地求帮忙。

穆深无奈地看了江念尔一眼。

江念尔捂着嘴发笑，跟他说："去吧。"

穆深下车了，但是心情很不好。

求助的车主是个年轻漂亮的姑娘，看到前面车里下来的居然是这么好看的男人，顿时芳心大动，准备好好求助一番，再要个联系方式。

很多感情都是这么开始的！

她娇滴滴地垂下眼眸，说："先生，我刚学车，这里位置太小了，

我出不来。"

穆深已经走到车门旁边,带着压迫感。

"你出来。"

女车主含情脉脉地看他一眼:"你要帮我开吗?"

"不然呢?"穆深没好气地反问,"你自己不是出不来吗?"

姑娘愣了一下,赶紧下车,让他进去。

穆深三下五除二把车开了出来,姑娘在旁边拍手,惊讶地说:"你好厉害啊,这都能开出来,还这么轻松!"

男人都喜欢被女人崇拜,这样准没错。

可穆深却面无表情,看都没看她一眼。

"先生,谢谢你帮了我这个大忙,不知道该怎么感谢你……那个,旁边有家咖啡馆,要不要……"

"不要。"穆深视线冷冷地从她脸上扫过,丢下一句话,"车技不好就回去多练练。"

女车主被他释放出的煞气震慑住了,半天没说出话来。

穆深快步回到自己车上,目睹了全部经过的江念尔笑到捂肚子:"你这样会吓到她的。"

"你还有心情关心她?"穆深脸色又黑了几分,仿佛每个毛孔里都流露出被打断的郁闷,"你怎么不来安慰我?"

"她是柔弱的女孩子嘛……"

"……"

穆深郁结至极,一踩油门,一骑绝尘地从那位柔弱的女孩子身边开过。

第十三章 看到永久

可能是会场里空调温度开得太低,江念尔回家后有点感冒,跟穆深请了个假,吃过感冒药后,她昏昏沉沉地睡了个回笼觉。

这一觉她睡得很沉但又不是很舒服,快到中午时,因为口渴难耐,她终于起来,去客厅倒水喝。

因为一个人在家,江念尔穿得很随意,上身只套了件棉质的短款T恤,下半身干脆只穿了条内裤。

她揉着头发走出卧室,心里正想着中午吃点什么,忽然对上了站在餐桌旁的穆深深邃的目光。

江念尔当即大脑宕机,无数个念头齐齐涌了上来:他怎么在这儿?他怎么没去上班?我是谁?我怎么在这儿?我现在穿着什么?

四目相对,穆深平静地说了四个字:"小心着凉。"

一阵穿堂风吹到腿上,江念尔起了一层鸡皮疙瘩,瞬间反应过来,生硬地"哦"了一声,然后以平生最快的速度冲回卧室,"嘭"的一声把门关上。

她心有余悸地钻回被子里,把自己裹成蚕蛹。

虽然说……她和穆深已经是男女朋友了,但这么"光秃秃"的相见,还是第一次。江念尔感觉非常羞耻,把发烫的脸往被窝里埋。

她用了快十分钟才让自己冷静下来,穿好衣服,重新推门出去。

穆深手里捧着一本书,江念尔不知道的是,从刚才起,就一页都没翻过了。

她佯装淡定地走过去,倒了杯水,说:"你怎么没去诊所?"

"怕你中午没饭吃,专程赶回来了。"

"喔。"江念尔在旁边坐下,余光偷瞄他。

看他面不改色、波澜不惊,江念尔忽然觉得自己刚才的羞耻好像是自作多情了。

沉溺在学术世界里的穆博士根本不为所动好嘛!

江念尔一方面觉得松了口气,另一方面又生出了挫败感。

就在她胡思乱想的时候,穆深合上书,起身:"我去做饭。"然后独自进入厨房里忙碌。

江念尔坐在餐桌前一杯接一杯地喝热水,厨房里穆深的背影看上去没什么异常。

饭菜很快就做好了,两个人面对面坐着,不约而同地都没有说话。

憋了一顿饭的时间,江念尔终于忍不住了,在抱着碗筷去水池的时候,问了一句:"你就没什么想说的吗?"

"嗯?"穆深的动作停了一下,"说什么?"

江念尔破罐子破摔:"反正看都看到了,你怎么不发表点感想?越是想假装没看到,就越代表你看得其实很清楚吧?"

穆深这才缓缓地侧过身,目光在她身上流转了一遍,在她腿上微微定格,然后有些不自然地挪开——

"你是不是胖了?"

等了半天,就等来这句话,江念尔心里头好像炸了一朵蘑菇云,立刻有种把碗摔地上的冲动。

"你一个成年的、正常的男性,在看完自己女朋友的大长腿以后就只有这个感想吗?"江念尔已经完全忘记了刚才的羞耻感,她现在是恼羞成怒，而且怒的成分更多一点，死死地瞪着穆深。

就算不夸她身材好，也可以说点其他的啊！

哪个男人会在这种时刻问媳妇儿是不是胖了！

"真想撬开你的脑子好好看看，里面都是些什么！"江念尔没好气地把碗往水池里一撂，气呼呼地回了卧室，还顺带锁上了门。

穆深跟过来，在门外低低地问："念念，你生气了吗？"

江念尔不理他。

"对不起，我不是故意的。"

"……"

"你要不要把门打开，我好好跟你道个歉？"

"我是病号，别烦我，睡了。"江念尔没好气地说。

很快就到了下午上班时间，穆深临走之前，又来到了江念尔房门口，隔着门说："我给你烧了水，你记得起来喝，桌子上的感冒药还没吃，一会儿你自己出来吃掉。"

顿了顿，他声音又低了几分："我去诊所了，晚上见。"

直到听见关门的声音，江念尔才慢吞吞地走出卧室。

她默默地吃药，然后伸手捏了捏自己的肚子和腿。

好像是……真的……胖了……

这段时间被穆深养得滋润，顿顿饭吃得舒服，再也不是以前不规律的生活作息了。日子虽然舒坦，但弊端就是身材走样。

这对她来说，有点头疼。

她长长地叹了口气，决定要控制一下饮食，不能穆深喂什么她就吃什么，这跟养猪有什么区别？

等等，穆深是动物医学出身……难道他就是在以养猪的方式饲养自己吗？

江念尔一哆嗦，感觉自己发现了一个不得了的阴谋。

她赶紧溜回卧室，拿起手机想问一下穆深自己是不是真的胖了，就看到安静躺在对话框里的三条未读消息。

穆深："如果撬开我的脑子，你会发现里面都是你，各种各样

的你。"

这是在回答后来的那个问题。

穆深:"其实,非常好看。我……"

穆深:"很喜欢。"

这是回答了最初的问题。

江念尔的脸红到滴血,她淡定地回了个"知道了",就把手机扔到了一边,连刚刚想探究的胖瘦问题都抛到了九霄云外。

某天下班,穆深说会有个学生登门拜访。

晚饭过后,那个叫曲鹏的学生就来了。

据穆深介绍,曲鹏跟周泽文是同一届的研究生,是另一位教授门下弟子,但后来对穆深这边的课题更感兴趣,跟学院和老师们商量过后,批准他转入穆深门下。

从下学期开始,他就要跟着穆深干活了,不过在正式入门之前,他首先要跟着穆深一起完成下个月的公益援助行动。

这一趟,他就是过来感谢穆深,并且了解一下救援行动的相关事项。

曲鹏个子不高,戴着一副黑框眼镜,看上去文文弱弱的,却很听话,在穆深的介绍下,果断地开口叫江念尔:"师母好!"

曲鹏其实与江念尔同岁,江念尔觉得这个称呼把她喊老了,但也只能笑眯眯地回应。

师徒两人开始一番长谈。

江念尔端着笔记本电脑,坐在旁边修图。

穆深一进入导师的身份,身上的气质变了,正如李佳霖所说,本科生们觉得他不好接近,大概是没见过世面,其实他对硕士生更加严苛。就现在两人交谈的一个小时里,穆深一次都没笑过。

他好像有用不完的精力,不觉得累,也不觉得渴。

还好陈洁惯例的慰问电话打了进来,穆深冲曲鹏示意休息,然后举着手机去了卧室。

曲鹏总算能大口大口地喝水了,江念尔给他洗了个苹果。

"谢谢师母。"曲鹏接了过来。

江念尔在旁边坐下:"穆老师平时都是这样带你们的吗?"

"是啊,他对待学术特别认真,有时候忙得会忘记吃饭。"

"那你还要转到他门下?"

曲鹏不好意思地笑笑:"我对穆老师这边的课题更感兴趣,而且……我这个人不擅长社交,穆老师这种教学方式反而更适合我。"

两人有一搭没一搭地闲聊着,曲鹏到底是情商不太够,稍微没注意,就把穆深的老底给泄了:"穆老师和你在一起,我们还是很震惊的。有一次我们系吃饭,其他导师追问他个人问题,穆老师说自己常年独居,因为不喜欢家里有别人的存在,还说自己是不婚主义者,我们当时都惊了……不过听说穆老师脱单,我们系的人都替他感到高兴。"

不婚主义者?

江念尔顿了几秒,她从未听穆深提起过。

但她表面上风轻云淡,笑容依旧,说:"嗯,因为他对我是真爱。"

曲鹏还未接话,穆深挂了电话回到客厅,全然不知道刚才他的女朋友已经在内心把他大虐三百回合了。

家里又恢复成两人的单独空间后,江念尔去浴室洗个澡,淋浴的时候问题便在脑子里转来转去。

穆深喜欢独居?穆深是不婚主义者?

如果她没跟他谈恋爱,一定会相信,毕竟穆深平时就表现出对人类不感兴趣的样子。

可是,他又为什么要跟她在一起,还要跟她合租呢?

江念尔的心情跟水流声一样杂乱。

洗完澡后,她已经没有心思修图了,干脆把电脑往旁边一推,戴上耳机听音乐。

穆深一看到她的动作就察觉了什么。

江念尔是个内心没有太多矫情戏的女孩子,只要不高兴,就会戴上

耳机,明显地向他宣告:我现在不想跟你说话,你别来烦我。

穆深坐了过去,摘下她一边的耳机,问:"怎么了?"

江念尔犹豫了一小会儿,说:"没什么。"

"没什么就是有什么。"穆深把她另一边的耳机也摘下,"怎么突然不高兴了?"

江念尔觉得,是该谈论一下这个问题了。

"我听说,你曾扬言自己喜欢独居,是因为不喜欢家里有另一个人的存在?"

穆深皱起了眉,似乎在回忆自己什么时候说过这样的话,最后终于有了点眉目。

"曲鹏跟你说的?"

江念尔心情不好,毫不犹豫地点了头。

她本来以为,穆深会稍微解释一下,可没想到,他坦然地承认:"是的,我以前就是这样想的。"

江念尔瞥他:"所以我是不是应该自觉地不再打扰了。"

穆深笑了,把她搂进怀里:"我说了,是'以前'。我以前晚上下班,抬起头看到居民楼里的千灯万盏,从来感觉不到大家所说的温暖,甚至觉得家里还有另一个人是很麻烦的一件事。"

"那现在呢?"

"现在,我希望每天都可以跟你一起回家,一起吃饭。你休息的时候,我就希望自己能快点下班,回来找你。"

江念尔撇了撇嘴,没说话。

"念念,"穆深亲昵地蹭着她的颈窝,声音低沉,"我现在很幸福,每天一打开门看到你在这里,我就觉得'嗯,对,我到家了'。"

穆深又黏了江念尔一会儿,江念尔才好像有些嫌弃地将他推开:"快去洗澡。"

穆深进了浴室后,江念尔坐回沙发上,嘴角又耷拉下来。

她犹豫了很久,最终没问他到底是不是不婚主义者。

她找不到正当的理由来问。论结婚,好像还有点早,问了感觉跟催婚似的……所以只能郁闷地把这个问题揉碎在心里,以后有机会再谈。

近海市第一医院。

眼科。

中午休息时,儿科的同事跑来找陈洁说话,主要聊的就是安排穆深和自家闺女吃饭的事。

陈洁神秘地笑了笑,说:"不好意思,老吴,这饭吃不成啦。"

"怎么了?"

"我儿子有对象了。"

吴医生震惊:"不会吧?之前不还单着吗?"

"也不知道什么时候谈的,之前可能瞒着我了。"

吴医生叹气:"唉,可惜了,我闺女一直对你家深深很中意,我还想着跟你做亲家呢。"

陈洁心情好,安慰她:"没事,你闺女肯定能找到更合适的。"

"老陈,你不会是骗我的吧?"吴医生还有些犹豫,"会不会是你家深深没看中我闺女,编的借口?"

"怎么会?我见过我家深深的女朋友,特别漂亮,跟女明星似的。"

"嚯!你这也太夸张了吧?"

毕竟是很多年的老同事,大家都很熟,说起话来比较直接,彼此一向不介意。

但这一回,陈洁较真了。

她对未来儿媳是一万个满意,年轻漂亮还懂事,怎么看怎么顺眼,所以不能容忍别人质疑她儿媳。

陈洁立刻拍了下桌子,说:"老吴你不信是吧?行,你等着啊,我现在给我儿子打电话,让他把女朋友带过来,给你瞧瞧,整形科大夫看了想当模板的长相是啥样。"

本来不用这么麻烦的,但听她越说越玄乎,吴医生也来了兴趣,对穆深的女朋友充满好奇。

于是,陈洁一个电话打给了穆深,语气严肃,非让他带着江念尔过来医院找她。

穆深不知道发生了什么,只好带着本要午休的江念尔出了门。

还好一院跟宠物诊所距离不远,两人很快就赶到了。

办公室里围了好几位医生。

由于刚才吴医生在群里一声吆喝,认识陈洁的几位老同事都闻风而来。

他们都是看着穆深长大的,这个"别人家的孩子"从小优秀到大,唯一的缺陷大概就是找不到对象。

听说穆深要带女朋友来,他们就跟听见了爆炸性新闻似的,有的连午饭还没吃饱就赶过来了。

穆深扫了眼办公室内的阵容,心里大概有了些猜测。

可江念尔不懂,一下子那么多双眼睛盯着她,她心里一阵犯怵。

陈洁清了清嗓子,正儿八经地招呼江念尔:"小江,你爸爸最近怎么样?"

"每天都按照您的要求,少用眼,按时吃药。谢谢陈医生。"

"哎,现在是休息时间,叫陈医生有点太见外了。"陈洁笑眯眯地说。

江念尔乖巧地点了下头:"伯母。"

"下个月记得让你父亲来复查。"

"谢谢伯母。"

穆深站在后面,慢悠悠地开口:"妈,叫我们来有什么事吗?"

"也没什么……就是你几位叔叔阿姨说太久没见你了,就叫你们过来了。"

既然想见他,为什么电话里非要强调让他带上江念尔呢?

穆深微微挑眉,不置可否。他一一给江念尔介绍了这几位如同他家长辈般的老医生。

老医生们压根儿不看穆深,目光都在江念尔身上打转。

正是中午,日头最强烈的时候,稍微走几步人就要出汗,可这小姑娘仍然白白净净,一点儿都不急躁,笑起来像是一汪山涧清泉。

有位中年女医生拉住江念尔的手,亲切地问:"姑娘,你哪个学校毕业的啊?"

"海大。"

学历也不错。

"那你今年多大啊?"

"二十三岁。"

"哦!"

这群吃瓜医生立刻向穆深投去意味深长的眼神。

穆深淡定地站在那儿,仿佛没看见似的。

江念尔心里越发疑惑,为什么一个两个的都对她这么好奇。

陈洁看到自个儿那些老同事心服口服的神情,心里乐得不行,然后又假装严肃地挥了挥手:"行了,你们这些老家伙别吓着我未来儿媳,让人家赶紧回去休息吧。"

江念尔和穆深离开后,几个老家伙立刻凑了上来,激昂地发表感想——

"老牛吃嫩草啊!"

江念尔刚走到外面,就打了个喷嚏。

这么稀里糊涂来一遭,又迷迷糊糊地走了,除了被围观了一圈,好像什么事都没做?

此时江念尔并不知道,这不是她最后一次被围观。

没过几天,陈洁又向她发出了邀请。

上一次江念尔登门拜访时,正是小浅去世的时候,陈洁觉得没能好好招待江念尔,有些过意不去,所以这次无论如何都要请她来家里吃饭。

另一方面,穆霆跟穆深父子俩的关系随着小浅的离开变得越发紧张,陈洁也想借着这个机会让父子俩见上一面。

前一天晚上,江念尔拉着穆深去超市里买东西。

第一次正式登门拜访穆深家人,总要带点见面礼比较好。

在超市里转了一圈,刚把整箱牛奶放进购物车,就听到不远处有个女孩子兴奋地疾呼:"穆老师!"

江念尔跟着转头望过去,只见一个年轻的女孩子高兴地冲这边挥了挥手,小跑过来。

"穆老师,好巧呀,你也来逛超市?"

"嗯。"穆深眉头微蹙,似在思考。

女孩既兴奋又有点害羞,望了眼他手边的购物车:"穆老师来买什么?牛奶啊,穆老师不是不喜欢喝牛奶吗?"

"买来送人的。"江念尔答。

女孩笑容微收,瞟了江念尔一眼,但很快就跟没看见有她这个人似的,转移视线继续跟穆深攀谈。

江念尔敏锐地捕捉到了女孩的敌意,无所谓地耸耸肩。

穆深在海大的地位她是清楚的,像这样的小姑娘数不胜数,不值得她放在心上。

女孩已经就实践作业等一系列话题展开说了好几分钟,穆深这时候终于像想起了什么,说:"你是梁月月。"

女孩使劲地点头:"对呀,穆老师居然还记得我。"

"记得,上课拿手机偷拍教师的就是你。"

梁月月噎了一下。

江念尔这才反应过来,是她,当时还让自己帮她偷拍,怪不得这么眼熟。

教室里座位随机,后来江念尔去听课时就没有跟这个女孩一起坐,但她有印象,女孩不止偷拍过那一次。

穆深都忍了。

梁月月说:"穆老师,我拍您的视频在学校论坛里非常火爆,大家都说拍得很好,在网上蹿红了。"

穆深微微眯起眼,问:"你大一?"

"开学大二!对了,大二还有穆老师的课吗?如果没有,我可以去其他年级蹭课吗?"

穆深没有回答,反而冷静地说:"那也就是说,你十九岁了?"

"对。"梁月月捋了捋额前刘海。

"十九岁,年纪还小,很多道理不懂,可以理解,但希望你以后不要再偷拍他人,也不要将偷拍视频传到网上去。"念她年纪小,穆深语气很温和,但眼睛里的审视的光十分锐利,"这其实,是犯法的。"

梁月月当即吓愣了。

之前虽然班导有找她说过这个事,但穆老师本人从来没有表态过,她就以为是默许,还自信满满地认为穆老师绝对不会批评她。

可没有想到,他一开口,就直接上升到了法律层面上。

十九岁,犯错可理解。

可言外之意,十九岁,也是能承担刑事责任的年纪。

江念尔始终沉默地站在货架旁,为了保护这个女孩的自尊,不介入他们的对话,也不去看他们,专注地挑选水果礼盒。

梁月月蒙了片刻,总算反应过来,委屈巴巴地跟穆深道歉:"穆老师对不起,我发誓以后绝对不会再做这样的事了!请您原谅我!"

穆深眉目舒展,说:"没关系,你去逛吧。"

女孩乖巧地点了点头,转身跑走了。

她走以后,江念尔似笑非笑地勾起嘴角,问:"你觉得她会改正吗?"

穆深无奈地笑笑,他其实并不相信梁月月。如果她真有心,早在班导跟她沟通时就该收敛了。

"法律知识不健全,胆子倒是挺大。"穆深顿了顿,诚恳地点评,"属于我绝对不会招的学生。"

"是吗?"江念尔来了兴致,"那曲鹏呢?"

"曲鹏嘛……"穆深说,"那孩子不懂得拒绝别人,常常把自己搞得很为难,为人处世欠缺一些,但不妨碍做研究。"

"你对他的评价还蛮高的。"

穆深笑了笑,从容地纠正她:"不,我亲自招来的学生只有周

泽文。"

言下之意,如果不是学院的安排,曲鹏他也不会收。

两人推着购物车,继续往前走。

江念尔突然有些异样感,回了一下头,眯着眼向后看。

几米之外,躲在货架后面的梁月月吓得赶紧拿着手机缩起来,低声抱怨:"还真是个网红啊,对镜头这么敏感……"

她身旁,戴着眼镜的文弱男生显得有些无奈:"穆老师刚说过……你能不能别再做这样的事了?"

梁月月瞪了他一眼:"我让你办的事呢?"

"我说了啊,我跟师母说了穆老师喜欢独居,还是个不婚主义者,可是师母面不改色、纹丝不动……"

曲鹏想起了江念尔跟他说话时的模样,让他不敢相信她是同龄人。难道这就是早早就接触了工作的人跟他这种一直钻研学术的人的区别吗?

"而且,今天你也看到了,他俩一点儿嫌隙都没有。"曲鹏叹了口气,十分不想得罪穆深,"你这种小把戏真的太明显了,下次能不能别找我了,我还要读完研究生呢。"

"谁叫你跟穆老师走得近,又是我表哥,不找你找谁。"梁月月哼了一声,"还有,别叫那个女人'师母',听着就烦。"

"可她本来就是……"

"我不管!你再这么叫她,我就跟大姨告状说你欺负我!"

曲鹏闭上嘴,内心却欲言又止。

他在思考,应该不是所有十九岁的姑娘都像他妹妹这么霸道吧?否则岂不是太可怕了些?

梁月月一边信步往前走,一边笑意盈盈道:"其实,我已经在本地动物救助站那边报了名,可以跟着穆老师一起参加救援行动了……"

曲鹏顿时惊悚,感觉自己的末日要来了一般。

次日,穆深带江念尔回家。

因为之前跟穆霆、陈洁都见过好几次了,江念尔到他们家也没有什么局促感。

陈洁对她很热情,恨不能把家里的零食储物箱掏空给她吃,穆霆对她也很温和,还问了问她父母的身体状况。

总而言之,对待她跟对待穆深是截然相反的态度。

尤其是穆霆,就跟完全没看到穆深这个人似的,连嘲讽都懒得说了。

江念尔坐在沙发上,被两个长辈围着呵护,穆深独自一人坐在旁边,一脸淡然地看着电视。

对比有些惨烈。

江念尔眼珠转了转,主动问:"伯父伯母都在医院工作,平时应该很忙吧?"

陈洁拍了下大腿:"其实早就想让你来我们家吃饭了,就是因为我俩一直没有共同休息的时间,才拖到了现在。"

江念尔抿嘴微笑:"那你们一定要注意身体,劳逸结合。穆深平时总惦记着你们,怕你们不好好吃饭。"

客厅里立刻安静了一瞬间。

江念尔怒其不争地往旁边斜了斜,穆深也恰好诧异地转头看过来。

她眨巴眨巴眼暗示他:"难道我说错了吗?"

穆深哭笑不得,起身给两位长辈倒水:"爸,妈,说了这么久,喝口水吧。"

穆霆冷哼一声接下水杯,终于开始嘲讽儿子:"你一屁股坐下来就知道看电视,怎么样,我们家电视是不是特别好看啊?我看你就跟那动画片里的熊一样!"

穆深无奈地低着头,任由他骂。

陈洁赶紧拉了丈夫一下,瞪他一眼,暗示他,江念尔还在这里,要给孩子一些面子。

没想到,江念尔不仅不尴尬,反而帮腔:"伯父说得太对了,你坐那么远看电视干吗?我五岁小侄女都不看那个了,过来。"她往旁边挪

了挪,在中间留出一个空位,"你坐这儿。"

于是,在三双眼睛的注视下,穆深从最边缘坐到了最中间。

虽然他还是很少说话,但江念尔的话题已经从她的个人情况逐渐转移到两个人身上,还主动向穆霆夫妇说起了诊所的工作。

她把这段时间遇到的趣事如竹筒倒豆子般跟二老聊了起来,不停用余光观察穆霆,见到他表情渐渐缓和,才松了一口气。

江念尔用胳膊肘轻碰穆深,穆深不自在地摸了摸脖子,也加入了谈话。

他很少跟父母说自己的工作,这一次却借着江念尔开启的话题,随性地说了很多。

他说有宠物的主人要给他送锦旗,上面印着两行话:汪汪汪,救我狗命。

陈洁"扑哧"一声笑出来,穆霆也咧了下嘴角,但碍于威严和面子,把笑容憋了回去。

穆深还讲到一些特殊的主人,父母双亡只能跟狗狗相依为命的年轻人、失独后把孩子养的猫咪接过来继续抚养的老年夫妇……

对于这些人来说,宠物不仅仅是宠物,亦是逝去的亲人留在世界上的遗念。

穆霆听完,沉默了一会儿,问:"那你为什么不医治小浅?"

穆深答:"就跟人类一样,动物也会有自然消亡的那一天,小浅年纪太大,器官衰竭,我救不活。"

他说这话的时候很平静,但只有江念尔知道,小浅走的那天晚上,他有多伤心。

陈洁和穆霆都不再说话了。

兽医其实和其他医生一样,都要面临很多离别和抉择。只有在死亡这件事上,世间万物才平等。

中饭过后,江念尔又跟两位长辈开启聊天模式。

没过一会儿,忽然有人登门拜访。

穆深去开门,赫然看到陈星带着一对长得极为相像的兄弟站在门口。

陈星笑容灿烂,一个劲地探头朝里瞅:"我们来坐会儿。"

周泽武大大咧咧地往里走,冲穆深挤挤眼:"念念学姐在吧?"

最后面的周泽文则是一脸不情愿。

这仅仅是一个开头。

在接下来的半个小时内,陆陆续续有快十个亲戚赶到了他们家,以"坐一会儿"的名义来看江念尔。

他们心里都是同样的念头:这可是穆深第一次把异性带回家!喜大普奔啊!怎么能不来看看!

穆深眼角抽抽,掏出手机,默默地翻了下陈洁的朋友圈。

果然,她在两个小时前"云淡风轻"地提了一下未来儿媳登门拜访这件事。

穆深向江念尔投去歉意的目光。

这是江念尔第一次拜访男朋友的家人,还要一下子面对这么多亲戚,说不局促是不可能的。好在穆深的家人都很亲和,并没有让她感觉不自在,更何况还有周泽武这个她熟识的话痨在。

江念尔努力保持温和的笑容,嘴角都快僵了。

穆深找了个理由,谎称诊所还有事,拉着江念尔离开了。

走出小区后,江念尔深吸了几口气,说:"你们家关系真好。"

"不好意思,让你为难了。"穆深低头看她,"我们家亲戚比较多,走动也频繁,我没想到今天会一下子来这么多。"

"没事的。"江念尔想起了刚才的场景,眼睛笑成了月牙,"他们都挺可爱的。"

穆深看到路边有家甜品店,忽然停下脚步:"想吃甜品吗?这家店在这儿开了很久,我小时候经常来吃。"

江念尔忙不迭地点头:"原来你也爱吃甜品呀。"

穆深:"小时候不仅爱吃甜的,还把牙齿吃坏过。"

江念尔"扑哧"笑了出来:"我以为你们学霸都不屑吃这类东西。"

店老板一下子就认出了穆深,热情地接待他:"哇,你好久没来了!快坐快坐。"然后他看了江念尔好几眼,"这是你女朋友?"

"对。"

"郎才女貌!般配!"

老板很开朗,看上去还爱耍宝,江念尔很快就被他感染了,笑得合不拢嘴。

虽然这家店店面很小,但甜品的味道很不错,

江念尔一边吃着,一边继续刚才的话题:"我有点没明白,你们家亲戚为什么这么着急来看我呢?"

穆深手中的勺子顿了一下,说:"可能因为稀奇吧。"

"什么?稀奇?"

"这是我第一次带女孩子回家。在我这个辈分里,我是唯一一个没成家的,其余的孩子都很大了,比如周泽文就是我表姐的孩子。"穆深停顿了一会儿,在江念尔的目光下,缓缓补充道,"他们一直以为我这辈子都不会结婚。"

江念尔闻言,也放慢了挖取冰激凌的速度,垂眸踌躇片刻,才开口:"穆深,我有个问题想问你。"

"你说。"

"你是……不婚主义者吗?"

穆深愣了一下:"也是曲鹏说的?"

江念尔漫不经心地搅动着小碗里的冰激凌,给自己的提问找了个借口:"你看,我今天去你们家,被一大家子围观了,他们大概都以为我们准备要结婚。可是如果你是不婚主义者,还是提前说明比较好。"

穆深平视她,没有说话。

"我不是要向你逼婚,我才二十三岁,现在不着急结婚,我只是觉得……"江念尔抓了抓耳垂,不知道该怎么形容。

就在这时,穆深截下了话头:"是我急。"

江念尔错愕,以为自己听错了,怔然看他。

"我以前的确是个不婚主义者,曲鹏没有说错,但我并不是抗拒婚

姻这件事,只是找不到能让我去做它的意义。"穆深声音不大,却很笃定,"但是现在,我遇到了一个想结婚的人,什么主义,什么原则,我都不想要了。

"你说你才二十三岁,不着急结婚,可是我很急,你太美好了,我怕一不留神,你就跟别人走了。"

穆深眼底浮现出笑意,语气不再那么严肃,轻柔得像是在她耳边呓语:"江念尔,从决定追你的那一刻起,我就是奔着死亡去的。我不敢说一辈子,但坚持爱你到死亡的那一刻,对我来说绰绰有余。"

冰激凌球又融化了一点点,窗外的风吹动树叶,桌面上斑驳的影子都跳跃起来。

江念尔也是一个不相信永久的人。

可在这一刻,她竟然从穆深的眼中看到了永久。

第十四章 温柔的星

江念尔接到节目组编导的电话，猛然想起陈可之前说要将她推荐给一档综艺节目担任嘉宾的事，万万没有想到，这事居然真的成了。

根据导演的表述，他们策划的是一档全新综艺节目，旨在展现明星嘉宾们独特大胆的审美，其中两期需要一个时尚博主来参与搭配PK。目前江念尔是他们的第一人选，不单单因为她是陈可推荐来的，更因为她独特的搭配理念。

江念尔是圈子里少有的，坚持走亲民搭配路线的博主。

而他们这档节目，有个大牌服饰赞助商，跟江念尔的理念截然相反。

也就是说，在他们设计好的剧本里，江念尔必然要输掉这场跟明星嘉宾的PK赛，以此来彰显赞助商的地位。

导演向江念尔再三保证，虽然PK会输，但是绝对不会出现难看尴尬的场面，PK过程中也一定尽可能地让她发挥自己的才能，好好展示一番。

江念尔很清楚，综艺都是有剧本的，更何况跟明星PK，换谁都不可能赢。

即便如此，能在电视上露个脸，对她的事业也会有很大的帮助。所以，她非常心动。

另一方面，穆深的那个动物公益救援活动也即将拉开序幕，经过多方商谈之后，定下了正式出发日期。

江念尔接到通知时就瞬间讶异，救援活动跟节目录制的时间惨烈相撞。

二者只能选其一。

"万千宠爱"诊所这边，除了李佳霖和新来的小樊留下，其他人都会去，还有当地动物保护协会的工作人员。

江念尔陷入纠结。

李佳霖在一旁宽慰她："你跟穆老师打个招呼，应该不用你去。你现在掌握的都是入门知识，去了也帮不上什么忙。"

江念尔幽幽看她一眼："你这么说，我更自责。"

"呃……我的意思是，如果你去了，安排的工作多半是后勤，你不去，也会有其他人顶上。救助站那边也会派人。"

江念尔叹了口气，郁闷地抓了把松子慢慢嗑。

她知道穆深对这个项目非常看重，她也想帮穆深一起完成这件事。

但是，上节目那样的机会亦难能可贵，她不舍得。

撞时间这件事江念尔只告诉了李佳霖，并要求李佳霖保密，穆深最近非常忙，她不想再让他因自己分心。

这几天晚上，穆深都要加班到很晚才能回家，江念尔就在诊所里等他一起走。

可是今天，在等待的过程中，江念尔趴在桌上不小心睡着了。

穆深直到结束了电话会议才走出来，一眼便看到了伏在案上的毛茸茸的脑袋。

他既心疼又好笑，轻手轻脚地走过去，刚准备叫醒她，忽然看到电脑屏幕上的节目企划。

上面一排拟邀嘉宾里有江念尔的名字。

穆深微微弓身,将企划向下滑动,目光定格在了录制日期上。

原来她这段时间一直心事重重,是因为这个。

穆深忍不住伸手,怜惜地在江念尔头上揉了揉。

江念尔醒了,迷蒙地望着他:"你忙完了?"

"对。收拾一下,我们回家。"

"哦,好。"

穆深脱去白大褂,先行一步去启动车子。江念尔收拾好自己的包,最后关上电脑。

她怔了一下,发现屏幕刚好呈现在录制日期的位置。

穆深……看到了?

江念尔上车后,观察着穆深的表情,好像没什么异常。

她稍微松了口气,故作轻松地说:"我妈今天打电话给我了。你猜怎么着?"

"嗯?怎么了?"穆深顺着她的话问。

"她终于憋不住了,问我谈恋爱的事。"江念尔笑着说,"我就说嘛,她平时上网,肯定早就知道了,但是我不主动提起,她就不问。直到今天,可算是憋不住了。"

穆深弯着嘴角:"然后呢?"

"她很喜欢你,让我下次回家一定把你带着。"

"那就好。"穆深抽出一只手揉揉她的头,"这是我今天听到的最棒的消息。"

他的手掌温暖,轻轻置于头顶,让江念尔感觉安心。

车开到小区停车场,穆深下车后没有直接回家,反而提议:"我们去散步吧。"

他们沿着小区外面的街道走着,夏天晚上蚊子多,江念尔不敢放慢脚步,一边走着,一边不停地挥舞胳膊赶蚊子。

"早知道不答应你了。"江念尔是很招蚊子咬的体质,此刻就是她不敢掉以轻心的战场,"你就是带我出来喂蚊子的吧?我宁愿在家里走上十圈,也比这样好。"

穆深走在她后面一点,看着她细细的胳膊在夜空里飞舞,两条长腿时不时在地面上跺。

他忽然有点想笑。

江念尔没等到他的回答,忽然感觉胳膊被握住,他一把将她拉进怀里:"念念,有件事……"

穆深刚要说话,江念尔忽然暗暗地"哒"了一声。

她感到膝盖上有点痒……就这么短短的时间里,她又被咬了。

她有些生气地瞪了穆深一眼,不给他再亲自己的机会,伸手挠了挠膝盖,催促道:"快快,赶紧回家,我要擦点止痒水。"

穆深到嘴边的话咽了下去,牵着她的手往回走。

被蚊子咬的包一开始看不出来,但是挠过以后就会变得又红又肿,还奇痒无比。等江念尔到家的时候,膝盖已经鼓起了一大块红包,看上去跟膝盖上的肉增生了似的,非常滑稽。

江念尔去找止痒水,可是最近在用的那瓶已经一滴都没了,其他囤货不知道被她放在了哪里,可能因为上次搬家不翼而飞了。

她控制不住自己这双手,总是下意识地想挠。

江念尔抬眼,叫住经过她房间门口的穆深:"等等,你刚才是不是要跟我说什么?"

穆深脚步顿下来,亏她还记得。

"我看到你想上的那档节目的企划书了,时间跟救援行动撞到一起了对吧?"

他如此开门见山,江念尔也就不打算再隐瞒了:"是的。"

穆深眉梢一挑:"想听听我的建议吗?"

"想。"

"你放心地去上节目就好了。"

江念尔怔怔地看着他。

穆深的表情不像在开玩笑。

"我觉得,这次机会对你来说很难得。"穆深道,"如果错失了,是一个遗憾。"

江念尔迟疑:"可是,救援行动那边人手不够……"

穆深坐到她床边,忽然拍拍她的头。

"我想让你去做自己的事。"穆深眉目温和,"你没有必要为了这个行动,牺牲自己翻红的机会。缺的人我会想办法补上,不用担心。"

"你已经帮我太多了,这次我想……"江念尔欲言又止。

"你想报答我?"穆深眉梢挑了挑。

江念尔小心地点了点头。

"念念,你好像搞错了什么。"穆深正襟危坐,板起脸来,"我帮你是因为我爱你,舍不得看你委屈受苦。我不想要你回报什么恩情,我想要的是爱情。"

突如其来的告白让江念尔怔了一下,穆深轻轻地在她脑门上敲了敲。

"希望你不是因为感激才跟我在一起。"

江念尔立刻捂住脑门,瞪他:"我又不是小孩子,当然不会因为报恩就以身相许!"

"哦。"

不知道为什么,在提到"以身相许"的时候,穆深眼睛亮了一下,然后又露出了微微失望的神情。

江念尔暗啧:"老流氓。"

"你说什么?"

"说你长得帅!"

"谢谢,我知道。"穆深淡笑一下,问,"还痒吗?"

江念尔差点忘了膝盖上的蚊子包,因为被他转移了注意力,现在已经没有什么感觉了。

有了穆深的支持,江念尔下定决心要去上综艺。但不知道为什么,做完决定后她并不感觉开心。

距离公益援助行动越来越近,江念尔的心情就越沉重。

这天下午,她照例带着"深深"出去遛弯,不知不觉就晃到了旁边的小公园里。

工作时间,这里人很少,"深深"雄赳赳气昂昂地走在草坪上,好像这块地皮被它承包了似的。

不停发胖的"深深"只有在每天放风的时候,才会露出傻乎乎的一面,撒开小蹄子在草地上摸爬滚打,身上的肉抖来抖去。

它现在很幸福,跟之前浑身是伤、眼中充满绝望的样子完全不同。

江念尔蹲下身摸摸它的头。

"深深"像是得到了嘉奖,兴奋地围着她绕圈。

"'深深'啊。"江念尔叫了它一声。

它立刻原地坐好,眼巴巴地等待她的指示。

听话得让人心软。

"你真的好容易开心,我要是能像你这么知足就好了。"江念尔摸了摸鼻子,自评道,"我还不如一只狗。"

"深深"没听懂这一句,但脖子一歪,试图用一张凶残的狗脸摆出萌萌的表情,然后走过来,不停地用鼻子顶江念尔的口袋。

那里装着它的玩具。

江念尔摸出口袋里的发声玩具球,"深深"立马抬起两只前爪,眼睛发光地看着。

"想玩这个啊?"

江念尔笑眯眯地晃着球,趁"深深"最期待的时候一下子扔了出去。

"深深"立刻撒开蹄子飞奔出去,把球重新叼回到江念尔面前。

如此反复了几次,江念尔感觉自己沉重的心情都得到了治愈。

人有的时候就是这样,有一些无法描述的阵痛,无法跟人倾诉与分担。虽然宠物们一个字都听不懂,但它们会在无意中,拂去你心中的阴霾。

扔球的游戏如此反复了好几次,江念尔一时间不知道是自己在陪"深深"玩,还是"深深"在努力哄她开心。

不过,很快就来了一位"不速之客"。

公园里有一只流浪狗,它的毛原本应该是白色,此刻看上去已经发黄,身上也很脏。

它不知道是什么时候过来的,站在五米外的路边,纹丝不动地看着他们。

它头上的毛纠结成一团,却挡不住湿漉漉的眼睛里流露出的羡慕的光。

但它知道,那不是它的球,也不是它的主人,那是不属于它的生活。

它只是一只无家可归的狗。

于是,流浪小狗就站在那里,保持一个礼貌的距离,艳羡地看着江念尔和"深深"玩耍。

江念尔下意识地朝它望了过去,在看到它那双渴望的眼睛时,心脏微微抽搐了一下。

而这只流浪狗,在和她对视了一秒后,似乎因为害怕被驱逐,主动跑开了,仓促的背影好像在说:对不起,别伤害我,我只是路过。

江念尔想起上一次见面时,它正在垃圾箱附近翻东西吃。穆深说它长得很漂亮,可能曾是一只家养狗,不知道是因为被抛弃还是走丢了,沦落到此。

穆深曾试图把它引到诊所来,但它不愿意,掉头跑走了。

穆深说,它可能还在等它的主人来接它。

江念尔慢慢垂下眸,望着手里的玩具球,思绪变得沉甸甸的。

不知道它能不能等到自己的主人,不知道未来等待它的命运是什么。

江念尔不敢去想一个可能,如果一直等不到呢?

"深深"在旁边歪头看她,好像在问:怎么突然不玩了呢?

江念尔亲昵地摸了摸它的耳朵,同时想通了一件事。

"深深"是幸运的,而穆深所要做的事情,是让更多这样的动物幸运。

或许无法让它们都过上饭来张口的日子,但至少要还给它们生的权利。

当天晚上，江念尔没有跟穆深一起回家。

大学同学组织了一场毕业一年聚会，班长说，越到后面来的人会越少，所以趁着现在大家都还在近海市附近时，赶紧聚一场。

江念尔下班比较晚，就省略了聚餐的活动，直接去第二场的KTV。

她进包厢的时候，那帮人已经完全放开了，抱着麦克风在包厢里旋转跳跃，喧嚣声扑面而来。

班长一看到她，立刻站起来，高声说："江念尔来了！我班上最有名的人来了！"

大家跟着一块儿起哄。

江念尔讪讪地笑笑，在室友们旁边坐下。

刚跟室友们聊了几句，其他同学就凑过来，七嘴八舌地问她关于网上的那些传闻。

其中，有个留在海大读研的同学说："念念，你真的跟穆深谈恋爱了啊？他可是校园男神！"

室友立刻护犊子："男神怎么了？你这话说的，我们念念不配吗？"

"哎，我不是这个意思！咱们本科刚毕业，穆深老师就来了，你们不知道那个盛况，全校学生癫狂……"

"我好恨，为什么只要我一毕业，学校里要么来男神老师，要么翻新跑道，要么扩建新校区，我太难了……"其他女生见过穆深的照片，也七嘴八舌地议论起来。

她们说话比较直接，但都没有恶意，所以江念尔听得也很开心。

"哎，对了，念念，你是不是要上电视了？"忽然有人这么问道。

江念尔愣了一下。

那人赶紧解释："因为我现在在做明星经纪，听说你在一档节目的拟邀嘉宾里。"

其他同学包括江念尔的室友立刻睁大眼睛，兴奋地望着她："真的

吗?你要上节目了?天哪!是要从博主转型出道吗?"

江念尔有些局促:"这件事目前还在谈……"

"在谈就是有希望嘛!"

"好好干啊江念尔,以后我指望着炫耀你呢!"

江念尔摸了摸鼻子,笑得有些力不从心。

大家的夸奖和祝福都是真心的,可是她仍然高兴不起来。

没有办法跟老同学们解释这种矛盾的情绪,并且他们越是期待,江念尔就越感觉沉重。

好在话题很快就被转移了,江念尔得以喘息,喝几口冰啤让自己冷静下来。

聚会散场的时候已经临近深夜,老同学们很多喝多了,勾肩搭背地离开KTV。

这个点近海市还未沉睡,街上不断有玩乐的年轻人三三两两地行走着。

江念尔看了眼手机,上面有穆深的未读消息。

半个小时前,他就已经到了KTV附近,等她结束了接她回家。

所以,当一行人吵吵闹闹地走出KTV大门时,一下子就看到了站在路边低头玩着手机的高个儿男人。

手机屏幕的光照在他脸上,像是在俊挺的五官上洒了一层银色月光。他穿得很休闲,一只手随意地插在兜里,只是简单地站在那里,仿佛就是这条街上最特别的风景。

似乎感应到了来人,穆深抬起头,唇线微微提起。

江念尔还没来得及叫他,就听到旁边的人倒抽了一口气:"这就是念念老公吗?"

"好帅!配我们念念很合适!"

"我就说吧,穆深老师真的很绝色。"

穆深也不知道听没听到大家的赞美,脸上没什么情绪起伏,直接走了过来,简单地打过招呼,低头看着江念尔:"累吗?"

"还可以。"

"那我们回家?"

"好。"

江念尔自然地把手交到了他手上,然后回头跟大家告别。

室友们拼命冲她点头,还竖起大拇指,露出老母亲般欣慰的表情。

穆深靠在她耳边低声说:"你的同学……很热情。"

江念尔拉着他往前走:"他们在夸你帅,你没听到吗?"

"听到了。"穆深笑意略深,"他们还说我跟你很配。"

"饲养员和自己的狗子总是很配。"

"哦?"穆深假装没听懂她的意思,真诚作答,"作为饲养员,我很荣幸。"

"……"

江念尔不甘心地咬牙,怎么又把自己坑了呢?

走在路上,江念尔望着路边的店铺,揪了揪穆深的袖子:"我想吃鸡蛋仔。"

她眼里发出了渴望的光芒,跟"深深"看到玩具球和狗粮罐头时一模一样。

穆深想笑,但还是憋住了,看着对面的甜品店:"那家的鸡蛋仔?"

"对。"

"那你在这里等我一下,我去帮你买回来。"

江念尔下午陪"深深"玩得很尽兴,现在确实有些疲乏,于是点了点头:"好,我在这儿等你。"

穆深得令,立刻往路对面走去。

江念尔虽然站在原地,但一直在不停地跺脚和走动防止被蚊虫叮咬。

她忽然想起一件事。

大学时,她曾经跟一个有好感的学长约过会,那天晚上也是这样,她突然想吃路边的小吃,但是学长看了一眼,便皱着眉说:"你还要吃那个吗?你不是要保持身材吗?不吃了好不好?"

江念尔说好，但后来再也没有跟那位学长联系过了。

也不知道为什么，突然就在这个时刻，她想起了这些前尘往事。

它们很细微，但偏偏衬托了此时此刻，江念尔心里涌起的温暖。

她转过脸想要追寻穆深的身影。

面前车流穿梭，等绿灯的穆深高举起鸡蛋仔，嘴角带着笑，遥遥地冲她挥了挥。

那模样好像在说：你等一等，我马上就到你身边。

城市的霓虹在穆深身上笼了一圈朦胧的光，他眼中似有水波，荡漾开的却不是涟漪，而是温柔的群星。

江念尔忘记了原地踱步，一眨不眨地看着。

对面，是她这一生看过的，最好的风景。

公益救援行动的主要场所在近海市郊区，根据知情人透露，那里有一个非法狗贩子团伙，不仅从近海市及周边私自捕捉家养狗与流浪狗，还曾从救助站那里以领养人的身份骗走十多只狗。

出发这天，穆深很早就起床了，他轻手轻脚地收拾完，看了眼关闭着的江念尔的房门，在门口塞了张纸。

在行动结束前，他会和其他队员住在那附近，不会每天回来，这期间，他最担心的就是江念尔的饮食与生活。

纸上记录着一些菜谱，简单易懂，一天一样，可以吃到他回来，后面还交代了其他琐碎的事情。

也给李佳霖留了备用钥匙，江念尔去录制节目的时间里，便由李佳霖每天上门帮忙照顾家里的猫。

一切准备妥当。

临出门前，穆深又恋恋不舍地望了眼仍然紧闭的房门，随即无奈地笑了一下。

不知道从什么时候开始，他的喜怒哀乐都被江念尔牵动，她笑他也笑，她一皱眉他也跟着揪心。最要命的是，他竟然不反感这种感觉。

清晨的近海市空气很好，路上行人也不多，太阳刚刚升起没多久，还没发挥出盛夏的威力。

穆深赶到集合点时,已经有几个人等在那儿了。

曲鹏在跟周泽文说话,在曲鹏旁边,一个眼熟的身影正眨巴眼看着他。

穆深蹙了下眉:"梁月月,你怎么在这儿?"

"穆老师早,我是跟着近海市救助站的仇队长来的,以后请多多指教。"

穆深朝仇俊杰那边看了一下。

仇俊杰是个人高马大的汉子,平时粗糙惯了,根本没察觉有什么不对,乐呵呵地跟穆深说:"听说小梁是动物医学系的,我们就把她招进来当短期义工了,没想到她是你学生啊。"

穆深不动声色地提醒他:"她才大一。"

"没事啊,至少是有理论基础的。你不知道暑期招人多难,今年又格外热,年轻人都不爱来。"

梁月月笑嘻嘻道:"我的老师和表哥都在这次行动里,我来帮忙也是理所应当的。"

穆深问:"你表哥是谁?"

"曲鹏呀。"

一直背对着他们的曲鹏如芒在背,明明气温不高,豆大的汗珠却流下来,向周泽文投去一个"师兄救我"的眼神。

但穆深只是看了他一眼,就把路上买的早饭分给了大家,其他什么都没说。

又等了二十分钟,各方派来的人手基本都到齐了,仇俊杰问穆深:"现在出发?"

穆深点了下头:"出发吧。"

他们租了一辆中巴车,穆深刚上去,忽然从后视镜里看到了江念尔的身影。

他怔了一下,立刻掉头,推开后面的门下车。

江念尔穿着一身方便行动的户外装,身后背了个双肩包,冲他眯眼

一笑:"你忘记带上我了。"

"念念……"

江念尔知道穆深要说什么,主动道:"我慎重且认真地思考了很久,决定推掉综艺节目那边的邀约。"

穆深有些急躁:"那个机会很难得,你不要冲动。"

"我没有冲动。"

车上的人都在偷偷看他们,穆深却浑然未觉。

"我做这个决定跟你其实没什么关系,是我自己每天晚上扪心自问得到的答案。我问自己如果'仙女'被人投毒,'深深'被狗贩子拉走,我能接受吗?答案是我接受不了,我会崩溃。"

顿了顿,江念尔眉眼温和,继续道:"我是一个独立的成年人,所做的决定都是从自己的内心出发,你也不用再劝我,我会对自己的选择负责。"

穆深看到她眼中坚定的小火苗,终于舒展了眉头:"谢谢。"

"谢什么呀。"江念尔脸上恢复了俏皮的笑容,"不请我上车吗,穆老师?"

江念尔上车后,主动跟大家做了自我介绍,以仇俊杰为首的救助站的人虽然之前没有见过她,但看到她落落大方,一点儿也不矫情,留下了不错的印象。

救援行动不是去享受的,最忌讳的就是娇气。

车子开了四五个小时,终于到达他们此次行动的目的地。

这是近海市郊区一家简陋的快捷宾馆,救助站过来谈了好久才谈成合作,允许他们在此处落脚。

不过最近宾馆入住率很高,能提供的房间数量是有限的。

仇俊杰在大厅里分配了一下,唯一一个单人间是留给穆深的,因为他除了白天的救援工作晚上还要写报告,是所有人中最辛苦的那个,所以仇俊杰专门给他申请了一个单人间。

剩下的人按照性别两两一间,到最后发现刚好多出一个女生。

这就有点难办了。

梁月月撇了撇嘴，不爽地说："按照我们原本的人数，刚好能住下的。"

言外之意，是江念尔的到来导致了目前的情况。

江念尔主动承担责任："不用安排我的房间了，我去女生的屋子里挤一挤就行，多给我一床褥就好。"

她的意思是打地铺，但不知怎么梁月月理解的是她要抢她们的床位。

"可是……单人床本来就不大，我在家睡的都是一米八的大床，再多出一个人来我睡不着。"梁月月说得很委屈，水汪汪的眼睛眨啊眨。

仇俊杰微微皱了下眉。

跟梁月月一间屋子的女生是他们救助站这边派来的副队长，姓高。

高副队接到仇俊杰的眼色，立刻道："没事，我可以跟小江分床。"

不过，这个提议被宾馆否决了，除非是个孩子，否则双人间里只能入住两个人。

梁月月立刻"啧"了声，拉着高副队的衣角说："看吧，我们想让她挤都没用。"

江念尔便主动跟宾馆方咨询，是否可以付钱再开一间房，或是这附近还有没有其他宾馆，她可以住到别的地方去，自己掏钱。

前台人员还未作答，穆深就走了过来，问："单人间是大床房吗？"

"是的。"

"那行，麻烦您登记一下我女朋友的身份证，她跟我住一起。"

后面的人都愣了，仇俊杰随即反应过来，拍了一下脑壳，恍然说："对啊，我怎么忘记了，你俩可以住一间。"

除了周泽文和梁月月脸色微妙，其他人对这个决定都没有异议。

江念尔没说话，她压了压帽檐，试图遮住眼中的生涩和局促。

一行人上了三楼，找到各自的房间，原地休息两小时。

江念尔自进房间后就霸占了一半的床位，舒舒服服地躺着刷手机。

她半眯着眼,偷瞄到穆深把两个人的日常物品整理好,然后慢悠悠地准备休息。

她清了清嗓子,问:"坐了那么久的车,你累不累啊?"

"有点。"穆深动了动脖子,"后背有点僵了。"

"那正好!"江念尔一个鲤鱼打挺坐直,拍了拍手,"我刚刚在网上看到一个缓解后背肌肉压力的视频,给你试试?"

"怎么做?"

"你先过来,趴下。"

穆深眸光深了深,脸上挂着似有若无的笑,听话地趴在床上。

谁知道江念尔一上来就用两条腿钳住他的腰,两只胳膊扯着他的肩膀往后抻,嘴里还念念有词:"来来来,上半身跟着江老师的动作抬起来!"

她使的力气太大,穆深猝不及防腰上一疼,"啊"的一声惨叫。

"江念尔,你谋杀亲夫啊?"

这个小破宾馆隔音效果不是很好,隔壁房间的周泽文和曲鹏听得一字不落。

曲鹏憋着笑,却发现周泽文脸都青了,只见他穿上鞋子"噔噔噔"跑了出去。

周泽文大力地敲着穆深的房门,面无表情地叫唤:"穆老师,是我。"

过了半天,穆深才来给他开门,手还放在腰上。

嗯,放在腰上。

周泽文更加不忿了,朝里看了几眼。

"什么事?"穆深挡住他的视线,气定神闲地问。

肯定有鬼!

周泽文假装镇定:"我们那间屋子的抽水马桶好像坏了,我想借您这儿上个厕所。"

旁边探头偷听的曲鹏满脸问号,哪里坏了啊?

穆深"哦"了一声,意味深长地看着他,放他进来了。

周泽文余光瞄到屋里的江念尔，还穿着路上那套衣服，就是看着稍微有些乱了……

他定定地站在厕所门口，忍不住一直看她。

江念尔注意到他的视线，便抬起头来，招招手说："你也要来试试吗？"

"嗯？"周泽文眼皮子一跳，"试什么？"

"我刚刚帮穆深做了些健身运动。"

他想表现出不感兴趣的样子，脚步却下意识挪了过去。

直到走到床边，周泽文惊讶地发现……小舅舅居然没阻止他？不仅没阻止，反而露出了"你自求多福吧"的表情。

江念尔笑靥如花，声音甜软，拍了拍床："过来，趴好。"

周泽文顿时紧张，咽了咽口水，听话地趴了过去，顺势就把头埋进了胳膊里，想要挡住脸上的红晕。

然而，下一秒。

"啊——"

他发出了比穆深还惨烈的叫声。

两分钟后，周泽文一脸菜色，扶着自己的腰回到房间。

曲鹏讶然地看着他的动作："你……"

周泽文摆了摆手，表示别问，他什么都不想说。

过了一会儿，他才长叹一口气，自言自语道："他们是真爱。"

救援小队很快开始行动。

那些非法狗贩子行动不定，神出鬼没，很难捕捉到他们的行动，更不要提找到关押狗狗们的地方了。

于是他们找到一个中间人，让对方牵线，由穆深和仇俊杰跟那些狗贩子进行谈判。

如果能用谈判解决当然是最好，但一般情况下，这种可能性极低。

其他人就在谈判地点附近待命，随时提防狗贩子翻脸不认人。

大约一个小时后，穆深和仇俊杰就出来了，虽然全须全尾，但表情

不怎么好。

江念尔知道,没谈拢。

根据穆深转述,那些狗贩子不肯无偿归还狗狗,除非他们出钱购买,且开价非常高昂,在市场价的基础上翻了好几倍,完全超过了他们的心理预算。

对方态度轻佻,全然把他们当成了肥羊。仇俊杰几度要暴走,还好被穆深按住了。

谈判这条路看来是走不通了,回到宾馆后,穆深召开了一个紧急讨论会,最后大家决定跟当地警方合作。

正巧这附近的片警接到了民众丢狗的报案,疑似是这些非法狗贩子犯的事,而负责这起案件的,正是穆深的高中同学谢警官。

有了这样一层关系在,救援队众人重新振奋了精神。

这边警察办事效率很高,大概第三天就捣毁了一个狗贩子的非法窝点。那些狗贩子都很敏锐,在警察来之前就撤离了,所以没有抓住一个人。

非法窝点十分隐蔽,房门一打开,江念尔立刻就闻到了难闻的味道,里面的场景更是让人触目惊心。

又脏又乱的笼子里塞满了哀号的狗狗,有些受了伤,伤口狰狞,还有的狗狗已经死了,因为天气热,满屋子蚊蝇,恶臭就是这么散发出来的。

江念尔内心猛然一怵,她看到穆深也皱起了眉头,但仍然无畏地走了进去。

她便挺直胸膛,跟着走了进去。

这些狗狗在这里经历了无法想象的惨痛遭遇,几乎没有一只是完好的,而在被抓来这里之前,它们不过都是普通的宠物狗或者流浪狗,过着风平浪静的日子。

得到警察的批准,江念尔用手机拍了几张照片,这是她第一次见到这样的场景,还不敢拍摄那些太过残忍的画面。

梁月月已经顶不住了,扶墙站着,甚至不敢向前看。

那些有主人可寻的狗狗很快就被接走了。

当时看到很多狗主人抱着自己已经不成样子的狗狗崩溃地大哭,江念尔也觉得酸涩至极。

等处理好全部狗狗,已经是晚上了。

警察通知他们,这应该只是其中一个窝点,还有更大更多的窝点不知位于何方。

救援队的人回了下榻的宾馆,大家各自吃了点东西,没有心情聚在一起聊天,很快就各自回房了。

到晚上十点的时候,梁月月觉得有些饿,想拉着高副队一起出去买吃的,但被婉言拒绝了。

没办法,她只好拉着曲鹏陪她去买零食。

离宾馆不远的一条街上有一家酸辣粉店,店面很小,生意却很好,这个点了还坐满了人。梁月月闻着味道就走不动路了,非要吃这个。

可是店里没座位,也没有空调,劣质瓷砖地面上油腻腻的,梁月月洗过澡了,不想自己进去,便让曲鹏去帮她买一份打包带走,她自己在外面等着。

站了一会儿,忽然看到路边有一个男人在看她。

男人很高,也很帅,头发抓得很有型,穿着也得体,梁月月忍不住多看了几眼。

当她发现这个男人一直在目不转睛地看着她的时候,她终于有些不好意思,高傲地避开了视线。

没过一会儿,男人过来搭话了。

"你好,我刚刚在那边就看到你了,我……"男人似乎有些害羞,摸了摸后脑勺,声音又低了几分,"你长得好漂亮,我还从没见过像你这么可爱的女孩子。"

梁月月心花怒放,但仍旧扬着下巴,"哼"了一声:"这种搭讪方式太老土了。"

"你平时都是这样说话的吗?"男人笑了笑,"也太可爱了吧。"

梁月月脸有点红,好在路灯昏暗看不出来。

"你到底想干什么?"

反正后面店铺里人那么多,她也不担心这个男人敢做什么。

男人拿出手机,认真地问:"我可以要你的手机号吗?"

梁月月明知故问:"要手机号干什么?"

"想跟你交个朋友。"

虽然长得帅,但满嘴花言巧语,梁月月并不打算把手机号给他,但她忽然想起了什么,眼珠子转了一下,露出狡猾的笑容,说:"好啊,你记一下。"

她悄悄调出联系人名单,对照着字母"J"下面的联系人,念出了一串数字。

第十五章 月色很好

救援行动仍然在如火如荼地进行。

江念尔虽然是最后上车的,可但凡需要的地方,她一定是第一个伸手的,几天下来,仇俊杰和高副队都对她另眼相看。

不仅长得好看,还一点儿脾气都没有,且吃苦耐劳,他们私下都在说,穆深的眼光实在是太好了。

江念尔闲暇时会发发微博,在不涉及隐私的情况下写一些救援队的行动日记,记录一些或沉痛或有趣的瞬间。

粉丝也渐渐接受了江念尔这段时间的"不务正业",加之江念尔的立场很平和,对于小动物,她主张的是"不爱也不要伤害"的思想,绝大部分人能够理解并接受。

晚上,江念尔发完最后一条晚安微博,躺好准备睡觉。

没过一会儿,后背感觉到一阵温暖,穆深不知什么时候靠了过来,还伸出一只手臂圈住她。

两个人离得很近,穆深呼出的气息好像都萦绕在她脖颈上,酥酥麻麻。

江念尔一激灵:"你往后退一点,行吗?"

"嗯?"穆深半梦半醒,声音更加沙哑,"怎么了?"

"这里隔音不好,不要打扰别人休息。"她有点害羞,声音渐小,"回家再说。"

穆深怔了一下,才反应过来,抱着她开始笑。

"你笑什么?"江念尔一"爪子"拍掉他的手。

"我刚刚睡着了,也不知道自己怎么翻到这边来了。"穆深意味深长,"你想得还真多。"

"……"

我不是!我没有!

江念尔干脆闭上眼睛假装没听到某人的调侃。

可穆深却睡不着了,撑着头一动不动地看着她。

江念尔始终感觉到脑后勺那道灼热的视线,终于还是没绷住,翻身瞪他:"你看我干什么?"

穆深笑而不语,他手指修长,捻起江念尔的一缕长发绕在指间,绕了半天。

就在江念尔认定穆深真的不怀好意的时候,穆深慢条斯理地开口了:"你晒黑了。"

江念尔差点一脚把他踹下去。

这跟看完她的身材评价了一句"是不是胖了"有什么区别?

狗男人真是丁点长进都没有!

但江念尔还是有点担心地摸了下自己的脸:"美色依旧吗?"

"依旧。"

"那就行。"

江念尔准备翻回去继续睡,却被穆深按住了肩膀:"你吵醒了我,我现在睡不着了。"

"那怎么办?"

穆深想了想,说:"你给我讲个睡前故事吧。"

"你堂堂一个博士,现任高校硕导,还要听睡前故事?你三岁吗?"

"你也可以不讲啊。"穆深笑得俊俏,"不过我睡不着,你也别想睡。"

很好,成功地威胁到江念尔了。

她撑着胳膊坐起来,立刻就被穆深揽到怀里,于是便在他怀中找了个舒服的位置倚着,脑袋贴着他的胸口,还能听到他心脏的跳动声。

"从前,有一块小饼干成精了,它决定外出历练,于是就来到了人类的世界。它在人类世界转了好久,无意间进入一个到处是锅碗瓢盆的地方。在那里,它遇到了一盘厨师刚炒出来的辣子鸡,没想到因为厨师技术太好,这盘辣子鸡也成精了。辣子鸡以为饼干精在侵犯它的领地,于是问:'呔,你是哪块小饼干?'饼干精不服气,回问:'你又是哪来的辣鸡?'"

穆深"扑哧"一声笑了出来。

江念尔编不下去了,脑袋不安分地蹭了蹭,蹭得穆深胸口有点痒。

他拍了拍江念尔的后脑勺,示意她抬起头来,然后自己顺势低下去,温温柔柔地含着她的唇珠。

一吻结束,穆深心满意足地闭上眼。

江念尔重新躺下,忽然瞥见自己的手机屏幕亮了一下。

一个陌生的号码发来一条短信:"很高兴认识你,希望你今晚做个好梦,我的公主殿下【玫瑰】【玫瑰】。"

江念尔以为是诈骗短信,随手删掉就睡了。

转天仍旧是高强度忙碌的一天。

因为狗贩子的另一处窝点迟迟没有进展,以仇俊杰为首的救援队现在主要的任务是替周边小区里的流浪猫做体检打疫苗。

和当地居民混熟了,救援队还得到了另一个情报,这附近最近常有丢猫事件发生,后来就发现有一户人家家里每晚会传来不正常的猫叫——疑似虐猫。

穆深在负责这件事。

江念尔今天是跟着仇俊杰这边的,好不容易休息之际,她发现昨晚那个陌生的号码又发来奇怪的短信。

一开始只是表露爱意,但见她一条都不回,对方似乎有些急了,开始说一些大胆而露骨的话。

江念尔皱眉想了一会儿,难道是她的私人号码在网上泄露了吗?可是去网上搜了一下,她最近顺风顺水,没有这样的消息。

收工之际,对方终是忍无可忍,直接打了通电话过来。

江念尔起先没说话,先听对方抒发了一通对自己的爱慕和思念之情,说什么那惊鸿一瞥后,就再也不能忘却她的容颜……

情话说得贼溜,连草稿都不带打的,但越是这样直白越显得虚假,完全就是一个低阶渣男,走在路上她连余光都懒得分一丝的那种。

不等这位大哥说够,江念尔冷漠地打断他:"我从来没有见过你,你表白错人了,再给我发短信或是打电话,我保留告你骚扰的权利。"

男人愣了一下。

她此刻的语气跟前一天晚上略带骄傲与娇羞的样子完全不符,根本不像是同一个人。

"挂了。"江念尔交代了一声,匆匆就要挂断电话。

然而男人突然在那边声嘶力竭地喊了一声:"等等!你和你的伙伴们是不是在找一伙狗贩子?"

江念尔动作停顿,犹豫两秒,重新把手机举回耳边:"说下去。"

男人干脆也不再伪装了:"我有狗贩子的消息,今天晚上在酸辣粉店后面的小巷子里见。你来我就告诉你,但只能你一个人来,否则你就别想知道任何信息了。"

说罢,男人主动挂了电话,好像在出刚刚差点被挂电话那口恶气似的。

江念尔望着手机沉思了一会儿,跟仇俊杰请了个假,立刻去找穆深商量。

穆深要走了这个男人的电话号码,委托警察朋友搜寻信息,然后她交代江念尔回宾馆好好休息。

江念尔眨了眨眼，问："就这样？"

"不然呢？"

"他要提供狗贩子的信息给我哎！"

穆深严肃地蹙眉："所以你要去？我不同意。"

"别着急，你听我说。我们现在虽然不能确定他说的是真话还是假话，但是可以赌一把。我赴约，然后你们在后面悄悄潜伏着，如果有什么万一……"

"江念尔，我不允许你冒险。"穆深毫不客气地打断了她，眸光陡然暗沉，眉宇间都是戾气。

江念尔赶紧给他顺毛："不会有危险的，我会带上防狼工具，还有你，带着队伍里身高体壮的人躲在阴影里。"

"我为什么要为一个陌生人不知真假的信息付出这么多？"

"可我们现在在做的不就是这件事吗？"江念尔说，"你也不知道那户人家里的猫叫到底是怎么回事，还不是每天都在积极地探查？即便知道可能没有结果或是徒劳无功，也不愿意放过一丝一毫的可能。"

穆深没有说话。

江念尔放软了姿态，耐心地劝说："其实这件事，我们也没付出什么，你怎么就知道我会遇到危险？现在是文明社会了，我很安全的。"

"不行……我还是不能同意。"

"穆深！"江念尔着急地跺了跺脚，忽然眼珠一转，"那这样吧，我去跟仇队长和高副队商量一下，让他们俩安排人跟着我，你就当不知道这事。"

她转身就要走，穆深一把拉住她，从背后把她圈进怀里："念念，我不能让你做这么危险的事。"

"不是你让不让的问题。"江念尔挣脱穆深的怀抱，坚定地看着他，"我作为救援行动队的一员，自愿去做这件事，不需要你同意。"

穆深无可奈何，垂眸良久，忽然从牙缝里挤出话来："我去……"

"啊？"

"如果我代替你去……"

江念尔深吸一口气,上下打量他:"你要戴上假发穿上女装代替我去跟那个男人见面?"

"对……"穆深答得很艰难。

江念尔笑到扶墙直不起腰。

穆深脸色都黑了,一副听天由命的神情,僵硬地迈开步子:"我去找附近居民借道具……"

"别别别。"江念尔及时拉住他,憋笑,"虽然你这个想法很有建树,但我觉得……你太高了,会露馅的。"

"那怎么办?"

"还是去借一点儿辣椒粉、防狼喷雾、水果刀之类的东西给我吧。"

等仇俊杰等人回来后,穆深把这件事跟他们说了一下。

仇俊杰立刻对江念尔肃然起敬:"你不仅是嫂子,还是个勇士!"

周泽文和曲鹏都很担心,提议把防护工作交给警察。

不过,经过众人一番商量,决定暂时还是不要惊动警察,万一对方只是随口说说,警察白白出警浪费资源就不好了。

当天晚上,快到约定的时间,江念尔带好东西准备出门。

仇俊杰看到穆深袋子里提着的裙子和假发,惊讶地问:"这什么情况?"

穆深不耐烦地动了动嘴皮:"以防万一。"

仇俊杰没懂:"以防什么万一啊……"

很快,他就想明白了,瞪大了眼睛问:"哦!你想扮成女的啊?"

"……"

一瞬间,所有人的视线都微妙地向穆深扫了过来。

穆深凉凉地看了仇俊杰一眼。

仇俊杰立刻闭嘴,疯狂憋笑到差点内伤。

其实穆深这个办法还不错,但可惜他们这趟出来的男队员身材都比较魁梧,个子最矮的曲鹏也有一米七八,离得稍微近一点就会穿帮。

江念尔走在最前面,距离他们十米的样子,她径直拐进了酸辣粉店后面的小巷子里。

刚进去,江念尔就看到巷子尽头的黑暗中,好像站着一个人影。

她深吸一口气,迈着稳当的步子慢慢向前走。

这个巷子比较狭窄,周围没什么遮挡物,穆深一行人只能悄悄徘徊在巷口。

江念尔冲着那个人影,问了句:"是你约我出来的?"

那个人影愣了一下,反复打量她,似乎在想,这怎么跟上次见到的妹子不一样。

但仔细一瞧,他又高兴了,这位可比昨天那个漂亮太多了,就像是电视里才能见到的人,简直不真实。

男人问:"你也是动物救援行动队的?"

上来就是这样的问题,江念尔屏息两秒,平静地回答:"我没见过你吧?"

"没,我见过的的确不是你。"男人"啧"了一声,表情莫测。

昨天晚上那个小姑娘给了他同队女孩的电话,可见也不是什么善茬。

他对女人间的尔虞我诈没兴趣,现在就对面前的美人有兴趣。

男人招了招手说:"既然来了,不如坐下来聊聊呗?"

江念尔僵在原地没动:"聊什么?"

"呵,你不是想知道狗贩子的信息吗?"

"你愿意告诉我?"江念尔警觉地看了他一眼。

男人装模作样地点了根烟,答非所问:"你说你长这么漂亮,干什么不好,非要搞动物救援,那动物是你家的吗?管那么多闲事干吗?"

江念尔眸光微闪,低下头去,拢了拢鬓发:"这不是没办法,暑假打点零工嘛。"

她一本正经地胡扯。

"哟。"男人更有兴趣了,"你还是个学生啊?"

"怎么,我看着很老吗?"

"哈哈哈,不是不是,哥哥不是那个意思。哥哥就是想告诉你,趁早离开这个组织,这附近的狗贩子都是疯起来不要命的家伙。"

江念尔语气平静："哦？你怎么知道？"

男人龇牙笑，烟圈喷到江念尔脸上："因为我就是其中一员啊。"

江念尔浑身紧绷，不适地眯起眼，不动声色地看着他。

她推断，这个人没有撒谎，他是狗贩子中的一员，但应该不是核心成员，恐怕因为贩狗挣了一笔钱，现在有点飘飘然。

"你不是想知道我们的窝点吗？跟哥哥走，哥哥带你去啊。"

他一转身，江念尔才发现这条巷子尽头居然有一个隐蔽的秘密通道，可以直接走到另一条街上去，现在那里站满了不怀好意的男人。

就是那群狗贩子！江念尔的直觉告诉她，这是对方的阴谋！

男人们在向她逼近，脸上写满了猥琐，其中一个男人直接伸手搭上她的肩膀："跟我们走吧。"

江念尔一惊，立刻从包里掏出防狼喷雾往他脸上一顿喷，但可能是过保质期了，喷雾只是让男人稍微虚起了眼，并没有什么实质性作用。

那人被惹怒了，粗暴蛮横地拽着江念尔的手腕往巷子深处拖。

就在这时候，巷口率先冲过来一个高大的人影，对着那男人的脸就是一拳。

这拳非常硬，结实地落在那人身上，那人还没有反应过来，就密密匝匝地又挨了几拳。

两方人马混战，小巷子里一片混乱，江念尔作为风暴的中心被挤到了最外围，迅速跟警察取得了联系。

警察很快就来了，制止了这场混斗，虽然仍有个别狗贩子临阵逃跑，但总体来说，收获颇丰。

警察局里，所有人都低着头，连救援队的人也是，被好一通教育。

谢警官来回踱步，最后走到穆深面前，叹了口气说："穆深啊，你说你一个博士，把人打成那样……"

那个把手搭在江念尔肩膀上的男人就是穆深的火力集中对象，被打得很惨，脸上青一块紫一块。听到"博士"两个字，他惊魂不定地抬起头。

不是说学霸都手无缚鸡之力吗？怎么却是他被揍得毫无还手之力？

江念尔做完笔录出来，望着穆深脸上一道细细的伤口，忧心忡忡地问："疼不疼？"

他摸了摸江念尔的头，声音温柔："没事，一点儿都不疼。"

江念尔撇嘴，说："我知道，他们在，你疼也不好意思说。"

穆深看到她满眼心疼，心一软，彻底抛却了自己的教授包袱，说："那怎么办，你帮我吹吹？"

其他人："……"

对不起，我们这就滚。

连一旁的谢警官都看不下去了，捂脸摇头："你变了，你真的变了。"

在这么严肃的场合，江念尔当然不可能帮穆深吹伤口。一切流程走完，救援队众人就回宾馆了。

如果审问顺利，警察很快会突击狗贩子的其他非法窝点，届时他们就要去帮忙处理那些受伤的狗狗，又是很大的工作量。

回去的路上，穆深也懒得避嫌，直接牵着江念尔的手，生怕她再被人拐跑了。

周泽文和曲鹏走在后面，看着他们的背影内心凌乱。

那场混战，穆深最先冲出去。

那一刻，其实他们都吓了一跳。

那时他浑身煞气，挥拳的力度也非常狠，像个有格斗经验的人，跟平时冷静儒雅的形象完全不一样。

总感觉无意间发现了穆老师不为人知的另一面……这难道就是，看自家女朋友要被人拐走后的惊人爆发力？

周泽文更加一言难尽了，穆深是他的长辈，在家里是人见人夸的懂事天才，今天却把架打得这么凶狠，不知道家里人看到了会多么震惊。

另一边，从警局出来后，仇俊杰就给留守宾馆的高副队打电话报了平安。

高副队接完电话后，跟屋子里聚集的其余女队员通报了一声，大家

终于松了口气。

这其中,她发现梁月月的表情有些奇怪。她点了出来:"月月,你怎么了?有什么要说的吗?"

"没有,没有……平安就好。"

高副队意味深长地看了梁月月一眼,等其他两个女队员散了,她才问:"月月,昨晚你说肚子饿,出去了对吧?在哪儿买的酸辣粉呢?"

梁月月浑身一僵,冷汗冒了出来:"就跟我哥……在这附近随便买的。"

"哦。"高副队没再吭声,做自己的事去了。

回到宾馆的房间,江念尔怕穆深脸上留疤,急着给他处理伤口。

穆深一把拉住她的手,眼睛弯着,口吻调戏:"我要的吹吹呢?"

"你是小孩子吗?"江念尔虽抱怨着,却还是听话地靠过去,轻轻地在他伤口上吹了几下。

处理伤口的时候,她仍然有些后怕:"你也太不要命了,那都是些为了利益铤而走险的坏人,下次不许这样了,听到了吗?"

穆深搂住她的腰:"念念,刚才那样的情况哪怕再发生一万次,哪怕只有我一个人,我都会那样做。"

"不行,太危险了……"

"我知道,我都知道,危险、不要命,甚至是毫无胜算,我都懂。"他下巴搁在江念尔的颈窝里,轻轻柔柔地说,"但我一定会那样做,你是我的姑娘,我就算拼上一条命,死得透透的,也要护你安然无恙。"

江念尔心跳漏了一拍,亲了亲他的额角,以示抚慰。

"如果有下次,我不再自己去了。"她狡黠地笑着,"你去吧,让你满足一下穿女装的欲望。"

穆深的笑容崩了,难得有些凶地瞪着她:"我没有那个爱好……都是为了你!"

"我知道呀。"看到他着急辩解的样子,江念尔笑得更愉快了。

接下来几天，救援队的工作照常推进，彻底处理完狗贩子的事之后，他们开始面对另一个难题。

经过穆深几天的走访和探查，基本已经能够确认，那间时常发出奇怪猫叫的房子里的确有人在虐猫。

这件事非常棘手。

因为我们国家没有针对非珍稀小动物的保护条例，虐猫虐狗都不犯法，无法受到法律的惩罚，他们便不能干涉和插手这件事。

那个神秘的虐猫者起先是抓捕附近的流浪猫来虐待，满足自己的变态心理，流浪猫被他抓完了，便开始偷别人家的猫。

跟狗贩子事件不同的是，这些丢猫的住户数量不多，而且虽然难过，但觉得这事不值得报警，因此警察也没有介入的余地。

救援队一下子陷入了困境，迟迟没有进展，只能日复一日地替流浪猫打疫苗。

有一次，江念尔问穆深，流浪猫没有主人没有家，为什么还要打疫苗。

穆深的回答出乎她的意料——

替流浪猫注射疫苗，其实是在保护人类。

流浪猫的性格跟家养猫很不一样，往往还带着野蛮的天性，有时会伤害周围的居民，替它们打疫苗，就等于免除了居民被它们感染的风险。

与此同时，江念尔还听他说了一个她从前完全不知道的道理。

任何环境都讲究生态平衡，如果一个小区里的流浪猫狗繁衍过盛，其实会对人类生活造成伤害，这就是很多人呼吁不要随便给流浪猫狗喂食的原因——只喂不养会导致它们迅速繁衍。

穆深望着不远处的仇俊杰一行人，说："他们其实隶属近海市小动物保护协会，跟这些观念是对立的。"

江念尔心里的天平不停地摇摆，忍不住问他："那你呢？你怎么想？"

穆深沉默了,眼睛也黯然下来,半天后才摇了摇头,说:"我还没有找到答案。"

他负责给动物看病,但不属于任何组织,或者说,在他的思想里,这本身就是个矛盾命题。

人类应该生存,动物也应该,他的奢望是平衡,但这世界上又哪有绝对的平衡?

哪怕是在上课的时候,提到这方面的问题,他也会将两边的利害关系都呈现出来,只做那个指路的人,但究竟选择哪条路,由学生自己来决定。

江念尔想到了"深深",它是幸运的,被穆深救治,又留在了身边,最终成了脖子上拥有项圈的狗狗。

江念尔是个心很大的姑娘,想不通的事情就不要想了,做好自己分内该做的事情,其他的交予大自然来决定就好。

她拍了拍穆深的肩膀,安慰他:"行了,我们的当务之急是知道那个虐猫的人到底是谁。"

说着,正好仇俊杰叫他们,说是有新的线索。

根据周边被猫叫不胜烦扰的邻居反馈,那户人家只住了一个人,是一个不大爱说话的年轻小伙,平时不经常在家,一年只回来几个月,一到家就不出门,有人见过他几次,觉得他看着有些病态。

江念尔听着周围邻居的话,粗略地把信息在脑子里过了一遍。

每年七月和二月回家,九月和三月离开……

她脑子里灵光一闪,说:"这不是学生放假与开学的时间吗?"

所有人都安静下来,仔细分析了一下,还真是。

救援队开始安排人留守在那户人家附近,虐猫者虽然宅,但肯定有需要出门的时候,既然不能法律干涉,那就只能用最老土的讲道理感化法……

虽然所有人都知道,对方大概率是不会听的。

扑杀和虐杀是两回事,虐杀动物的人多半心理有点问题,世界上不乏这样的案例,很多杀人犯被查出有虐待动物的前科。

这样的人，怎么可能会听从别人的建议？

但是，功夫不负有心人，在连续蹲守两天之后，那个虐猫者真的出门了。

他戴着鸭舌帽，似乎想尽量降低自己的存在感，出来丢了个垃圾，然后到小区旁买东西。

小超市里是包括江念尔在内的海大四人组驻守，救援队的人觉得他们学历高，又是教育行业的，肯定口才更好。

江念尔忍不住腹诽：我不是啊，我只是个脸好看的花瓶。

接到通知，虐猫者朝小超市这边来了，四人做好了准备，把要说的鸡汤在心里反复打草稿。

等那人进来的时候，江念尔和穆深先悄悄打量了他一下，忽然听到周泽文惊讶地在旁边低声说："脸熟。"

曲鹏也点头："好像是我们学校的。"

江念尔震惊了："不会吧？"

海大是个很不错的学校，居然出了这样的学生？

穆深拧起了眉头："什么专业的？姓名知道吗？"

曲鹏回答："不清楚，但应该可以查到。"

"查一下。"穆深说完便站了起来，向那个男生走了过去。

他们仨听不到穆深与男生说了什么，只看到那个男生嫌恶地皱了皱眉，然后苍白的脸上露出了有些变态和阴险的笑容。

过了一会儿，男生走了，穆深回来了。

三人迫不及待地凑上去："就这样放他走了？你跟他说了什么？"

"我就是劝了他一下，告诉他虐待动物是不对的。"

"然后呢？"

"跟我想的一样，他完全不觉得自己有错，他认为折磨猫咪是很好看的场面。"

"变态！"

穆深沉吟片刻："这样的人，不可能仅满足于虐猫。"

这个时候,曲鹏亮出了手机,说:"我问了同学,找到了他的短视频平台号。"

屏幕上,一个接一个的小视频里,全是惨不忍睹的画面。

江念尔彻底震撼了,她从没有看过虐待动物的图片与视频,之前虽有做准备,却没想到真实情况比她预想的要恐怖得多。

那个房子里又脏又乱,到处是铁笼子、锁链、刀具,墙壁上全是血,仿佛一个地下屠宰场。

而那些被折磨的猫咪就了无生气地躺在地上,铁笼子里的待宰猫咪看到同胞的惨境,发出绝望和惊恐的叫声。

江念尔甚至看到了好几只名贵品种的猫。

她刚才喝了饮料,现在想吐。

穆深一只大手覆在了屏幕上,不再让她看这些东西,对曲鹏说:"确定是他?"

"确定,他露脸了。"

"好,赶紧截图,露脸的视频保存,带回去。"

刚刚还愁没有证据,现在好了,对方自己把证据送上来了。

穆深打定主意,要让这个人为自己的错误买单。

救援队后续又处理了一些麻烦的事情,又辗转其他片区,半个多月后才结束工作回到近海市市区。

已是夏末秋初。

九月初,海大开学,穆深一刻也没耽搁,马不停蹄地将那些虐待动物的证据呈交给了学校,校方非常震惊。

然而,更令人震惊的事情还在后头。

原来这个男生的变态心理已经不能通过虐猫来满足了,在开学前一天,他约了个提前返校的女同学出来聊天,把人拖到了小树林里。

还好那个女生不是柔弱的性子,奋起反抗,逃出来立刻向校方寻求帮助。

警方介入后,男生的前科全都抖了出来,偷东西、故意伤害他人等罪名,全部坐实。

真是应了穆深当初那句话,这样的人,不可能仅满足于虐猫。

穆深本来想过,既然不能受到法律制裁,那就争取让校方开除这学生,但没想到,因为他自己作死,彻底成了罪犯。

海大校方从没打算包庇品德不合格的学生,果断开除学籍,发出社会公告,然后交予警方处理。

据说,警方进入他家的时候,里面全是猫的尸体。

这件事闹得沸沸扬扬,对江念尔也产生了很大的影响。

她总是失眠,或是梦到那些被虐待的猫咪求助。

在连着失眠的第三天,她抱起枕头,去了穆深的卧室。

穆深正靠在床头看书,见到她进来,略微有些诧异。

"我睡不着。"江念尔土匪似的把自己的枕头扔到他床上,"你往旁边让一点位置给我。"

"你今晚要睡这儿?"

"对啊。"江念尔不客气地躺了下来,两只脚还不安分地晃着。

空间里充斥着穆深身上的味道,不是什么香味,但比较清澈,还混着一点点沐浴露的味道,江念尔很喜欢,焦躁的心很快就被抚平,她安心地闭上了眼睛。

穆深放下书,关了小台灯,和她头抵着头。

"念念,你是不是害怕?"

"也不是害怕……"江念尔不知道该怎么形容这种感觉,慎重地组织语言,"就是非常震惊,这个世界上居然有这么恐怖的事情在发生着,或许是我没见过世面,应该还有更恐怖的吧……"

她垂下眼皮,声音很低:"这些事情,让我不太开心。"

穆深指腹轻轻地在她眉眼上抚过:"不开心就不要想了。"顿了顿,又说,"对不起。"

"干吗道歉?"

"如果我没带你去这次行动,没让你看到那些画面……"

"这不是你的错,就算没有这次,或许在未来某一天,我也还是会

见到。"江念尔轻轻笑着,"人不可能一直活在自以为的世界里啊。"

"嗯。"

"穆深,你以前就见过那样的场景吗?"

穆深点了下头。

江念尔问:"很多次?"

"对。"穆深回答,"我以前救治过被虐待的猫咪。"

他脸上的那道伤口已经很淡了,江念尔伸手摸了摸。

"那是什么样的情况?"

穆深犹豫了一会儿,还是告诉了她:"它们很可怜,因为绝望,对人类产生恐惧。我永远都不会忘记,明明手上拿着最美味的猫罐头,可是它们不敢靠近我,只能远远地躲在桌子下面,害怕地看着我。"

"后来呢?"

"后来花了很长一段时间,才树立了它们对我的信任。当它们第一次靠过来吃我给的东西的时候,好几只都哭了。"

江念尔喟叹。

那大概是劫后余生的眼泪吧。

她抱着穆深的胳膊,继续问:"再然后呢?"

"再然后,我就把愿意跟着我走的其中一只抱回了诊所。"

"啊——"江念尔想起来了,"就是那只放荡不羁爱自由的加菲弟弟。"

"是的。现在我看到它,偶尔还会回忆起那时候的场景。"

说这些的时候,穆深语气很平静,好像那些惨痛的画面已经被他封锁起来,不再成为伤口似的。

江念尔拥抱他,一只手温柔地拍着他的背,哄小孩似的说:"不怕不怕哦。"

穆深忍不住笑了一下:"你也别怕。"

"嗯,我知道,我很擅长自我调节的。"江念尔把头贴到他胸口,感受着他的体温和心跳,"这个世界上总有令人痛苦还无法改变的事情,但也有让人快乐和温暖的事。或许就是在痛苦的衬托下,温暖才显得弥足珍贵。"

她吸了吸鼻子,脑袋像小动物那样撒娇似的蹭了蹭:"我觉得社会像个老爷爷,我被他教育了一顿,他敲着黑板跟我说'你要好好珍惜那些能让你快乐的人和事'。那么我就回答他'好的,我一定会尽全力抱住那个我爱的人'。"

穆深本来以为她又要讲睡前故事,可是听到最后,忍不住眼里带笑,提醒她:"你现在抱着我。"

"对,就是你。"江念尔仰起脸,眸光明亮,犹如盛夏的星星,她缓慢但认真地说,"我好喜欢你,穆深。"

穆深怔了一瞬。

江念尔是个在很多事情上会主动的姑娘,却鲜于表达自己细腻的情绪,像这样郑重地告白,好像还是第一次……

穆深笑意渐深,轻拥着她,在她耳边低低道:"月色很好,夫人晚安。"

尾声 我在想他

关于虐猫事件的日记,是江念尔等平静下来以后,才去写的。抛却了那些浮夸的辞藻,她字字虔诚,写了一条长微博。

在最后,打上这段时间内无数次提到的"可以不爱,但不要伤害"时,她感觉松了一口气,前所未有的坦然、平和。

不用在乎涨粉还是掉粉,不再害怕说错话被手撕,而是实实在在地做自己,江念尔觉得这样发微博太舒服了。

她看着自己那个万年没变过的主页资料,忽然动了动手,把昵称改成了"想穆深的念念"。

除此以外,家里的两只幼猫可以去新家生活了。

剩下的两只从小就跟父母学会了身为猫的精髓,每天吃饱就瘫在地上晒太阳,老成得不像幼猫。

江念尔深刻觉得这样是不对的,但当她转头看到三三和阿大以同样的姿势趴在一边,不由得感叹:遗传真强大。

穆深最近除了上课,还忙着准备救援行动的报告会,经常在诊所和海大来回往返。

就在他最忙碌的这段时间,"深深"发情了。

它变得不再安分,时不时就想往外面跑,一旦被拴住,就会用一种"外面阳光这么好可老子狗生无望"的眼神凝视街道。

江念尔甚至脑补出了它沉重叹气的声音。

终于有一天,穆深在诊所办公室的时候,江念尔跑去找他,表情严肃地说:"我的'深深',好像在外面有别的狗了。"

穆深诧异地抬起头,为难了半天,最后诚恳地说:"我没有。"

"没说你!"江念尔指了指外面,"我说的是那个'深深'。"

"哦。"穆深放下笔,"应该是发情了。"

"狗狗不应该是在春天发情吗?"

"'深深'本身是品种狗,发情时间不是固定的,它想什么时候发就什么时候发。"

"那怎么办?"江念尔担忧地皱了下眉,小心翼翼地开口问,"我应不应该带它出去一下?"

穆深差点儿被她的用词呛到:"让它忍一忍,等结束了我给它做绝育。"

"那好吧。"江念尔顺从地出去了。

"等一下。"穆深把她叫住,"还有件事,我一直在考虑要不要告诉你。"

"你说吧。"江念尔又重新坐回了椅子里。

"梁月月去找动物救助站的人帮她填写暑期实践证明,结果没开下来。"

江念尔好奇:"为什么?"

"据说是高副队不同意。"穆深平静地看着她,"在狗贩子给你发短信的那个晚上,梁月月去楼下的酸辣粉店买过东西。当时是曲鹏帮她排的队,她独自在外面等着。"

江念尔恍然,答案已经呼之欲出。

海大每年都要评定奖学金,实践证明可以加很多分,梁月月本人大概以为能逃过一劫,但没想到全都被高副队看在眼中。

江念尔耸了耸肩,无所谓地说:"你看,有些坏人不需要我出手,也依然会有人惩治。"

生活回归正轨,江念尔继续分享自己的搭配,市场风向总在轮流转,她的关注人数开始增加,人气也正在回温。

不过最近开始,她也时不时会发布一点跟小动物有关的东西。

家里的第三只小猫很快就确定了去向,江念尔做主,把它送给了穆霆和陈洁。

她还给这只猫取了一个名字,叫"深two"。

穆霆最初并不愿意搭理这只小猫,对"深two"这个名字也深感嫌弃,但偏偏小猫对他很感兴趣,拖着四条不怎么长的腿愉快地跑到他身旁,小爪子扒了扒他的衣服,然后表演了一个翻肚皮。

穆霆终于忍不住伸出手,挠了挠它的下巴。

"深two"非常愉快地眯起了眼睛,发出咕噜咕噜的声音。

不出五分钟,穆霆就投降了,抱着"深two"站在窗口,语气深沉地说:"看,爷爷帮你打下的江山。"

陈洁翻了个白眼骂他:"神经病。"

江念尔偷笑,在心里给自己竖了个大拇指,并得出一个结论:有什么是一只小猫咪解决不了的,那就再来一只。

这一趟穆深因为加班没有来,陈洁便拉着江念尔去聊天,先是聊了些女人之间的话题,无论什么年龄都感兴趣的衣服和护肤,然后才问起了这次行动。

江念尔一五一十地跟陈洁说了个明白,唯独淡化了穆深打架这件事。饶是这样,陈洁还是受到了惊吓,嘴巴张得比鸡蛋还大,不停地揉着她的胳膊问:"你没事吧?没有受伤吧?穆深那家伙怎么回事啊,怎么能带你去做这么危险的事?不行,我要骂他!"

陈洁一向是雷厉风行的人,说干就干,不顾江念尔阻止,立刻拿起手机打电话给穆深,劈头盖脸把他骂了一顿。

穆深那边刚刚下课,从迷茫到无奈,最后只能说:"妈,你放心吧,我自己的媳妇儿,我肯定比你更疼她。"

江念尔隐约听到了他们的对话,有点不好意思地摸摸鼻子。

"我真的应该感谢你。"陈洁挂了电话,重新坐回江念尔面前,慈爱地看着她,"穆深这个孩子,从小到大什么都好,就是少了点人情味,本来我和他爸想着,学医以后总会好一点吧?但是没想到他太有自己的想法了,转系也是最后才通知我们。"

江念尔静静聆听着。

"不过,自从认识你之后,这个孩子就变了,虽然他不太表现出来,但作为母亲,我能感受到,他好像敞开了心扉,开始留意和关怀身边的人。"

江念尔垂下眸,说:"伯母,其实我想说,穆深原本就是个很温柔的人。"

她把"仙女"的那段过往说了出来,以及穆深当时改专业的原因。

陈洁越听越惊讶,安静了好一会儿,消化这件事。

原来在她不知道的时候,穆深独自承受这些,他一如既往的独立、坚强,把所有困难咬碎,咽回自己肚子里。

他在做出转专业的选择时,是不是背着别人都看不见的枷锁呢?

现在,他是否仍然会在睡不着的深夜里想起那个因他而结束的小生命?

陈洁深呼吸几次,试图平复自己的心情,眼眶却还是湿润了。

她抓着江念尔的手,没有让眼泪流下来。

"真的,谢谢你。"

这天晚上,穆深有个应酬,要晚一点儿才能回来。

江念尔提前睡了。

正做梦的时候,忽然感觉到一个拥抱,带着铺天盖地的淡淡酒味。她微微掀了下眼皮,看到是穆深,便又放心地闭了起来,迷糊地"哼"一声就当打招呼了。

穆深有些无奈,扳过她的肩膀吻了吻她。

"我看到你改的微博名了。"穆深声音很低,压着胸腔共鸣,"'想穆深的念念'……我好高兴啊。"

江念尔揉了揉眼睛,慢慢醒过来:"高兴什么?"

"我终于成为江念尔中的那个'尔'了。"穆深埋着头,在她颈窝里蹭了蹭,闻着她身上好闻的香气。

"瞧你这点出息。"江念尔笑了一会儿,开始给他汇报今天的情况,"我把'深two'送去你家了,伯父特别喜欢,比对你这个亲儿子还要亲。"

"他喜欢就好。"

"对了,我得向你道个歉,我擅自把你转系的原因告诉了伯母。"

穆深拍了拍她的头:"这有什么。"

"还有哦……"江念尔小心地舔了下嘴唇,"我邀请伯父伯母来参加你的报告会了。"

穆深愣了一下,问:"那他们怎么说?"

"伯母说她很乐意来,但是伯父好像不太愿意。"江念尔耷拉下嘴角。

"没事的,我以前也向他们发过邀请,但最终都没有来,你不用放在心上,即便不来也不是你的问题。"

虽然嘴上这样说,但到了报告会当天,环顾了一下会场四周,江念尔明显看到了穆深眼底的失落。

她上前去捏了捏穆深的手,穆深低头看她,回以一个宽慰的笑。

这次报告会来的人很多,除了相关专业人士,还有一些对高等学子虐猫案感兴趣的社会人士,会场里爆满。

江念尔又见到了仇俊杰和高副队等人,和他们坐在一起听穆深的报告。

穆深在说到感谢救援队的时候,提及队伍里的队长与副队的恋情,让江念尔震惊了一把,诧异地扭头看向一旁。

仇俊杰和高副队有点羞赧地向她亮出手上的戒指。

"行动一结束,我们就订婚了。"

江念尔："你俩藏得太深了吧，我真是一点都没看出来！"

仇俊杰立刻向高副队抱怨："你看，你偏要低调，到最后大家都以为我单身。"

高副队踢了他一脚："现在不是如你所愿了吗？"

"哦，这倒是。"仇俊杰揽着她，美滋滋道，"我太幸福了。"

旁边单身队员们纷纷被喂了一嘴狗粮。

这时候，台上的穆深忽然提到了江念尔。

他说这一次，团队用另一种更接地气的方式，记录下每一天的救援生活，然后大荧幕上就出现了江念尔的微博日记。

这不是江念尔第一次被他搬进PPT了，但只有这一次，她脸红了。

她微博里发过自己素颜扮鬼脸的自拍，也被穆深全部截了进去，此刻呈现在那么大的屏幕上，会场里有人忍俊不禁。

江念尔懊恼地想，我堂堂一个网红，怎么就没好好拍张照呢？

穆深的嘴角也勾着笑，目光落在她身上，说："谢谢穆太太对我工作的包容与支持。"

江念尔心道：不客气，不客气。

高副队拍了她一下，挤挤眼："你们也要领证啦？"

"没有啊。"

"那他刚才叫你穆太太？"

"？"

等一下！是这样吗？

江念尔脑子里一炸，穆深刚才的话突然在耳边循环，穆太太穆太太……

怪不得，会场里那么多人带着祝福的目光看向她！

江念尔有些晕乎，这什么情况？她怎么就成穆太太啦？

穆深假装没看到她纠结的眉毛和疑惑的眼神，脸上始终挂着淡笑，继续自己的演讲。

报告会结束后，观众陆陆续续离场，穆深在台下回答当地记者的提问。

江念尔仍旧坐在座位上,从刚才开始就没回过神。

忽然周泽文从后面拍了她一下,说:"姑奶和姑爷在最后一排。"

江念尔迟钝片刻,反应过来,他的姑奶和姑爷就是穆深的父母啊!

江念尔惊喜地站起来:"谢谢!"

周泽文双手插兜,淡淡道:"一家人,不用客气。"

"嗯?一家人?"

"对啊。"周泽文冷酷地望天,小声地喊了句,"小舅妈。"

江念尔感觉好像被雷轻轻劈了一下……

来不及跟他掰扯这个辈分问题,她赶紧跑去最后一排,把穆霆和陈洁留下。

穆深结束提问后,就看到江念尔在会场最后面激动地冲他招了招手,身旁站着自己的父母。

穆深愣了一下,以为自己眼花了,反复确认了好几次。

没错,是他爸妈。

他快步走了过去:"爸,您怎么来了?"

穆霆把手往身后一背,端出了院长的架子:"我不能来吗?"

"我不是这个意思。"穆深顿了片刻,组织了一下措辞,"我很高兴您能来。"

穆霆没说话,目光在会场四周打量,四人之间一下子安静下来,气氛有些微妙。

过了一会儿,穆霆主动开口了:"报告做得不错。"然后也不等穆深和江念尔再说话,他拉着陈洁马不停蹄地离开了。

穆深面向他们离去的方向,呆呆地伫立在原地良久。

江念尔冲上去抱住他的胳膊,高兴地说:"其实伯父刚刚还问我,'深two'注射疫苗的时候能不能预约你?"

"他真这么问?"

"对呀。"

穆深抿了抿唇,忍不住弯起嘴角。

江念尔忽然想起了什么,捶了他一下,质问道:"你别高兴太早。

我问你,'穆太太'是什么意思?"

"就是,字面意思。"

"你真的是伯父的亲儿子啊,心里明明想了一座珠峰,嘴上却能说出个盆地。"江念尔气鼓鼓地瞪他,"你不解释就算了,反正我听不懂。"

穆深拉住她,认真地与她对视。

他的目光深沉而专注,江念尔心跳漏了一拍,仿佛从中看到了长夜将尽时,无边无际的曙光。

前方和后方都有因工作人员搬动桌椅发出的动静。

可江念尔只听得见他的声音——

"你愿意成为穆太太吗?"

江念尔呼吸一滞。

星星爆炸成尘埃,百川汇集成大海,这世间所有的爱都在脑海中上演了一遍,却又最终都归结到面前这个人身上。

江念尔慢慢抬起头,说了一个字:"嗯。"

很多年之后,江念尔仍然记得,在青春懵懂的时候,同学调侃她的名字,问她到底在想谁。

她当时答不上来,然后被逗得很生气。

过了这么多年,她终于明白了,在人类不长不短的一生中,总会有那么一个人占据心里所有的想念。

她何其有幸,能与那个人相爱相守。

而所谓一生,不过一日三餐、撸猫逗狗,并且在每一个这样平凡的瞬间,那个人都在身边。

江念尔,你在想谁?

——我在想他。

深深地想他。

番外 我的梦想

穆樱桃,大名穆清思,女,小学一年级在读。

老师上课时布置演讲话题:我的梦想。

在一众科学家、人民教师、宇航员里,穆樱桃同学站在台上,两根马尾辫一翘一翘,声情并茂地说:"我的梦想,是成为一只猫。"

老师以为这个孩子骨骼惊奇,思维异于常人,于是问:"穆清思同学,你为什么想成为一只猫呢?"

穆樱桃咬字清晰:"因为猫咪很幸福,它们待在家里什么都不用做,每天只用吃和睡,有人陪玩,有人铲屎,过的是神仙生活啊!"

老师的笑容凝固了:"是……是这样吗……"

"对呀。更重要的是……"穆樱桃小嘴一撇,眼中突然蓄满泪水,委屈巴巴地控诉,"猫咪不用上学!不用写作业!也不用因为考得不够好而被爸爸批评!啊!你们看,猫咪多幸福啊!我的梦想就是成为一只猫咪!我建议大家和我一样,都把梦想改成这个,一起过上幸福的生活。"

老师:"……"

小小年纪,竟有推销天赋。

江念尔接到老师的电话后,就听说了这么一件事。

江念尔决定跟穆深好好聊聊。她像猫一样瘫在沙发上,嚼着零食:"我们平时是不是对她太严厉了?"

"有吗?"穆深正在看报告,头都没抬。

"有吧……上一回,她语文没考第一,你不是还凶她了吗?"

好像有这么回事。

江念尔眨了眨眼,说:"老公,你不能拿你的标准要求樱桃,你是个天才,但咱们樱桃……"她顿了顿,诚恳地说,"毕竟中和了我的基因。"

提到这个,江念尔就有些头疼。

樱桃没有像穆深那么异常优秀的头脑,却完美继承了她的美貌,小小年纪在学校里就已经是风云人物。

女孩长得漂亮是好事,但是这么小就这么漂亮……穆深和江念尔已经提前担心她的青春期了。

穆深抬起头来,想了想说:"你说得有道理,下次考完试我会批评得轻一点儿。"

江念尔:"……"

反正你一点都不觉得你闺女能考好是吧!

夫妻俩达成了协议,准备跟樱桃同学聊聊。

晚上吃过饭,江念尔轻咳一声:"樱桃啊,今天上课学了什么?"

"《我的梦想》。"

"哦?那你说了什么?"

"我说我想成为猫。"

"为什么呢?"

"因为我想过三三、阿大和六六六的生活,我好羡慕它们。"

江念尔扶额:"是不是平时爸爸妈妈对你太严厉了?"

樱桃同学的目光在他们两个身上转:"爸爸只喜欢妈妈,不喜

欢我。"

江念尔在桌下踢了穆深一脚,你看,果然是你惹的小祖宗!

穆深撑着下颌,问:"爸爸喜欢妈妈,妈妈喜欢你,这样不好吗?"

"不……不好吧?"樱桃犹豫,"我们班上的仇秋同学说,爸爸妈妈都会爱自己的孩子。"

穆深无奈地摸了摸她的头:"爸爸没有说不喜欢你啊,小樱桃不幸福吗?妈妈去学校接你放学的时候,你不高兴吗?别的小朋友是不是都说你妈妈真漂亮?"

这倒是。

樱桃点点头,其实爸爸来接她的时候,也会被同学夸。这么说起来,她还是挺骄傲的。

小孩子就是容易满足,很快就忘记了自己为什么想成为猫。

这场斗争看似结束了,但其实并没有。

晚上,樱桃沉迷看电视,到睡觉前才忘了有一门作业还没写。

江念尔和穆深对她展开教育,她立马噘起小嘴:"我就是忘了,不是故意的……"

她被赶去写作业,爸爸妈妈轮流在门口看着她,这让她更加委屈了。

等她写完了作业,收拾好明天的书包,气呼呼地跑出来,说:"我决定了!我要换个父母!我要找全天下最善良最温柔最可爱的夫妻当我的父母!"

江念尔愣了:"樱桃……"

"别劝我!我已经决定了!"樱桃鼓着包子脸,"我今天就要跟它们住一起去!"

穆深挑眉:"你的新父母是?"

"三三和阿大!"

"……"

果然。

江念尔和穆深面面相觑。

"那你要当六六六的妹妹?"

"对,我以后也是有哥哥罩着的人了!"樱桃做了个鬼脸,转身去猫房。

江念尔戳了戳穆深的腰:"怎么办?"

穆深一把抓住她的手,贴在自己心口:"没事的,小孩子脾气,很快就好。"

江念尔:"明天周六,遛'深深'的时候把樱桃也带上吧,让她开心开心。"

"可以,都听你的。"穆深吻了下她的眉心,是跟刚才判若两人的温柔。

两人温存了一会儿,没再听到旁边房间的动静,才轻手轻脚地过去看看。

猫窝里,樱桃挤在三三、阿大和六六六中间,四个肉球睡成一团,画面格外……圆润。

穆深嘴角噙着一丝无奈的笑,弯腰抱起樱桃,把她送回自己的房间。

樱桃眼睛迷迷糊糊地睁开一条缝,全然忘记了一个小时前的豪言壮志,用软糯的小奶音叫:"爸爸,妈妈。"

穆深在她额头上也亲了一口。

"樱桃,爸爸很爱你,跟爱妈妈一样。"

樱桃同学似有所感,弯起了小小的嘴角。

"晚安,我的小公主。"穆深替她盖好被子,关上灯。

今天,又是穆樱桃生命里最平凡的一天。

后记

  首先,要特别感谢我的编辑,她给了很多有用的建议让我完善这本书的大纲,没有她就没有这么一个完整的故事,请把掌声送给她!

  接下来,说说这本书的诞生过程吧。

  2019年的下半年,我迎来了人生中的第一只猫,一只叫"三三"的三花小英短。

  和它初识的过程比较仓促:我刚搬新家,在某次跟亲戚的视频里,当时还没有名字的"三三"出现在了镜头中,亲戚说,她正要把这只小猫送人,但还没有想好送给谁。

  一个月后,"三三"坐着飞机从中原来到了西北,正式入住我的新家,成为我房子的主人。

  初次担任铲屎官,很多事情都要学着慢慢来,包括带它打疫苗、打狂犬、驱虫……

  在这个过程中,"三三"凭借自己稀奇的毛色,成功地在楼下宠物诊所里混了个脸熟。

  宠物店的小姐姐们不认得我,但一定认得我家"三三"。

写这本书的时候，正处于新冠病毒在国内大爆发的紧张阶段，天天不能出门。我有几天因为身体不舒服，感到强烈的焦虑和自我怀疑，又不敢去医院，怕交叉感染，上网看到新闻和求助患者的信息难过到近乎抑郁，后来证明啥事也没有，就是焦虑的。

每当这个时候，"三三"出现在我面前，挠着小爪子、睁着圆不溜秋的眼睛看向我时，我才能片刻喘息，忘记心中的焦虑。

"三三"真的很乖，在家里几乎不闹腾，它带来的陪伴和欢乐，远远超过饲养时的麻烦，到现在，我甚至觉得给"三三"铲屎都是一件很幸福的事。

更幸运的是，我的家人也很顺利地接纳了它，原本嘴上说着"绝对不许养宠物"的妈妈、外婆，最终也被"三三"的乖巧可爱俘虏，这个事情告诉我们，谁都逃不过"真香定律"！

这本书因"三三"而起，无数个写作的夜晚它睡在我身旁。我希望它能健康快乐地生长，当一只无忧无虑的快活小神仙。

陪伴就是最长情的告白。

希望每个看到这本书的人，身边都有人或宠物的陪伴。

希望国泰民安，风调雨顺。

顾汐润
于 乌鲁木齐

本书由顾汐润委托长沙大鱼文化传媒有限公司正式授权花山文艺出版社，在中国大陆地区独家出版中文简体版本。未经书面同意，本书的任何部分不得以图表、电子、影印、缩拍、录音和其他手段进行复制和转载，违者必究。